우리가 반짝이는 계절

우리가 반짝이는 계절

장류진
에세이

일러두기

단행본은 『 』로, 단편소설은 「 」로, 영화, 방송, 음악 등은 〈 〉로 표기하였습니다.

외래어는 외래어 표기법을 따랐으나 핀란드어 인명, 지명, 상호명 등 고유명사를 비롯한 외래어는 소리 나는 대로 표기하였습니다. 또, 국내에서 용례가 굳어진 경우 통용되는 표기를 따랐습니다.

프롤로그

✳ × ✳ × ✳ × ✳ × ✳ × ✳ ×

× ✳ × ✳ × ✳ × ✳ × ✳ × ✳

짧은 소설

치유의 감자

✳ × ✳ × ✳ × ✳ × ✳ × ✳ ×

× ✳ × ✳ × ✳ × ✳ × ✳ × ✳

✳ × ✳ × ✳ × ✳ × ✳ × ✳ ×

× ✳ × ✳ × ✳ × ✳ × ✳ × ✳

✳ × ✳ × ✳ × ✳ × ✳ × ✳ ×

× ✳ × ✳ × ✳ × ✳ × ✳ × ✳

✳ × ✳ × ✳ × ✳ × ✳ × ✳ ×

× ✳ × ✳ × ✳ × ✳ × ✳ × ✳

✳ × ✳ × ✳ × ✳ × ✳ × ✳ ×

× ✳ × ✳ × ✳ × ✳ × ✳ × ✳

✳ × ✳ × ✳ × ✳ × ✳ × ✳ ×

× ✳ × ✳ × ✳ × ✳ × ✳ × ✳

* × * × * × * × * × * × *

핀란드 쿠오피오의 교환학생들은 대부분 렌트가 저렴한 공동주택단지에 살았다. 플랫이라 불리는 4층짜리 건물이었고 엘리베이터는 없었다. 한 플랫당 방이 네 개였는데 그중 조금 비싼 방 하나에는 개인 화장실과 싱크대가 딸려 있었고, 나머지 세 방을 쓰는 학생들이 공용 부엌과 화장실을 함께 사용하는 구조였다.

나는 그곳에서 루시아를 만났다.

우리는 부엌 맞은편에 자리한 방 두 개를 나란히 배정받았다. 루시아는 턱까지 내려오는 갈색 단발머리에 늘 쓰고 다니는 은테 안경이 호박색 눈동자와 잘 어울리는 친구였다. 스페인 세고비아 출신인 그 애의 영어에서는 남유럽 특유의 어조가 묻어나왔는데, 그 리듬감을 나는 무척이나 좋아했다. 어디선가 그런 말투가 들려온다면 10년이 훌쩍 지난 지금도 한 번 뒤돌아볼 정도로.

다른 플랫메이트들은 학교 실험실에서 일하느라 플랫을 비우는 일이 잦았기에 주로 나와 루시아가 같은 시간에 부엌을 공유하곤 했다. 그래서 서로의 식습관을 잘 파악하고 있었다. 루시아는 내가 아주 뜨거운 국을 먹을 때마다 매번 놀랐고, 또 매번 놀렸다.

어쩐지 부끄럽기도 하지만 나 자신이 영락없는 한국 사람이라는 것을 깨닫는 순간은 '쌀밥'과 '국물'에 집착할 때였다. 이왕 온 거, 그 나라의 문화를 최대한 경험해봐야겠다고 마음먹은 교환학생이었지만 마음과는 달리 위장이 밥과 국을 지독히 원했다. 영하 20도까지 내려가는 일이 예사인 핀란드였기에 더 그랬을지도 모른다.

결국 나는 한 시간 거리에 있는 시내까지 눈길을 헤치며 자전거를 타고 나가 온오프 버튼 외에는 별다른 기능이 없는 작은 밥솥을 하나 구입해 쌀밥을 짓기 시작했고, 일주일에 한두 번 정도는 한국에 있는 친구들이 보내준 봉지 라면과 분말로 된 인스턴트 된장국

같은 것들을 곁들여 먹었다. 한 끼에 반 봉지씩 아껴가 면서.

핀란드의 악명 높은 겨울 날씨는 밥을 먹는 동안 국 물을 금세 식혀버리곤 했다. 나는 그것을 여러 차례 다 시 데워 먹기를 반복하다 나중에는 아예 화구 앞에 선 채로 국물을 끓이면서 식사를 하게 되었다. 부르스타 로 전골을 끓이면서 먹거나 뚝배기에서 바글바글 끓고 있는 된장찌개를 먹는 건 사실 한국 사람에게는 익숙 한 일이니까.

하지만 루시아는 내가 끓고 있는 냄비에 숟가락을 넣어가며 식사하는 걸 보고 깜짝 놀란 모양이었다. 내 게 혀를 내밀어보라고 한 뒤 병원에 가지 않아도 괜찮 겠냐고 물어보기까지 했다.

"괜찮아. 정말 아무렇지도 않아."

"하지만 그 수프는 끓고 있는걸?"

"원래 난 뜨거운 걸 잘 먹어. 그걸 좋아해."

루시아는 그런 나를 신기해했고 내가 서서 국물을 떠먹고 있을 때마다 부엌과 로비를 나누는 가벽 뒤에 서 고개만 다분히 의도적으로 빼꼼 내밀고 날 지켜보 았다. 장난스러운 시선이 느껴져 고개를 돌리면 그 애 는 일부러 나 들으라는 듯 이렇게 외치곤 했다.

"세상에, 우리 집엔 끓는 수프를 마시는 여자가 산다! 강철로 된 혓바닥을 소유하고 있다!"

그때마다 나는 웃으며 외쳤다.

"루시아, 그만 놀려!"

어느 날은 빼꼼 내민 루시아의 얼굴 위로 또 다른 핀란드 친구의 얼굴이 함께 보였다. 루시아는 날 가리키면서 그 친구에게 이렇게 말했다.

"내 말 맞지? 정말로 끓고 있는 걸 마신다니까."

"루시아, 그만 놀려!"

"도망가자, 도망가!"

루시아의 익살과 호들갑은 날 항상 웃게 만들었다.

핀란드에서도 가장 추운 1월. 호된 몸살감기에 걸려 끙끙대던 어느 겨울날이었다.

한국에서 가져온 해열제 몇 알로 며칠째 연명하며 누워만 있던 나를 위해 루시아는 당근과 감자를 숭덩숭덩 크게 썰어 넣은 치킨 수프를 끓여주었다. 고향인 세고비아에서 아플 때면 할머니가 항상 끓여주던 레시피라고 했다.

아파서 입맛이 별로 없었지만 트레이에 수프 그릇을 올려 내 방 침대까지 가져온 루시아의 정성에 이불을 걷고 일어났다. 벽에 기대앉자마자 루시아가 한 스푼 가득 뜬 수프를 호호 불어 내밀었다. 나는 양손을 이불 속에 그대로 둔 채 고개만 내밀어 숟가락에 입을 대고 후루룩, 들이마셨다.

동그란 은테 안경 너머 루시아의 눈동자가 유난히 반짝거리고 있었다. 그 기대 어린 눈길에 부응하기 위해 무조건 맛있다고 하려 했으나 따뜻한 국물이 혀에 닿는 순간, 그런 결심과는 상관없이 맛있다는 말이 그야말로 터져 나왔다. 어설픈 영어가 아닌 우리말로 '맛있다'는 세 음절이.

루시아는 내 한국어를 듣고 이렇게 물었다.

"방금 맛있다고 한 것 같은데?"

나는 고개를 연신 끄덕이며 대답했다.

"맞아. 정말 맛있어! 고마워, 루시아."

루시아는 이걸 다 먹으면 분명 기운이 날 거라고 말하면서 내 어깨를 도닥인 다음 방문을 닫아주고 나갔다.

루시아가 나가고 난 뒤, 나는 침대 위에서 루시아의 치킨 수프를 한 숟갈씩 천천히 음미했다. 이 음식은 분명 내가 아는 어떤 음식과 비슷하다는 생각을 하면서. 맑고 기름지면서 동시에 칼칼한 닭국물.

5분쯤 지났을까. 노크 소리가 들려왔다. 뒤이어 살짝

열린 문틈 사이로 루시아의 얼굴이 보였다.

"레이디, 잠시 점검 나왔습니다."

"무슨 점검?"

루시아는 말없이 수프 그릇에 손바닥을 대보더니 말했다.

"다시 데워야겠어. 충분히 뜨겁지 않아."

먹던 수프 그릇을 냅다 집어 들고 나가는 루시아를 향해 내가 앉은 채로 손사래 쳤다.

"괜찮아! 지금도 따뜻한걸."

"아니야. 충분히 뜨겁지 않아. 너는 완전히 팔팔 끓는 뜨거운 수프를 좋아하잖아."

"오, 루시아. 정말 괜찮아. 지금도 충분해!"

"아니야. 한 번 더 데워줄게. 기다려봐."

루시아의 뒷모습을 바라보는 동안…… 수프를 다시 데우기보다는 따뜻한 쌀밥을 가져다 달라고 하고 싶다는 생각이 나도 모르게 스쳤고, 그런 염치없는 생각을 하고 있는 나 자신이 좀 황당해서 살짝 웃어버리고 말았다.

루시아의 치킨 수프는 한국에서 '온반'이라고 불리는 음식과 아주 가까운 맛이었다. 온반에는 여러 종류가 있지만 우리 집 온반 역시 닭 육수를 썼다. 여기에 따뜻한 쌀밥을 한 공기 말면…… 국의 온도가 조금 더 올라가면서 그때부터 정확히 내가 알던, 내가 먹던, 내가 좋아하던 바로 그 '온반'이 될 수 있을 것만 같았다.

하지만 당연히 그런 말을 입 밖으로 내진 않았다. 공용 부엌에 놓인 미니 밥솥의 사용법을 아는 사람은 나밖에 없기도 했으므로. 나는 따뜻한 치킨 수프를 떠먹는 동안 이마에 맺혔던 땀을 손등으로 닦으며 벽에 기대 가만히 루시아를 기다렸다.

그리고 또 한 번의 노크 소리.

어느새 루시아가 다시 데운 치킨 수프를 가지고 돌아왔다.

커다란 오븐용 장갑을 양손에 낀 채로.

한 걸음, 한 걸음. 조심스럽게 내디디며.

뜨거워서 맨손으로는 만지기도 힘든 수프 그릇을 다시 침대 옆 협탁 위에 올려둔 루시아가 내게 눈을 찡긋해 보이며 나갔다. 나는 방금 데워 김이 모락모락 피어오르는 국물을 한 스푼 떠먹었고, 그 구수하고도 칼칼한 온기가 입안에서 사라지기 전에 숟가락으로 감자를 크게 잘라 입에 넣었다.

아,

짭조름한 고깃국물이 진하게 스며든 부드러운 탄수화물의 맛!

정말이지 그 순간만큼은, 밥 생각이 전혀 나지 않았다.

✱ × ✱ × ✱ × ✱ × ✱ × ✱ × ✱

차례

✱ × ✱ × ✱ × ✱ × ✱ × ✱ × ✱

✷ × ✷ × ✷ × ✷ × ✷ × ✷ × ✷

✷ × ✷ × ✷ × ✷ × ✷ × ✷ × ✷

15년 만의 리유니언

— 눈더미가 차츰 녹아내렸다

✳ × ✳ × ✳ × ✳ × ✳ × ✳ × ✳

2023년 7월 13일 오후 5시. 나는 새로 장만한 새하얀 캐리어를 끌고 신나는 음악을 들으며 인천공항 출국장에 들어서고 있었다. 귓가에 흘러나오는 노래는 나의 오랜 친구 예진이가 보내준 '2000년대 추억의 팝' 유튜브 재생목록이었다. 레이디 가가의 〈Poker Face〉 〈Paparazzi〉, 브리트니 스피어스의 〈Piece of Me〉 〈Gimme More〉, 리한나의 〈Umbrella〉 등을 연달아 듣고 있자니 나도 모르게 어깨가 들썩였고 발걸음도 까불대며 리드미컬해졌다.

이 노래들의 공통점은 2008년경 미국에서 발매되어 널리 사랑받은 노래라는 것이다. 그전까지의 나는 팝에 대해 잘 몰랐지만 그 무렵 유행한 곡들만큼은 너무나 익숙했다. 대학교 3학년이었던 2008년 당시 내가 해외에 체류하고 있었기 때문이다. 그렇다고 그게 미국인 건 아니었고…… 좀 생뚱맞지만 핀란드였다.

그 후로 15년이 지난 지금, 나는 그때 핀란드에서 만나 인연을 이어온 내 친구 예진이와 열흘간의 여행을 앞두고 있었다.

*

사실 나는 핀란드에 가본 적이 있다.

그 일에 대해서는, 어느 누구에게도 이야기해본 적 없다.

이런 문장이 들어가는 소설을 쓴 적이 있다.[1] 또, 이런 문장으로 시작하는 소설도 쓴 적이 있다.

핀란드 쿠오피오의 교환학생들은 대부분 렌트가 저

1 「탐페레 공항」, 『일의 기쁨과 슬픔』, 창비, 2019

렴한 공동주택단지에 살았다.

'어? 이 소설 읽어본 것 같은데?' 하는 느낌이 든다면 그 감이 분명 맞을 것이다. 바로 이 책의 서두에 실린 짧은 소설「치유의 감자」의 첫 문장이기 때문이다.

내가 핀란드를 배경으로 하는 소설을 두 편이나 쓴 이유는, 당연히 핀란드를 무척이나 좋아하기 때문이다. 아니, 그저 좋아한다는 말로는 조금 부족하다. 내게 있어 핀란드는 '완벽한 휴양지'라고 말해보고 싶다.

현실의 어려운 문제들로 지쳐 있을 때. 몸과 마음에 여유가 없을 때. 잔뜩 풀 죽어 있을 때. 누군가 내게 주어진 시간 외에 덤으로 일주일의 여가시간을 선물해주겠다고 한다면, 아무런 조건이나 제약 없이 어디로든 갈 수 있는 비행기 티켓을 끊어주겠다고 한다면, 나는 분명 핀란드에 가겠다고 대답할 것이다. 다소 의아한 대답이라는 사실도 알고 있다. '휴양지'와 '핀란드'는 서로 잘 어울리는 단어가 아니니까.

일반적으로 '휴양지'라 하면 따뜻한 남쪽 나라가 먼저 떠오르고, 이어서 햇살이 내리쬐는 에메랄드빛 바다와 모래사장, 그 주변을 감싸고 늘어선 야자수들 그리고 선베드에 누워 한가로이 칵테일을 마시며 반짝이는 해변가 풍경을 감상하는 느긋한 이미지가 연상되기 마련인데 핀란드는 그와는 거리가 멀어도 한참 멀다.

오히려 그 반대에 가깝다.

뾰족한 침엽수 위로 소복이 쌓인 새하얀 눈, 대낮에도 해가 뜨지 않는 하늘, 어슴푸레한 달빛만 은은하게 빛나는 극야의 풍경, 설산을 달리는 순록과 두툼하고 빨간 털모자를 쓴 산타 할아버지, 순백의 설원과 가파른 슬로프 위를 누비는 스키어들 같은 추운 북쪽 나라의 감각이 핀란드를 대표하는 이미지이고, 사실 그마저도 일상에서는 잘 떠올릴 일이 없다.

왜인지 모르겠지만 우리에게 핀란드는 존재감이 미미한 나라다.

내가 주변 사람들에게 핀란드에 잠시 살았다는 이야기를 몇 번이나 해도 보통은 '핀란드'라는 이름은 쉽게 잊어버리고 덴마크, 스웨덴, 노르웨이와 뭉뚱그려 '북유럽'이라는 이미지로만 기억하곤 한다. 심지어는 '필리핀 살았다고 했지?'라는 소리를 들어본 적도 꽤 여러 번이었다. (필리핀과 핀란드가 같은 건 '핀'자 하나뿐인데. 심지어 그 위치도 다르다!)

그럼에도 불구하고 핀란드는 여전히 내게 언제고 가장 떠나고 싶은 여행지, 언제고 가장 쉬러 가고 싶은 곳이다. 쉴 휴休 자에 기를 양養 자를 쓰는 '휴양'이라는 말은 '편안히 쉬면서 몸과 마음을 보양한다'는 뜻이라고 한다. 정확하다. 나는 몸과 마음을 편안히 하고 싶을 때, 쉬고 싶을 때 핀란드를 떠올린다.

*

15년 전, 2008년 1월에 교환학생으로 핀란드 땅을 처음 밟게 되었다. 교환학생은 말 그대로 이쪽 대학과 저쪽 대학의 학생을 교환하는 거라 학기마다 갈 수 있는 인원이 정해져 있었는데 당시 우리 학교에서는 사회과학대에서 한 명, 공과대에서 한 명이 쿠오피오 대학교로 가게 되었다. 사과대 학생이 나였고, 공대 학생이 바로 예진이었다. 사과대와 공대는 위아래로 경사가 심하고 길쭉하게 생긴 우리 학교의 끝과 끝에 위치해 있었고 그 물리적, 학문적 거리만큼이나 나와 예진이는 멀리 떨어진 사이였다. 같은 학교 학생이긴 했지만 핀란드에서 만나지 않았더라면 스치기도 어려운 인연이었던 것이다.

예진이도 나도 처음부터 핀란드를 콕 집어 지원한 건 아니었다.

희망하는 교환 후보 학교 30여 개를 각자 순위별로 작성해서 제출한 뒤에 학교 성적, 면접 점수, 공인 영어 시험 점수에 각각 가중치를 곱하고 내가 써낸 순위와 각 학교별 정원에 따라 정렬하여 배정이 되는 시스템이었다. 그래서 교환학생 발표가 나던 날은 심장이 내 몸 속 어디에 붙어 있는지 생생히 느껴질 정도로 두근거렸다.

떨림의 이유는 두 가지였다. 한 편으로는 설레서, 또 한편으로는 걱정이 되어서였다. 그도 그럴 것이 내가 내년에 난생 처음으로 외국에 나가 살게 될지도 모르는데, 심지어 전 세계가 후보인데 그중 어느 대륙으로 갈지조차 짐작도 못한 채로 '배정확인' 버튼을 누르는 순간, 거의 랜덤으로 정해지는 상황인 것처럼 느껴졌던 것이다.

오기가미 나오코 감독의 영화 〈카모메 식당〉에서 주인공 미도리는 일본에서 핀란드에 갑자기 오게 된 이유를 이렇게 설명한다. 심적으로 힘든 일이 생겨 어디로든 떠나고 싶어졌고, 세계지도를 무작정 펼치고 손가락을 아무렇게나 짚었더니 그게 핀란드였다고 말이다. 짚은 곳이 알래스카였으면 알래스카로 갔을 거고, 타히티였으면 타히티로 향했을 거라고.

교환학생 지원 결과 발표가 딱 그것 같았다. 전 세계 30여 개의 학교에 지원서를 써넣고 '배정확인' 버튼을 누르는 순간, 다음 해에 내가 살게 될 곳이 전 세계 지도를 배경으로 손가락을 찍듯이 정해진다.

내가 내리찍은 손가락의 결과는, 핀란드였다.

지금은 너무 오래되어 정확히 기억나지는 않지만 핀란드는 서른 개의 학교 중에 스물몇 번째 가고 싶은 학교로 써냈던 것 같다. 어느 나라로 교환학생을 가도 결국은 의사소통을 영어로 해야 하고, 그 당시 대학생들 사이에서는 교환학생의 여러 목적 중에 상당히 큰 비중을 차지하는 것이 '영어 실력 향상'이다 보니 아무래도 영어권 국가를 선순위에 썼던 것이다. 다음으로 영어권 국가는 아니지만 영어로 수업을 듣고 생활하기 편하다는 나라 중 날씨가 좋다는 나라를 썼고 마지막으로 핀란드 등 북유럽 국가를 썼던 것으로 기억한다.

비록 핀란드를 비교적 후순위로 쓰기는 했지만, 그렇다고 내게 핀란드가 가고 싶지 않은 곳인 건 전혀 아니었다. 나는 1위부터 30위까지 어쨌든 '기꺼이 가고 싶은' 나라의 학교를 썼다. 그래서 '핀란드 쿠오피오'로 배정된 결과가 나왔을 때, 진심으로 무척 기뻤다.

핀란드도 분명 가보고 싶은 나라, 살아보고 싶은 나라 중 하나였다. 오히려 '왠지 당연히 선순위로 쓰지 않으면 손해 보는 것 같아서' '남들 다 쓴다니까 일단 쓴' 영어권 국가가 아니라 후순위인 핀란드로 배정되어 잘됐다는 생각마저 들었다.

이미 교환학생을 다녀온 학교 선배들에게 들은 말에 의하면 교환학생 국가로서 핀란드는 장점이 많은 나라였다.

서유럽의 몇몇 나라와는 달리 자국어 사용에 대한 배타적인 자부심이 강하지 않기에 외국인을 차별하는 일이 덜 생긴다고도 했고, 한국 학생이 거의 없기 때문에 현지 생활에 더 빠르게 녹아들면서 동시에 여러 유럽 국가에서 온 친구들과도 더 쉽게 어울릴 수 있다고 했다. 겨울이 춥고 어두운 건 어쩔 수 없는 단점이지만, 대신 여름이 그만큼 더 반갑고 좋다고도 했다.

유학생으로서 북유럽 물가가 비쌀 것이라는 걱정에 대해서도 어느 정도 안심되는 말을 들었다. 핀란드는 북유럽 4국 중에서는 물가가 가장 합리적인 편인 데다 아직 사회에 나가지 않고 공부 중인 학생에게 관대해서 자국 학생과 똑같은 신분을 유지할 수 있는 교환학생이 받을 수 있는 혜택이 많다는 거였다. 모두 다 '교환학생'이라는 특수 상황을 염두에 둔 얄팍하고 단기적인 입장에서만 본 장점들이긴 했지만, 가기 전이니까 그런 장점들도 좋게 다가왔고 막상 가보니 그런 점들이 무척 도움되기도 했다.

꼭 그런 실용적인 장점들을 차치하고서라도 나는 핀란드가 좋았다.

눈 감고 세계지도를 펼친 채 냅다 손가락으로 갈 곳을 짚어낸 〈카모메 식당〉의 미도리처럼, 삼십여 개 학교 중에 바로 단 한 곳, 핀란드로 배정받자 그게 더 운명적으로 느껴졌다. 첫눈에 본능적으로 반한 상대의 객관적인 장점을 억지로라도 갖다 붙이듯, 나는 핀란드에 배정받았다는 이유만으로 핀란드에 가기도 전부터 핀란드가 너무나 좋아지기 시작했다.

그저 단순하고 직관적인 이미지로만 판단한 이유들이었다. 영화 〈카모메 식당〉에서 본 핀란드의 정취를 너무나 좋아했고, 내가 어릴 때 인기 있던 핀란드 방송인 '따루' 씨의 팬이기도 했으며 산타클로스에게 편지를

보내면 핀란드로 간다는 사실도 괜히 마음에 들었다.

아무래도 전공이 사회학이다 보니, 북유럽의 복지 시스템에 대한 선망도 있었다. 'OECD 국가 성평등 지수 1위' '국민이 행복한 나라 1위'와 같은 지표들도 당연히 부럽고 궁금했다. 비록 한 학기 동안이지만 직접 들어가서 어떻게 사는지 겉핥기라도 해보고 오고 싶었다.

핀란드가 스웨덴과 러시아로부터 오랜 식민 지배를 겪은 데다 깊은 내전의 역사도 겪었기 때문에 그 역사적 맥락상 우리나라와 정서를 꼭 같이 한다는 것도 괜히 좋았다. (다른 건 몰라도 스웨덴과의 국가대표 축구 경기는 반드시 이겨야 한다는 정서라든지.) 역사적으로 '동아시아의 대한민국'과 '북유럽의 핀란드'는 어딘지 직관적으로 짝꿍 같은 느낌이 분명 있었다.

핀란드 작가 토베 얀손의 '무민'도 원래부터 좋아했다. 나는 예전부터 누군가 "왜, 있잖아, 네가 좋아하는 그 하마"라고 하면 나는 "무민은 하마가 아니야, 트롤이야!"라고 제대로 알려주는 사람이었다.

그리고 무엇보다, 나는 사우나를 좋아하는 사람이었다. '사우나'라는 말 자체가 핀란드어라는 사실은 잘 알려져 있지 않다. 나 역시 핀란드로 교환학생을 배정받고 나서야 알게 된 사실이었다. 핀란드는 집을 설계할 때 사우나의 위치를 가장 먼저 정한다는 말이 있을 정도로 사우나는 예나 지금이나 핀란드 문화에서 가장 중요한 한 축을 담당하고 있다.

공교롭게도 코로나를 겪기 이전의 나는 사우나를 하기 위해 한 달에 한두 번은 꼭 동네 대중목욕탕을 찾을 정도로 사우나를 즐기는 사람이었고, 그래서 핀란드가 사우나의 나라라는 사실을 알았을 때, 심지어 사우나라는 단어가 핀란드어라는 사실을 알게 되었을 때, 더더욱 핀란드로의 교환학생 배정이 운명처럼 느껴졌다.

신기한 건 예진이도 핀란드에 대해 나와 너무나 흡사한 감정을 가지고 왔다는 거였다. 영어권 국가를 선순위에 썼지만 후순위로 쓴 핀란드 쿠오피오 대학에 배정되었다는 것, 그렇지만 분명 핀란드에도 가보고 싶었고 배정되어 무척 기뻤다는 것, 직전 학기를 한 학기 휴학해 이곳에서 3학년 2학기를 보내게 되었다는 것. 게다가 예진이 역시 핀란드의 정취와 정서를 좋아하고, 〈카모메 식당〉과 무민을 좋아했으며 사우나도 좋아하는 친구였다.

나는 그때까지만 해도 은근히 '공대생은 〈카모메 식

당〉 같은 영화 모르지 않을까?'라는 생각을 무의식중에 하고 있었기 때문에(스물한 살의 치기 어리고 편협한 생각, 용서 바랍니다) 예진이가 〈카모메 식당〉을 봤고, 심지어 좋아하는 영화라고까지 했을 때 나도 모르게 '난 얘가 좋아!'라고 마음속으로 외치고 있었다.

더 나아가 예진이 역시 '원래' 목욕탕과 사우나를 좋아한다고 했을 땐 정말이지 귓가에 '데스티니―'라는 가사의 노래가 울려 퍼지는 것만 같았다. 내 또래 친구들 중에 대중목욕탕과 사우나를 즐기는 사람을 본 적이 없어서였다. 우리는 만나자마자 하루이틀 만에 서로가 공통점이 많고 비슷한 결의 사람이라는 걸 알아보았다.

쿠오피오는 국내의 관광 책자에서는 좀처럼 찾아볼 수 없는 핀란드의 작은 도시였다. 크기로는 서울시 마포구 면적의 180배가 넘는데 인구는 마포구민의 3분의 1밖에 안 되는 한적한 도시였지만 이런 예진이와 함께였기 때문에 쿠오피오에서의 교환학생 생활이 매일 다이내믹하고 즐거울 수 있었다. 또 핀란드 친구들뿐만 아니라 다른 유럽 국가에서 온 교환학생 친구들과 잊지 못할 우정을 나누기도 했다. 친구들은 우리 둘을 '코리안 걸즈'라고 묶어 부르곤 했다.

이 글의 서두에 실린 짧은 소설 「치유의 감자」는 내가 15년 전 경험한 쿠오피오와, 그곳에서 만난 교환학생 친구들과의 다정하고 따뜻한 정조를 짧은 분량 안에 최대한 압축적으로 담아내려 노력한 소설이다.

쿠오피오 대학교에서의 교환학생을 마치고 한국에 돌아오자마자 우리는 나란히 대학교 4학년이 되었고, 당시 전 세계를 무섭게 휩쓸었던 미국발 금융위기의 한파 속에 취업 준비를 시작했다. 우리는 서로의 지난한 취업 준비와 졸업, 연애와 결혼, 몇 번의 이사와 이직과 휴직, 그리고 출산 혹은 출간(!)을 아주 가까운 거리에서 지켜봐주고 응원해주는 친구가 되었다.

*

내가 핀란드를 방문한 건 이번 여행을 포함해 크게는 세 번, 잘게 나누면 총 네 번이라고 볼 수 있는데 시간순으로 정리해보자면 이렇다.

우선 2008년 초부터 반년 동안 핀란드의 쿠오피오라는 소도시에서 한 학기 동안 교환학생으로 머무르며 공부했다. 이때 예진이와 함께였다.

예정된 한 학기의 핀란드 생활을 마치고 나서는 그간 친해진 교환학생 친구들의 고향을 방문하며 유럽을 한 바퀴 도는 배낭여행을 하게 됐다. 이때 예진이는 어머니가, 나는 당시 남자친구가 합류했고 예진이와 주요 도시에서 행선지를 달리해 갈라졌다가 다시 만나기도 하면서 '따로 또 같이' 여행했다.

5주간의 배낭여행을 마치고 난 뒤 예진이와 핀란드 헬싱키에서 다시 만났다. 마지막 짐을 챙겨 한국으로 귀국하기 위해서였다. 각자 살던 플랫의 방은 이미 뺀 상태였지만 옆방의 플랫메이트들이 짐을 보관해주는 친절을 베풀어주었다.

우리는 쿠오피오로 가는 저가 항공편을 기다리며 헬싱키 반타 공항에서 거의 노숙하다시피 밤을 지새우고, 문을 연 곳이 없어 조용한 새벽의 헬싱키를 네 시간 정도 걸어다니며 구경했다. 그리고 쿠오피오로 돌아가 마지막 짐을 챙긴 다음, 다시 헬싱키 반타 공항으로 돌아와 귀국 비행기를 탔다.

그리고 10년 뒤인 2018년, 나는 현재의 남편과 함께 노르웨이의 오슬로, 플롬, 베르겐을 여행하고 마지막으로 4일 정도 핀란드로 건너가 헬싱키를 여행했었다.

대학교 졸업 후 우여곡절 끝에 IT업계에 취직하게 됐는데, 그 무렵부터 틈틈이 주말에 문화센터에 다니며 취미로 쓰던 소설에 점차 욕심이 생겨 1년간 일을 쉬면서 소설 습작을 하던 시기였다.

스스로와 약속했던 1년이라는 휴식 기간이 끝난 뒤 다시 같은 업계의 새로운 회사로 재취업하기 직전, '이렇게 긴 휴가는 당분간 마지막이겠지'라는 생각으로 떠난 여행이었다. 때로는 피오르드 절경을 뒤로하고, 때로는 근사한 헬싱키 대성당을 눈앞에 두고서 새로운 회사와 출근일을 협의하는 메일을 주고받으며 살짝 우울해했던 기억이 남아 있다. 여행을 다녀오자마자 예정대로 새 회사에 취직했지만 며칠 뒤 뜻밖의 사건이 벌어질 줄은 꿈에도 모른 채였다.

새 회사로 출근한 지 사흘째 되던 날 아침. 아직은 낯선 회사의 사무실에서 모르는 번호로 걸려와 무심코 받은 전화 한 통. 신인소설상에 당선되었다는 전화였다.

그런 1년은 태어나서 처음이었다. 아무 곳에도 소속되지 않은 채로, 성취에 대한 아무런 압박 없이, 순전히 자발적으로, 해보고 싶은 일을 단 1년 만이라도 맘껏 해보고 싶어서 내린 결정이었다. 그 소중한 1년이 지나고, 최초이면서 동시에 유한한 그 시기를 기꺼이 마무리하면서 인생의 소중한 한 챕터를 고이 접어낸다는 마음으로 떠난 여행이었는데 바로 그때, "이제 이렇게 긴 휴가도 당분간 마지막이겠네"라는 말을 입버릇처럼 하고 다니던 바로 그때, 사실은 이미 새로운 시작이 잉태되고 있었던 거였다.

*

15년 만의 리유니언 여행 이야기가 나온 건 정확히 1년 전이었다.

공교롭게도 예진이와 나는 거의 똑같은 시기에 이사를 하게 되었는데, 이사할 집을 알아보는 것부터, 집을 고치거나 꾸미는 일, 이삿짐센터를 알아보고, 견적을 내고, 실제 이사를 하고, 집 정리를 하기까지 늘 같은 시기에 같은 고민을 하고 있어서 거의 매일같이 메신저나 전화로 이야기를 나누곤 했다.

이사를 마치고 집이 어느 정도 정리되었을 무렵, 예진이가 먼저 우리 집에 놀러 왔다. 2022년 8월의 어느 여름날이었다.

교환학생에 배정된 순간부터 핀란드와 관련된 거라면 덮어놓고 좋다며 핀란드의 모든 것에 푹 매료되었던 스물한 살은 당연하다는 듯 '북유럽 인테리어'에 집착하는 서른여섯 살로 자랐다. 그것이 유행이든 아니든 그 단순함, 실용성, 자연적인 색감과 소재는 어쩔 수 없는 나와 예진이의 취향이었다.

예진이가 한아름 사 들고 온 북유럽 스타일 꽃다발을 북유럽 스타일 꽃병에 나눠 꽂고, 그중 몇 줄기는 예진이와 매일같이 구매 링크를 주고받으며 한참을 고민하며 샀던 북유럽 스타일 식탁 위에 예쁘게 올려놓고, 맛있는 음식을 사 와 우리가 좋아하는 핀란드 브랜드인 이딸라 식기에 덜어 먹고 난 뒤, 무민 머그잔에 커피를 마시다가 핀란드 브랜드인 마리메꼬 커버가 씌워진 쿠션이 놓인 소파에 함께 기대어 앉았다. 내가 먼저 얘기를 꺼냈다.

"나, 내년 여름에 혼자 한 열흘 정도 핀란드 다녀올까 생각 중인데……."

그 순간 예진이의 눈이 반짝, 빛났다.

"정말? 혼자?"

"응, 나 전에 남편이랑 헬싱키 갔던 게 너무 좋았거

든. 그렇게까지 반드시, 꼭, 다시 와야겠다는 생각이 열렬히 든 여행은 그게 처음이자 마지막이었어."

나는 여행을 무척 좋아하고 즐기는 성향이지만 동시에 집에 돌아가는 길에는 언제나 '좋은 여행이었다. 이제 집에 돌아가서 잘 쉬는 일만 남았네. 역시 집이 최고야!'라고 생각하는 종류의 사람이기도 했다.

하지만 5년 전 북유럽 여행의 마지막 도시였던 헬싱키를 떠나 반타 공항으로 향하는 리무진 버스에서는 차창 밖 쾌청한 하늘을 올려다보면서 돌아가기 싫어 눈물이 다 났을 정도였다. 물론 그때는 1년간의 달콤한 휴식을 마치고 다시 회사로 일하러 돌아가야 하는 특수한 상황이긴 했지만……. 그런 걸 감안하더라도 그렇게까지 '조금만 더 머물고 싶어!'라는 생각이 들게 만드는 여행지는 헬싱키가 처음이었다.

"내내 가고 싶어 하기만 하고 미루고 미뤘는데, 남편이랑 시간 맞추자니 어려워서 내년엔 혼자라도 다녀올까 봐."

예진이가 회심의 미소를 지은 건 그때였다.

"사실 내년에 첫째 초등학교 입학에 맞춰서 육아휴직 안 쓰고 남겨둔 거 쓰려고 했거든. 어쩌면 같이 갈 수 있을지도 모르겠는데?"

"혹시 시간 되면 같이 갈래?"라는 질문을 입 밖으로 내뱉지 않아도 예진이는 내 속에 있는 질문을 미리 듣는 사람이었다.

직접 물어보지는 않았지만 나 역시 당연히 예진이와 같이 가고 싶었다. 하지만 예진이에게 휴직 옵션이 남아 있는 줄은 몰랐던 데다 일곱 살, 네 살 아이 둘을 육아하며 일하느라 정신없이 바쁜 워킹맘인 예진이에게, 가까운 곳도 아니고 무려 '핀란드 여행'이 가능할 것 같지 않아서 선뜻 얘기를 꺼낼 수는 없었고, 다만 내가 혼자서라도 갈 계획이 있다고 넌지시 흘린 참이었다. 그런데 혹시나 했던 미끼를 예진이가 덥석 물었고, 심지어 원래 내년에 휴직을 쓸 계획이었다는 말에 곧바로 예진이의 손을 깍지 껴 맞잡고 호들갑을 떨었다.

"진짜야? 그럼 내가 네 스케줄에 다 맞출게. 우리 무조건 가자! 너랑 가면 헬싱키뿐만 아니라 쿠오피오도 가야지. 우리 학교도 가보고."

"그러자! 너무 좋다!"

물론 예진이가 어린 두 아이들을 두고 그렇게 멀리, 오래 여행한다는 건 쉽지 않을 게 분명했지만 우리는 마치 손깍지를 맞잡아 세게 흔들수록 불안한 미래가 더 확실해질 수 있다는 듯 양팔을 연신 아래위로 세차게 흔들며 결의를 다졌다.

“지금은 확답 못 주지만, 그래도 내가 어떻게든 한번 해볼게. 우리 꼭 가자.”

“나 벌써 두근거려. 우리가 항상 언젠가는 꼭 가자고 했던 ‘리유니언’ 여행인 거잖아.”

“내년에 진짜 가는 거네?”

“그러니까. 대체 얼마 만인 거지?”

누가 먼저랄 것도 없이 손깍지를 푼 다음 양 손을 펼쳐 손가락을 꼽기 시작했고, “2008년이었으니까……” 라며 햇수를 헤아리다 잠시 숙연해졌다. 양쪽 손가락이 다 접힌 후에도 다시 한 손바닥이 다 펴졌다. 그 시간이 너무나 밑도 끝도 없이 길게 느껴졌다. 그때까지만 해도 우리는, 우리가 핀란드에서 만난 지 14년이나 지났다는 사실을 인지하지 못하고 있던 거였다. 한 손은 다 접힌 주먹을 쥔 채로, 한 손은 한 번 접혔다 다시 쫙 편 채로, 그렇게 각자 묵찌빠의 ‘묵’과 ‘빠’를 내민 채로 다소간의 침묵이 흘렀다. 내가 탄식하며 먼저 입을 열었다.

“미쳤어. 말도 안 돼. 내년이면 15년이라는 거야?”

“그런 건가? 왜 이렇게 나이를 빨리 먹었지? 미쳤나 봐.”

우린 둘 다 '미쳤다'는 말을 했지만 뭐가 미쳤는지 주어가 없었다. 사실 미친 건 아무것도 없었고 다만 시간이 정직하고 착실하게 흘렀을 뿐이었다.

"네가 몇 년 전에 남편이랑 헬싱키 여행 다녀와서 한동안 나한테 계속 너도 헬싱키 꼭 가봐야 된다고 그랬잖아. 그때 네가 너무 부러웠거든. 너 갔던 데 중에 좋았던 데, 나 꼭 다시 데려가야 된다? 우리 헬싱키 땅은 같이 잠깐 밟아봤지만 그때 새벽이어서 문 연 데도 별로 없었고, 몇 시간밖에 못 봐서 항상 헬싱키에 제대로 다시 가는 게 꿈이었어."

우리는 핀란드 여행에서 무엇을 하고 싶은지, 또 해야 하는지, 앞다투어 이야기하기 시작했다.

"일단 사우나는 무조건 가야 해. 제대로 된 핀란드 전통 사우나."

"그래! 그리고 우리 쿠오피오도 가는 거지?"

"응, 리유니언 여행이니까 쿠오피오는 무조건 가야지. 우리 학교 호수 앞에 돗자리 깔고 누워서 옛날 얘기하면 너무 행복할 것 같아."

"그럼 우리 학식도 먹자."

"아, 학교 식당! 거기 엄청 싸고 맛있었잖아."

"우리 맨날 자전거 타고 학교 다녔잖아. 그때처럼 자

전거 타고 다닐 수는 없을까? 어디 빌려주는 데 없나?"

"완전 찬성해! 호텔에 혹시 빌릴 수 있는지 물어보자. 아니면 따릉이 같은 거 없을까?"

그 말이 끝나기가 무섭게 우리는 재빠르게 검색에 돌입했다.

"쿠오피오 공용 자전거 앱이 있어. 심지어 무료인 것 같은데? 이거 가입해서 빌리는 법을 알아놓자."

나는 곧바로 쿠오피오 바이크 앱을 다운받았다.

"우리 카페 까흐빌라도 가자!"

"기억나! 우리가 쿠오피오에서 유일하게 갔던 카페잖아. 근데 거기 아직 있을까?"

"그리고 패션도 가야 해."

"아, 패션!"

'패션'은 쿠오피오 시내에 있는 클럽이었다. '기글링 마린'이라는 클럽과 양대 산맥이었는데 패션 클럽이 술값이 훨씬 저렴해서 돈 없는 교환학생들이 주로 찾는 곳이었다. 한국에서는 클럽을 '우리 같은 애들은 못 가는 데'인 줄 알고 가볼 생각조차 안 해봤던 나나 예진이 같은 애들한테 쿠오피오의 패션 클럽은 어쩐지 해방구처럼 느껴지는 공간이었다. 그곳에는 성적 매력의 과시도, 그때 말로 이른바 '부비부비'도, '원나잇'

도 없었다. 그렇다고 독특하고 세련된 음악을 즐기기 위한, 섬세한 취향이 흐르는 클럽도 아니었다. 오로지 〈Toxic〉과 〈Poker Face〉 같은 대중음악과, 대중적인 술과, 막춤만이 존재했다.

"거기 클럽인데 새벽 2시에 문 닫잖아."

"2시에 폐장하면 옷걸이 가서 내복, 스웨터, 스키복, 패딩 주섬주섬 챙겨 입고, 목도리 둘둘 두르고 털모자 쓰고, 방수 부츠 신고, 버스 끊기니까 한 시간 넘게 눈 푹푹 밟으면서 걸어와야 했잖아."

값싼 클럽에서 흔들어 재끼다 빠져나온 전 세계 교환학생들이 온몸에 연기 같은 김을 뿜어내면서 패딩과 털모자로 무장한 채 방수 부츠를 신고, 새하얀 눈밭을 거의 한 시간 가까이 뒤뚱뒤뚱 걸어 주거 단지로 돌아가는 모습이 15년 전 일인데도 아직도 눈에 선했다.

"버스는 끊겨도 클럽 앞에 푸드 트럭은 와 있었다?"

"트럭에서 팔던 스테이크가 기억나. 그걸 다 같이 길에서 호떡처럼 하나씩 쥐고 먹었는데. 그게 얼마나 맛있었는지."

"나는 트럭에서 먹었던 리하피라카가 진짜 맛있었어. 그건 핀란드에서만 먹을 수 있는 거잖아. 가서 꼭 먹어야지. 살미아키랑 맘미도 먹을 거야."

"근데 그런 거 말고 진짜 맛있는 것도 먹어보자. 우리 그때는 비싸서 맥도날드도 한번 못 갔었다."

"헬싱키에도 미슐랭 레스토랑이 있다는데? 한 군데만 가보자."

"맥도날드도 못 먹어봤는데 미슐랭이 웬 말이냐. 우리 많이 컸다. 식당은 내가 알아볼게."

"우리가 좋아하는 〈카모메 식당〉은, 헬싱키에 진짜 있을까?"

"진짜 그 자리에 똑같이 있대!"

"그리고 영화에서 사치에가 다니는 이르욘카투 수영장 있잖아. 거기 너무 예뻐서 꼭 가보고 싶었어."

"우리 알바 알토의 집 투어도 가자."

"좋아! 아르텍에서 운영하는 세컨드핸드숍이 있어서 거기도 가야해."

"그래! 그리고 키아스마 현대미술관은 꼭 가야 해. 내가 저번에 가봤는데 하루 종일 거기 안에만 들어가 있어도 될 정도야. 몸과 머리의 안 쓰던 부분이 여기저기 자극되는 느낌. 만약 춥거나 비 오는 날에는 여길 가면 돼. 그리고 그땐 없었던 아모스렉스라는 미술관이 새로 생겼어. 거기도 가자."

"눅시오 국립공원도 가보고 싶어. 그리고 탐페레도

들를 거지? 너 탐페레 가본 적 없잖아."

나는 핀란드의 도시 탐페레를 배경으로 한 소설을 쓴 적이 있다. 첫 번째 소설집 『일의 기쁨과 슬픔』에 수록된 「탐페레 공항」이라는 제목의 소설이다.

내 친구들 중에는 내 소설을 읽어주는 부류가 있고, 사기는 하지만 굳이 읽지는 않는 부류도 있는데 읽어주는 친구는 읽어주는 대로 안 읽는 친구는 안 읽어주는 대로 각기 다른 이유로 고맙고 좋다.

예진이는 내 책을 꼭 사서 읽어주는 친구 중 하나였다. 내가 쓴 단편소설이 실린 소설을 누구보다 먼저 읽겠다고 생전 처음으로 문예지도 사 모았다고 한다. 특히 예진이는 핀란드를 배경으로 하는 단편소설인 「탐페레 공항」을 좋아했다. 내 책을 읽어주신 독자분들 중에서도 마지막 수록작인 그 소설을 특히 좋아해주시는 분들이 무척 많았다.

그런 제목의 소설을 쓰기는 했지만, 사실 나는 탐페레에 직접 가본 적은 없었다. 교환 학기가 끝난 뒤 혼자서 탐페레에 다녀온 예진이가 내게 전해준 탐페레에 대한 좋은 인상을 가지고 쓴 소설이었다.

"사실 그 생각도 하긴 했었어. 나 혼자 가면 탐페레에 가보려고 하긴 했거든."

"응, 근데?"

"너는 탐페레 이미 가봤잖아. 안 그래도 일정이 길진 않을 텐데 소중한 하루 일정을 탐페레 가는 데 쓰면 너한테 좀 미안해서."

예진이가 정색하고 말했다.

"아니야! 탐페레 공항은 무조건 가야지."

"그래? 괜찮아? 공항만 찍고 와도 하루 다 써야 될 것 같은데."

"당연하지. 네가 안 간대도 내가 가고 싶어서 그래. 독자로서 성지 순례하러 가야지."

사실 예진이가 혼자서 가보고 내게 전해준 탐페레라는 도시에 대한 이미지가 없었더라면 「탐페레 공항」이라는 소설 속 세계는 존재하지 않았을 것이다. 그리고 「탐페레 공항」을 가장 좋아하는 소설이라고 꼽아준 독자분들에게도 그 세계를 보여드리지 못했을 것이다.

가본 적도 없는 탐페레 공항에 대해 소설을 쓸 수 있게 해준 예진이와 함께 그곳을 가게 된다고 생각하니 시작도 하기 전부터 이 여행이 너무 의미 있게 느껴졌고 아직 비행기 티켓조차 끊지 않았는데 벌써 이 여행을 돌아보며 추억하고 있는 것만 같은 기묘한 감각이 일었다.

함께 여행하기로 결정한 순간부터 하고 싶은 것, 보고 싶은 것들을 끝도 없이 나열할 수 있었던 예진이와의 여행이 눈앞에 다가오고 있었다. 우리가 하고 싶어 하고, 하기로 다짐했던 그 수많은 것들을 과연 다 하고 올 수 있을까? 우리가 오래도록 그리워했던 것들은 여전히 그 자리에 그대로 있을까?

우리에게 주어진 시간은 딱 열흘이었다.

*

예진이가 보내준 '2000년대 추억의 팝' 유튜브 재생목록을 들으며 출국장에 와 있을 예진이를 눈으로 찾고 있는데 예진이가 뒤이어 사진을 한 장 더 보내왔다. 아이들과의 영상통화 화면을 캡처한 이미지였다.

사진 속에는 아이 둘이 얼굴을 잔뜩 찌푸린 채 엉엉 울고 있었고, 왼쪽 위 귀퉁이에는 그와는 상반되게 아주 활짝 웃고 있는 예진이의 얼굴이 작게 들어가 있어서 그걸 보자마자 웃음이 터져 나왔다. 아이들은 처음 겪는 엄마의 부재를 받아들일 수 없어 너무나 서러운 듯했고 예진이는 처음 가져보는 열흘간의 자유 시간에 그 어느 때보다 설렌 표정이었다.

여느 아이들이 안 그러겠냐마는, 예진이의 아이들은 예진이를 너무나도 좋아하고 사랑한다. 그야말로 '껌딱지'처럼 찰싹 달라붙어 있고 싶어 하고, 그게 당연하게 느껴진다. 나라도 예진이 같은 엄마가 있다면 그럴 것 같다는 생각을 늘 하기 때문에.

예진이는 사랑이 넘치는 사람이다. 예진이를 가까이서 지켜본 사람은 누구라도 같은 말을 할 거였다. 언제나 말을 예쁘게, 기분 좋게 하는 사람. 그래서 만나면 나까지 덩달아 기분 좋게 만들어주는 사람. 만나는 사람에게 긍정적인 기운을 주는 사람. 바르고 또 밝은 사람. 인간 비타민.

그런 친구가 엄마로서는 또 얼마나 좋은 엄마일지 내내 들여다보진 못해도 곁에 있으면 온몸으로 느껴진다. 예진이가 아이들 이야기를 할 때나, 예진이와 예진이네 아이들과 함께 있을 때면 그 쌍방으로 넘치는 사랑에 내가 다 충만해지는 기분이 들곤 했다.

물론 그렇다고 해서 육아가 덜 힘든 건 아닐 것이라는 것도 잘 알고 있었다. 예진이가 보내준 플레이리스트와 영상통화 캡처가 떠 있는 메신저 화면을 들여다보고 있다가, 나는 반대로 내가 예진이에게 8년 전 보냈던 또 다른 플레이리스트를 떠올렸다.

2016년이었을 것이다. 나는 이제 막 결혼한 참이었고, 예진이는 내 친구들 중 가장 일찍 결혼해 얼마간의 신혼을 보낸 후 첫 아이를 막 낳은 직후였다.

내게는 친구의 첫 아이였기에 누구보다 빨리 친구와 친구의 아이를 만나보고 싶은 마음이 컸다.

아이가 50일을 갓 넘겼을 무렵, 이제는 집에 와도 될 것 같다는 예진이의 말에 찾아가보기로 했다. 휴직하고 내내 집에서 아이를 돌보고 있는 예진이를 위해 퇴근 후 함께 저녁으로 먹을 음식을 포장해 들고 갔었다.

메뉴를 고민하다 혹시 족발 어떠냐고 물어보자 예진이는 모유 촉진에 좋은 콜라겐이 많이 들어 있을 거라며 너무나 좋아했다. 꼭 모유 수유를 고집할 생각은 없었는데 예민한 아이가 젖병을 거부해 어쩔 수 없이 모유 수유 당첨이라는 말과 함께.

나는 동네에서 가장 맛있다는 족발집에 미리 예약을 해놓고 퇴근길에 포장한 뒤 다시 예진이네 집으로 들고 갔다. 일반 버스와 마을버스를 몇 번 갈아 타고 갔던 기억이 있다.

나는 혹시나 아이가 자고 있을까 봐 초인종을 누르

지 못하고 문 앞에서 메시지를 보냈다. 뒤이어 현관문이 조심스럽게 열렸다. 반팔, 반바지 차림에 손목에는 보호대를 차고 있는 예진이었다. 몹시 피곤해 보였고, 내가 여태까지 봤던 예진이의 모습 중 가장 기운이 없어 보였지만, 그래도 특유의 환한 미소를 여전히 머금은 채였다.

그때의 예진이는 내 눈에는 너무 어리고, 너무 마르고, 커다랗고 두꺼운 까만색 뿔테 안경까지 쓰고 있어서 아이 엄마라기보다는 시험을 앞둔 수험생처럼 보였다. 나는 아이가 누워 있는 요람을 가만 들여다보았다.

"너무 조그마해."

신생아를 처음 봐서 그렇게 말한 건데, 예진이 말로는 아이가 실제로도 작은 편에 속한다고 했다. 나는 혹여나 말실수가 되지는 않았을까 싶어 얼른, 어디선가 주워들은 말을 했다.

"작게 낳아 크게 키우면 좋대."

"맞아, 맞아!"

나는 백화점 아동복 코너를 몇 바퀴나 돌며 고심해서 사 온 아이 옷을 꺼내 그 작은 몸통에 대어봤다. 옷이 조금 컸지만 예진이가 잘 어울린다며 좋아했다.

우리는 아이에게 눈을 떼지 않으면서 식탁에 앉아

포장해온 음식들을 펼쳐서 먹기 시작했다. 서비스로 받은 만둣국도 있어서 내가 주방에서 냄비를 꺼내 국을 데웠다.

그런데, 우리의 오붓한 시간은 거기까지가 끝이었다. 국을 끓이기 시작할 무렵부터 아이가 칭얼대며 울더니 급기야는 무슨 문제라도 있는 듯, 무서울 정도로 크게 울기 시작했다.

초보 엄마였던 예진이는 아이에게 젖병을 물려보기도 하고, 수유를 하기도 하고, 기저귀를 갈아보기도 하고, 품에 안고 작은 집의 이쪽 끝부터 저쪽 끝까지 이리저리 돌아다녀 보기도 하고, 할 수 있는 모든 것을 다 했는데도 울음이 그치지 않았다.

중간에 잠시 사그라드는 시간이 한두 번 있었는데 그 잠깐 동안 우리는 이런 대화를 했던 것 같다. 처음 겪는 육아가 얼마나 힘든지, 신생아는 몇 시간마다 깨는지, 몇 시간마다 수유를 해야 하는지, 임신과 출산을 겪은 여자의 몸은 어떻게 달라지는지 같은 것들.

"이런 거 다, 전에는……."

내가 말을 맺기도 전에 예진이가 되물었다.

"몰랐냐고?"

"응?" 나는 그렇게 물을 생각은 아니었지만 곧바로

다시 대답했다. "응."

"어, 나 몰랐지! 야, 난 정말 하나도 몰랐다, 세상에!"

예진이가 선선히 웃었고 다시 아기가 자지러지게 울기 시작했다.

집에 오는 길에는 예진이를 오랜만에 만나서 반가웠던 것과는 별개로 기분이 많이 가라앉았다. 아기가 너무 많이 울어서 거의 도망치듯 나왔기 때문이었다.

아기와 예진이가 걱정되었다. 병원을 가봐야 하는 상황은 아닌지, 혹시 내가 가서 아이가 낯설어 운 건지……. 아무리 궁금해도 더 참고 나중에 아이가 좀 더 크면 갈걸……. 걱정이 꼬리에 꼬리를 물었다.

내가 해줄 수 있는 게 아무것도 없다는 것도 까닭 없이 미안했다. 할 수 있는 게 있다면 뭐라도 해주고 싶었다. 그러나 내가 예진이를 도와줄 수 있는 건 아무것도 없었고 '나도 알아' '나도 똑같은 걸 겪었어' '다 괜찮아질 거야' 같은 말조차 해줄 수 없다는 사실도 속상했다.

돌아오는 버스 안에서 나는 유튜브에 '우는 아이 달래는 법' 같은 단어를 검색했다. 그러다 '클래식 아기 수면 음악 1시간'이라는 제목의 플레이리스트를 발견해 예진이에게 보냈다.

몇 시간 뒤, 답장이 여러 개 끊어서 연이어 도착했다.

—이걸로 재웠다, 방금.

—오늘 너무 고마워!

—나 귀찮을까 봐 쓰레기봉투까지 알아서 사 온 너의 배려심에 진짜 반해버렸다.

신생아 육아로 정신이 없을 테니 어떻게든 수고를 줄여주고 싶어서 그런 거였지만 예진이가 그걸 알아주고 내게 그걸 고마워하길 바라지는 않았다. 하지만 예진이가 그렇게 말해주자 나는 그제서야 그게 내가 듣고 싶어 했던 종류의 칭찬이라는 사실을 알아차렸다.

—이제야 한숨 돌리고 네가 끓여준 만둣국 먹고 있어. 멀리까지 와줬는데 밥도 제대로 못 먹이고 간 것 같아 너무 미안하네.

—멀기는 뭐가 멀어. 버스 타면 금방이야.

나는 내 걱정은 절대 하지 말라고 보냈다. 예진이의 메시지가 또 다시 도착했다.

—소율이는 웃을 때가 더 이쁜데, 오늘 찡그리고 우는 모습만 봐서 속상해.

나는 나중에 아이가 크면 '너 아가 때 정말 울보였다'고 얘기해주겠다고 장난스레 말했다.

그로부터 7년이 지난 지금, 화면 속 예진이의 아이는

여전히 울고 있는 모습이었다.

달라진 점은 그 옆에 아이가 한 명 더 있다는 사실이었다. 세 살 터울이 나는 둘째였다. 첫째는 수줍고 낯을 가리는 편이고 둘째는 좀 더 활달하다. 첫째는 외모도 성향도 남편 쪽을 많이 닮았고 둘째는 외모와 성격 모두 예진이를 빼다 박았다.

첫째만 있을 때는 남들이 다 첫째가 아빠를 닮았다고 해도 속으로 '아닌데, 내 눈엔 예진이랑 닮았는데' 하며 괜히 어깃장 놓듯 더 그렇게 생각했는데, 둘째를 보고 나자 '붕어빵이라고 하는 건 바로 이런 거구나' 하고 확실하게 느낄 수 있었다. 둘째는 아들이지만 외모며 성격이 모두 예진이와 꼭 닮았다. 아니, 닮았다는 말로도 부족하고 그냥 김예진 그 자체였다.

예진이가 보내준 캡처 화면 속 예진이는 7년 전보다 훨씬 건강해 보였고, 너무나 행복해 보였다. 그리고 어느새 그 행복한 표정의 예진이가 내 눈앞에 나타나 있었다. 눈이 마주치자마자 반가움에 우리는 서로 얼싸안았다.

진한 포옹이 끝난 후 예진이는 스테이플러로 귀퉁이를 집은 A4 용지 몇 장을 내게 내밀었다. 우리가 몇 달 동안 클라우드로 공유하던 스프레드시트였다. 완벽하게 채운 시트는 아니었지만 그래도 날짜별 대략의 할 일과 교통편, 이동 시간, 그것을 결제한 수단 및 가격 등이 깨알같이 적혀 있었다.

예측 가능한 것을 좋아하는 '계획형' 성향인 나는 예진이가 먼저 이런 스프레드시트를 세팅해주었을 때 왠지 새삼스러운 기분이 되었다. 예진이가 아닌 다른 친구들과 있을 때에는 항상 내가 이런 걸 계획하고 정리하는 역할을 해왔기 때문이었다.

나는 내가 그 역할을 좋아한다고 생각했고 물론 그게 사실이기도 했지만 예진이가 먼저 해주는 것도 좋았다. 나는 계획이나 정리를 직접 하는 데서 기쁨을 느끼기도 하지만 계획이 이미 되어 있는 상황 자체를 좋아하는 면이 더 큰 것 같다는 생각이 들었다.

우리는 출국 수속을 마치고 핀에어 게이트 앞 벤치에 앉아 설레는 마음으로 감회를 나누었다.

"결혼하고 아이 낳고 나서 혼자 이렇게 여행 가는 거 처음 아니야?"

"그러게 말이야. 안 그래도 돌이켜보니 지난 7년간 혼자 잔 날이 정말 단 하루도 없더라."

"소감이 어때?"

"너무 설레고 떨린다."

"너 지금 세상 모든 육아맘들의 로망 아냐? 아이 놔두고 유럽 여행. 그것도 열흘이나! 예진이 팔자 진짜 남부럽지 않다."

"그러니까. 내가 무슨 복인지 모르겠어. 믿기지가 않는다."

예진이는 일찍 낳아 빨리 키운 보람이 이제야 빛을 발한다고 뿌듯해했다. 탑승 직전에는 마지막으로 예진이네 어머니와 영상통화를 하고 들어가기로 했다.

사실 이번 여행은 예진이로서는 주변에 도와주는 사람들이 많았기에 가능한 일이었다. 우리가 함께 채워 넣고 예진이가 인쇄까지 해온 빼곡한 여행 일정표만큼이나 꽉 짜여진 스케줄표가 예진이에게는 하나 더 있었다. 열흘 동안 매 시간마다 두 아이들의 일정을 관리하는 스케줄과, 픽업하고 내려주는 동선과, 그 모든 걸 담당하는 그날의 담당자(양가 어른들과 형제들이 모두 동원되었다)가 적혀 있고 일정의 성격에 따라 칸칸마다 다른 색으로 채워진 스프레드시트였다.

원래 이번 리유니언 여행은 7일 일정으로 계획했다. 그런데 예진이의 어머니께서 친구분들과 부산으로

9일간 여행을 다녀오신 후 이렇게 말씀하셨다고 한다.

"부산에서의 9일도 너무 짧게 느껴지던데, 핀란드 여행 일주일은 오죽 아쉽겠니? 며칠 더 다녀올래? 류진이가 처음에 열흘 일정이라고 했다면서. 너도 열흘 있다가 와. 내가 애들 봐줄게."

그래서 예진이도 남편에게 좀 더 당당하게 열흘 여행을 가겠다고 했고 남편 역시 이왕 가는 거, 신경 쓰지 말고 길게 마음 편히 다녀오라고 했다는 거였다. 덕분에 우리는 귀국 일정을 사흘 늦춰 비행기표를 바꿀 수 있었다.

나는 화면 너머의 예진이네 어머니께 인사했다.

"어머니, 덕분에 잘 다녀올게요. 정말 감사해요."

예진이와 너무 닮은 예진이네 어머니가 인자하게 웃으시며 말했다.

"신나게, 사이좋게 잘 놀다와!"

친구의 어머니께 그런 말, '사이좋게 잘 놀아라'라는 말을 들으니 갑자기 어린아이가 되어버린 것만 같았다. 그 느낌이 너무나도 좋아서 친구 어머니의 따뜻한 음성을 마음속 깊은 곳에 소중히 품고 자꾸만 곱씹게 되었다.

CAPITAL
RAVINTOLA

쿠오피오

— 눈이 녹자, 이야기가 시작되었다

✱ × ✱ × ✱ × ✱ × ✱ × ✱ × ✱

2023년 7월 13일 오전 6시. 우리는 헬싱키 반타 공항에 도착했다. 통유리 너머 우리가 타고 온 핀에어 비행기와 'Ulos(출구)'라는 핀란드어 사인을 보자 아득하고 막연한 꿈을 꾸는 것처럼 얼떨떨해졌다.

이토록 어리둥절한 느낌이 드는 건 두 가지 상반된 느낌이 동시에 들이닥쳤기 때문인 것 같았다. 예진이와 함께 핀란드에 와 있으니 한편으로는 과거로 돌아간 것 같기도 했고 다른 한편으로는 이룰 수 없던 미래에 온 것 같기도 했다.

내 옆에는 나와 같은 표정을 짓고 있는 예진이가 있었다. 어릴 때 이곳에서 처음 만난 이후로 15년의 인연을 지속해오는 동안, 만날 때마다 단 한 번도 빼놓지 않고 했던 말, 처음에는 간절한 마음을 담아 말했고 나중에는 습관처럼 말하곤 했던 바로 그 말,

"나중에 여유가 생기면 그땐 꼭 핀란드에 함께 가자. 쿠오피오 대학교도 다시 가보고 헬싱키 여행도 제대로 해보자!"

입버릇처럼 하던 바로 그 말이 정말 실현되고 있었기 때문이었다. 도달하지 못할 꿈처럼 생각했던 일이 눈앞에 현실로 펼쳐지고 있었다.

공항에서 곧바로 핀란드 철도인 'VR'을 이용해 쿠오피오로 이동해야 하는 여정이었다. 예약해둔 기차가 출발하기까지는 조금 여유가 있었다.

"커피 마실까?"

"좋아, 마셔야지!"

핀란드는 의외로 커피의 나라다. 핀란드 사람들은 자국의 커피 퀄리티에 항상 자부심을 느끼곤 했다. 핀란드의 원두 소비량이 세계 1위라는 이야기는 핀란드 친구들과 커피를 마실 때면 늘 듣는 이야기였다. 위도가 높은 곳에 위치해 1년 중 추운 날이 워낙 긴 데다 그중 절반은 해가 뜨지 않는 극야가 지속되니까 더

그렇지 않을까 싶었다. 심지어 '못 견딜 정도로 절박하게 커피를 원하는 상태'를 뜻하는 'kahvihammasta kolottaa'라는 핀란드어가 따로 있을 정도였다. 좁은 의자에 앉아 불편하게 밤을 지새운 우리는 그야말로 몹시 'kahvihammasta kolottaa'한 상태였다.

나는 원래 드립커피보다는 에스프레소를 활용한 진한 커피를 즐겨 마시고 한겨울에도 아이스 아메리카노만 마시는, 이른바 '얼어 죽어도 아이스 아메리카노' 타입이었지만, 지금은 보온 탱크에 내려둔 따뜻한 드립커피가 더 반가웠다. 생각해보면 교환학생이던 2008년에는 매일매일 따뜻한 드립커피를 내려 마시곤 했다. 이전에 살던 사람이 교환학생 숙소 주방에 두고 간, 대체 몇 대를 물려 내려오는지 모르겠는 수상하도록 낡은 커피 드리퍼로.

우리는 핀란드의 상징과도 같은 시나몬 롤과 연어 토스트를 시켜 함께 먹으며 허기를 달랬다. 모두 한국에서도 먹으려면 먹을 수 있는 메뉴들이었지만 뭐랄까, 이건 '진짜'라는 생각이 들었다. 따뜻한 드립커피를 속으로 흘려보내니 몸은 노곤해지는데 머리는 기분 좋게 각성이 되었다.

커피를 마신 뒤 우리는 서둘러 VR을 타러 이동했다. 한 번의 환승을 포함해 네 시간을 더 이동해서 쿠오피오에 도착하는 일정이었다. 그 모든 이동 시간 내내 우리는 핀란드의 모든 것에 들떠 있었다. 아직 첫 여행지의 숙소에 도착도 하지 않았고, 아직 이동 중인데도 그랬다.

우리는 핀란드의 모든 것이 마냥 좋았다. 이유는 없었다. 단지 6개월을 살았을 뿐인데, 단 한 학기를 교환학생으로 지냈을 뿐인데, 그때부터 우리는 오랜 세월 핀란드를 일방적으로 그리워했다. 핀란드와 관련한 것들을 무엇이라도 발견하면 호들갑을 떨며 서로에게 알렸다. '지금 TV 켜봐. 예능프로그램에 핀란드 사람이 나오고 있어!' '한국에 무인 카페가 생긴대!' 그런 호들갑을 받아줄 수 있는 사람은 서로밖에 없었으니까.

핀란드어 간판이 읽히는 것도 신기했다. 우리는 분명 '핀란드어를 할 줄 안다'고 할 수는 없는 수준이었다. 그런데도 여기저기 간판마다 쓰여 있는 '티켓, 출구, 입구, 레스토랑, 카페, 커피, 꽃, 길' 같은 간단하고 중요한 생활 단어들이 다 읽혔다. 당시 학교에서 '서바이벌 피니시'라는 수업을 수강하며 알파벳과 숫자 세기, 기본적인 동사 활용 등의 아주 기초적인 회화와 쉬운 단어들을 배우긴 했지만 오랜 세월 쓸 일이 전혀 없었기 때문에 당연히 모두 잊어버렸을 줄 알았는데, 보자마자 생각이 났다.

이동 중 목이 말라 음료수를 사기 위해 잠시 들른 마트에서도 마찬가지였다. 쌀, 야채, 감자, 당근, 우유 등 그야말로 '생존용' 핀란드어가 쏙쏙 들어왔다. 그러다 마트 한편에 놓인 커다란 철제 바구니에 가득 쌓인 무언가를 보고 난 다급하게 예진이를 부를 수밖에 없었다.

"예진아! 김예진! 빨리 와봐."

"왜?"

"이것 좀 봐봐. 인간적으로 이건 사야 하지 않겠니?"

"야, 사자!"

역시 예진이도 좋아할 것 같았다. 그건 보송보송한 극세사 재질의 토끼 귀가 달린 머리띠였는데, 귀가 조그맣게 올라온 것이 아니라 거의 얼굴과 같은 정도의 길이로 길게 올라와 있는 형태였고 상당히 넓적했지만 속에는 철사가 들어 있어 꼿꼿하게 세우거나 원하는 대로 모양을 잡을 수 있었다. 그리고 결정적으로, 그 토끼 귀에 핀란드 국기가 있었다. 그러니까 각각의 넓적한 토끼 귀에 파란색 십자가가 수놓아져 있었던 것이다.

핀란드를 나타내는 거라면 뭐든 좋아하는 우리는 그걸 살 수밖에 없었다. 심지어 예진이는 집에 가져가면 아이들이 서로 갖겠다고 싸울 것 같다며 두 개를 샀다. 기념품은 짐을 줄이기 위해 보통 마지막 날 사는 게 아니냐, 그런데 우리는 왜 아직 첫 숙소에 도착하지도 않았는데 벌써 기념품을 사는 거냐, 왜 둘 중 한 명이라도 자제해주는 사람이 없는 거냐며 서로 한탄하듯 웃었다.

*

기차로 네 시간 이동 끝에 도착한 쿠오피오의 첫 인상은 왠지 낯설었다. 쿠오피오 기차역이 이렇게 생겼었나? 너무 오래 전이라 기억이 가물가물하기도 했지만 역사 자체를 새로 지어 지나치게 깨끗하고 세련된 느낌이라 어색했다. 실제로 아직도 여기저기서 공사가 진행 중인 모습이 보였다.

이 느낌 뭐지? 분명 오랜 세월 그리워하던 곳인데…….

약간은 어리둥절한 느낌으로 주위를 둘러보며 걷고 있다가 한 사람과 눈이 마주쳤다. 백금발의 상고머리, 고글형 선글라스, 꼬깃꼬깃한 베이지색 반팔 티셔츠와 까만색 면 반바지를 입고, 스포츠 양말을 종아리까지 올려 신은 채 손을 높이 들어 흔들고 있는, 미꼬였다.

"예진아, 저기 미꼬다!"

미꼬가 시야에 들어온 순간부터 나도 모르게 눈물이 나기 시작했다. 쿠오피오 기차역은 너무나 낯설었는데 거기 살고 있는 미꼬는 옷차림이며 표정이며 15년 전 그대로였다.

"정말 오랜만이다!"

미꼬가 내 얼굴을 확인하고 놀라 물었다.

"왜 울어?"

나는 나도 잘 모르겠다고, 데리러 나와줘서 고맙다고 말하며 손등으로 흐르는 눈물을 재빨리 튕겨냈다.

"걸즈, 너희가 와줘서 고마워."

만으로 해도 서른여섯인, 전혀 '걸'이 아닌 우리에게 아직도 '걸즈'라고 하는 게 새삼 웃겨서 갑자기 웃음이 터져 나왔다. 울다가 웃다가 난리였다.

사실 5년 전, 2018년에 남편과 북유럽 여행을 할 당시 미꼬에게 연락했다가 거절당한 적이 있었다.

오랜만에 인스타그램 다이렉트 메시지로 '여름에 헬싱키에 갈 예정인데 혹시 시간이 되면 볼 수 있을까?'

라고 보냈는데 정확히 언제인지 묻지도 않고 '이번 여름은 휴가를 못 내서 헬싱키까지 가는 게 어렵겠다'는 건조한 답이 곧바로 왔던 것이다.

나는 내가 미꼬로부터 단칼에 거절당했다고 느꼈고, 그 이후는 한 번도 미꼬와 따로 연락을 주고받은 적이 없었다. 소심하게 '좋아요'만 주고받을 뿐이었다.

그때의 나는, 그것이 나의 업보라고 여겼다.

우리가 핀란드 교환학생을 마치고 귀국한 바로 그 다음 학기에 미꼬가 서울에 있는 우리 학교로 교환학생을 왔었다. 그러나 나와 예진이는 귀국과 동시에 4학년이 되었고, 한창 졸업 준비와 취업 준비를 할 시기라 미꼬를 자주 만나거나 챙겨주지는 못했다. 외국인이 적응하고 정착하기에 쿠오피오보다 서울이 훨씬 난도가 높음이 분명한데도. 나는 그 점에 대해 항상 은은한 죄책감을 갖고 있었다.

그래서 미꼬가 헬싱키에서 만날 수 있겠냐는 내 메시지를 단번에 거절했을 때, 미꼬가 한국에 있을 때 내가 제대로 챙겨주지 않았기 때문에 미꼬도 나를 예전처럼 그렇게 친밀하게는 생각하지 않게 되었을 거라고, 그건 분명한 내 잘못이고 내가 응당한 벌을 받는 거라고 여겼다. 그 벌이란, 미꼬에게 미움 받는 일이었다.

이제 더는 미꼬의 친구가 될 수 없는 일이었다. 하지만 그건 나 혼자만의 생각이었고 알고 보니 실제로는 전혀 아니었다.

미꼬의 포드 승용차에 우리의 캐리어를 차곡차곡 싣고 나는 조수석에, 예진이는 뒷좌석에 탔다. 예진이와 나는 우리 미꼬가 언제 이렇게 다 커서 차도 있고 픽업까지 오느냐며 기특해했다. 사실 미꼬는 우리보다 두 살이나 많았음에도 이상하게 '기특하다'는 생각이 들었다. 워낙 어릴 때 만났던 사이라 아직도 서로 어린 학생처럼 느꼈다.

그건 미꼬 쪽도 마찬가지일 것이다. 미꼬도 우리가 자국에서 결혼도 하고 애도 낳고 회사도 다니고 책을 쓰기도 하고 차를 사서 운전도 하고 다니는 걸 보면 기특하다는 생각이 들겠지. 미꼬는 늘 우리를 '걸즈'라고 칭했으니까. 미꼬 역시 여전히 그때 그대로 소년 같았다.

차에서는 강렬한 메탈 음악을 트는 FM 라디오가 흘러나오고 있었는데 채널 이름이 무려 '라디오 록'이었다.

"새삼 '약속된 헤비메탈의 땅'이라 불리는 나라에 왔다는 게 실감이 난다."

"너도 이런 걸 좋아했던가?"

"그럼, 나이트위시, 힘, 이런 밴드들 좋아했었어."

"좋은 밴드지. 힘은 해체됐지만."

"좋아하던 밴드들이 해체되는 건 정말 슬픈 일이야."

"한국의 메탈은 어때?"

"메탈의 시대가 다 끝난 것 같아. 이런 게 라디오에서 나올 일이 잘 없어."

이야기를 나누다 보니 금방 호텔에 도착했다. 우리가 예약한 첫 숙소는 쿠오피오 시내 중심가에 자리하고 있는데도 이름이 '라플란드 호텔'이어서 조금 웃음이 나왔다. 마치 대전에 있는 '부산 횟집' 같은 느낌이랄까. 핀란드 곳곳에 지점이 있는 체인 호텔인 모양이었다. 산타 마을로 유명한 핀란드 북부의 관광도시 라플란드의 이름을 딴 만큼, 호텔의 로비며 객실이 라플란드풍의 소품들로 장식되어 있었다. 순록 무늬의 패브릭 쿠션과 카펫 등이 여기저기 비치되어 있었고 조금 조악하지만 벽난로 모형까지 있어서 전체적인 인테리어가 한겨울 산타마을의 통나무 코티지를 콘셉트로 했다는 것을 알아볼 수 있었다.

"우리 교환학생 때 다 같이 라플란드 갔던 거, 기억나지?"

"응, 난 우리 갔던 단체 여행 중에 그게 제일 기억나. 그때 우리 다 같이 통나무 코티지에서 잤었는데, 거기 생각난다야."

"내가 지금 그 얘기하려고 했는데."

당연하다는 투로 예진이가 말했다.

"난 네 마음이 다 들려."

우리는 호텔 방에 캐리어만 올려다 두고 곧바로 나와 쿠오피오 대학교의 학생 식당에서 셋이 함께 밥을 먹을 예정이었다. 그동안 미꼬가 로비에서 우리를 기다려주기로 했다. 조금 쉬고 싶었지만 아무것도 지체되어서는 안 되는 상황이었다.

우리가 계획해둔 쿠오피오에서의 일정은 도착한 당일 금요일을 포함한 2박 3일이었는데 토요일과 일요일은 학생 식당이 열지 않는 날이라는 걸 뒤늦게 알았기 때문이었다. 그렇다면 우리에게 주어진 시간은 금요일뿐이었는데 이날마저도 오후 2시까지만 영업을 한다고 했다. 역시 어디든지 일찍 닫는 나라, 핀란드다웠다.

우리는 옷도 갈아입지 않고 딱 양치만 하고 바로 나가기로 했다. 내가 먼저 이를 닦고 나온 다음 작은 크로스백에 짐을 챙기는 사이, 예진이가 자기 세면도구 파우치를 챙겨 들고 화장실에 들어가더니 곧바로 화장실 밖으로 나와서 외쳤다.

"진짜 미치겠다."

"왜?"

"짐 싼 거 나랑 이렇게까지 똑같을 일이야? 웃겨 죽겠네."

예진이의 손에는 고리형 파우치가 들려 있었다. 놀랍게도 내 거랑 완전히 똑같은 형태였다. 지퍼가 달린 직사각 파우치 위로 뚜껑처럼 덮개가 덮여 있는데 그 덮개 끝에 고리가 달려 있어서 덮개를 위로 쫙 펼치면 화장실의 수건걸이나 문 손잡이 같은 곳에 쉽게 걸 수 있는 형태였다.

욕실 용품을 일일이 숙소 화장실에 꺼내고, 그걸 떠날 때 다시 하나하나 챙겨 넣지 않아도 그 고리만 걸었다 뺐다 하면 되기 때문에 여행, 특히 숙소를 옮겨야 하는 여행에서 아주 유용한 파우치였다. 나는 국내든 해외든, 단기든 장기든 여행을 할 때면 항상 그 파우치를 가지고 다녔다.

예진이와 내 파우치의 형태가 똑같은 것도 놀라웠지만 내부까지 쌍둥이처럼 같은 게 더 신기했다. 덮개 쪽 그물망으로 된 주머니의 왼쪽과 오른쪽에는 화장솜,

면봉이 각각 가지런히 들어 있었고 아래쪽 파우치 안에는 샴푸와 컨디셔너, 세안제와 수분 크림 등 세면용품들이 담겨 있었다. 그 구성이 놀랄 만큼 똑같았다.

"솜이랑 면봉 딱딱 넣어온 것 좀 봐라. 어쩜 이렇게 똑같을 수가 있니."

"세안제 새 걸로 사 온 것마저 똑같아."

"당연하지. 중간에 떨어지면 안 되잖아. 그리고 샤워 타월은 일부러 버릴 걸로 헌 거 가져왔지?"

"당연하지."

내가 혹시나 싶어 다시 물었다.

"너 혹시…… 화장품도 전부 다 새 걸로 사 왔어?"

"당연하지. 안에 얼마큼 남아 있는지 모르니까."

"야! 나도……."

세상에, 나만 유난인 줄 알았는데 이렇게 반가울 수가 없었다.

"만약 중간에 똑 떨어지면,"

"물론 다시 살 수는 있겠지만,"

"그거 사는 데 시간을 쓰게 되는 거잖아."

"그렇지. 그리고 아예 똑같은 것도 없고. 안 되지. 넉넉하게 다 새 걸로 사 와야지."

"어차피 한국 돌아가면 언젠가는 다 쓸 거니까."

내가 할 말을 예진이가 먼저 했고, 예진이가 말을 다 끝내기도 전에 마치 한 문장처럼 내가 이어받았다.

"진짜 새삼 놀랍다. 너랑 나랑 비슷하긴 했지만…… 이 정도였나?"

예진이와는 처음 만날 때부터 성향이 비슷하다고 느끼긴 했지만, 여행을 하면서는 스물네 시간 붙어 있게 되니 매 순간 새삼스러웠다. 그 비슷한 행동이며 사고의 흐름이, 그것이 서로 변하지 않았음에, 혹은 같은 방향으로 변했음에 우리는 자주 놀라곤 했다.

*

생각해보면 내가 예진이를 좋아하고 예진이가 나를 좋아하는 이유가 있었다. 우리는 어릴 때부터 책을 좋아하던 사회학과 학생과 어릴 때부터 수학을 잘하던 세라믹공학과 학생으로, 공부하고 관심 있는 분야가 근본적으로 다르긴 했지만 성격 자체는 비슷한 구석이 너무 많았다.

스물한 살 무렵 한국에서 핀란드로 떠나기 직전, 교환학생 오리엔테이션에서 예진이를 처음 만났을 때까지만 해도 나는 예진이의 이름조차 잘 기억하지 못했다. 오리엔테이션이 열린 강의실이 그리 넓지 않았음에도 우리는 강의실의 대각선 끝과 끝에 아주 멀찍이 떨어져 앉아 있었다.

서로 인사하고 딱 한두 마디 정도의 대화를 나누긴 했지만 그때의 나는 그냥 막연하게 '저 학생은 나와는 전혀 교점이 없어 보인다'라고 생각했다. 나도 모르게, 무의식중에 더 그런 쪽으로 생각했을 수도 있다. 스물한 살의 내가 교환학생 프로그램에 참여하면서 기대했던 것들은 정말이지 끝도 없이 나열할 수 있을 정도로 많았지만 '한국에서 온 학생과 친해지고 우정을 쌓는 일'은 그 길고 긴 리스트의 가장 끄트머리에조차 존재하지 않았기 때문이었다.

오리엔테이션 때 예진이와 나눈 짧은 대화는 이게 다였다. 그것도 예진이가 먼저 말을 걸어준 거였다.

"저기, 혹시 밥솥 가져가실 건가요?"

대뜸 첫 질문으로 왜 그런 걸 물어봤는지 모르겠다. 가져가려면 같이 쓰게 상의해서 한 명만 가져가자는 뜻이었을까? 아니면 재가 가져가면 나도 가져가야지, 했던 걸까? 아무튼 나는 이렇게 답했고, 왜인지 그 순간만큼은 아직도 생생히 기억난다.

"아니요, 저는 밥 안 해 먹을 건데요."

그러나 나는 타지 생활 불과 한 달 만에 한식을 그리워하기 시작해 시내의 전자상가로 달려가 누구보다 먼저 전기밥솥을 사게 되었고(소설 「치유의 감자」에 나오는 전기밥솥 에피소드는 내 실제 경험이다), 나와는 교점이 없어 보인다고 생각했던 예진이와는 하루 종일 붙어 다니는 둘도 없는 친구가 된다.

핀란드 쿠오피오에 처음 도착해 현지 생활에 적응하고 있던 무렵, 당시 연인과 통화를 할 때 나는 예진이에 대해 종종 이런 식으로 말하곤 했다.

"예진이를 보면, 항상 이런 생각을 하게 돼. 다른 사람들이 나랑 이야기할 때 이런 느낌을 받았겠구나."

지금도 그런 성향이긴 하지만 어릴 때는 훨씬 더 낯가림이 없는 편이었다. 처음 만나는 사람과도 어색하지 않게 대화했고 누구를 만나더라도 주로 내 이야기를 많이 하는 편이었다. 그러나 신기하게 예진이와 대화할 때면 나는 주로 듣는 입장이 되었다. 예진이도 나만큼이나 낯가림이 없고, 말이 많고, 자신의 이야기를 거리낌 없이 하는 타입이었기 때문이었다.

예진이는 별거 아닌 이야기도 신나게 했는데 혼자서만 신나는 게 아니라 듣는 사람까지 같이 신나게 만드는 말재주를 지니고 있었고 만날 때마다 새로운 이야기가 끝도 없이 나왔다.

나는 예진이가 태어날 때부터 지금에 이르기까지의 성장사를 비롯해 예진이의 가족들은 물론, 예진이와 친한 초등학교, 중학교, 고등학교, 대학교 친구들 각각이 모두 어떤 사람인지까지 알게 되었다. 그건 무슨 이야기를 해도 그 이야기가 벌어지게 된 전사부터 이른바 '빌드업'해나가는 식의 화법 때문이었는데 그런 점도 나랑 너무도 똑같았다.

"꼭 거울 치료 하는 것 같아."

'치료'라는 말을 써서 오해가 있을 순 있지만, 그게 싫다는 건 전혀 아니었다. 정정해보자면 '거울 체험'쯤 된달까? 나는 예진이의 이야기를 듣는 게 좋았다. 평소의 나는 말을 많이 하는 편이었지만 예진이와 있을 때는 어쩐지 예진이의 이야기를 듣는 게 더 편하고 재미있었다.

최근 몇 년간 MBTI가 그야말로 대유행이었는데, 대유행이 한 바퀴 돌고 나면 항상 그렇듯 회의론도 큰 것 같다. 사람의 성격 유형을 어떻게 열여섯 가지로만 나눌 수 있겠느냐며 누군가는 가짓수만 조금 늘었을 뿐,

90년대에 유행했던 혈액형별 성격유형론과 다를 바 없다고 이야기하기도 한다. 하지만 나는 MBTI를 혈액형별 성격유형론과 동급으로 치부하기에는 다소 억울한 측면이 있다고 생각한다.

왜냐하면 나는 MBTI가 그저 '동어 반복'일 뿐이라고 생각하기 때문이다. "당신은 사과를 좋아하는 편인가요?"라는 질문에 '예'라고 대답한 사람과 '아니오'라고 대답한 사람은 당연히 '사과 취향'에 있어서는 서로 다른 사람이다. '예'라고 대답한 사람에게는 '사과 좋아 타입', '아니오'라고 대답한 사람에게는 '사과 안 좋아 타입'이라는 이름을 붙여주는 게 뭐가 그리 허무맹랑하고 잘못된 일인지까지는 솔직히 모르겠다. MBTI의 본질 자체가 동어 반복이기 때문에, 답변자가 솔직히 답했다는 전제하에 (그다지 답하기 어려운 질문도 아니다) 그것을 단지 줄임말로 반복할 뿐이니 대체로는 당연히 잘 맞을 수밖에 없다고 생각한다. 사과를 사과라고 부르는 데에 딱히 대단한 오류가 있을 리는 만무하다는 간단한 생각인 것이다.

나는 오히려 MBTI의 개념을 알게 되고 나서 일상 속에서 나와 다른 성향의 타인을 훨씬 더 잘 이해할 수 있게 된 긍정적 측면이 있다고 생각한다.

예를 들면 '외향' 성향인 나는 여러 사람이 모인 신규 프로젝트 회식 자리에서 대화를 많이 하지 않는 사람을 챙겨준답시고 말이 없는 사람에게만 골라서 질문을 던진다거나, 급기야는 침묵을 견디지 못하고 "원래 말씀이 없으신 타입이세요?" 같은 질문을 하는 일은 그만두게 되었다. "둘이 인사해" 같은, 악의는 없지만 내향인 두 명을 동시에 괴롭히는 말도 더는 하지 않게 됐다. 동시에 '저 사람이 말이 없는 이유가 혹시 내가 싫어서인가……' 하고 눈치를 덜 볼 수 있게 되었고, 아파서 링거를 맞았다는데 '실비보험 되냐'는 말을 제일 먼저 꺼내는 사람에게도 하나도 서운하지 않고 고마워할 수 있게 되었다.

일상에서, 일하다가, MBTI 개념을 몰랐다면 '어떻게 저런 말을 할 수 있지?' 혹은 '어떻게 저렇게 행동할 수 있지?' 하다가 결국은 '이해가 안 가!'로 귀결될 상황에서도 MBTI를 알고 난 후에는 다른 결론을 내릴 수 있게 되었다. 정말로 '어떻게' 저런 말을 하게 되었는지, 그 사고의 과정이 나와 다를 뿐 그 사람이 가진 나름의 고유한 논리로 작동한 것임을 차분히 따라갈 수 있게 되었고, 나와 다른 사고를 거친 결과물도 웬만하면 '이해가 가!'로 바뀌기 시작했다. 타인에 대한 오해가 적으니 그와 교류하는 나 자신의 마음도 훨씬 평화로울 수 있게 되었다.

갑자기 MBTI에 대한 변명 아닌 변명을 왜 이렇게 길게 하게 되었냐면…… 맞다. 예진이와 나의 MBTI 이야기를 하고 싶어서다.

예진이와 나는 MBTI가 똑같다. 외향형(E)이고, 직관형(N)이며, 감정형(F)이고, 판단/계획형(J)이다. 예진이 말로는 육아를 하게 되면서부터는 도무지 계획대로 되는 일이 없는 데다, 남편이 자신보다 더 강한 계획형이다 보니 J가 P로 변한 것 같다고는 하는데, 예진이를 오랜 세월 꾸준히 지켜봐온 내가 봤을 땐 전혀 납득이 가지 않는 소리였다.

이번 여행 일정을 1년 전부터 스프레드시트 파일로 세팅해 링크를 보내온 것도 예진이었고, 인천공항에서 만났을 때 그걸 2부 인쇄해와서 내게 건넨 것도 예진이었다. 예진이가 "난 이제 P로 변한 것 같아"라고 했을 때 나는 코웃음을 치며 말했다.

"너 진정한 P를 못 봤구나? 우린 비록 두드러지지는 않을지언정 J인 건 맞아."

"아니야, 난 이제 P로 변했어."

나는 예진이가 인쇄해온 여행 계획표를 흔들면서 말했다.

"잘은 모르겠지만 P는 이런 거 안 할 것 같지 않아?"

"아, 그런가?"

예진이가 멋쩍어하며 수긍했다.

"너, 아까 저 샤워볼로 샤워할 때 왼팔 세 번 비누칠하면 오른팔도 세 번 칠하고 싶지?"

"이왕이면 그렇지."

"그렇다면 너는 J입니다."

나는 MBTI 대법관처럼 말했다.

"근데 난 또 은근히 즉흥적으로 행동하는 면도 있긴하거든? 너도 그렇지 않아?"

나는 반박하지 못했다.

"그건 그래. 원래 ENFJ가 J 유형 중에 가장 즉흥적인 유형이래."

"그래? 어쩐지. 그럴 줄 알았다니까!"

"계획표가 있는 여행을 하긴 하지만, 계획에 없던 쇼핑으로 쇼핑백 주렁주렁 무겁게 들고 남은 일정을 소화하는 등의 굉장히 P적인 면모를 보인다거나 말이지."

첫 숙소에 도착하기도 전, 이동 중에 토끼 머리띠를 이미 세 개나 산 몇 시간 전의 모습이 떠올랐다. 예진이가 웃으며 변명했다.

"그런 건 일단 보일 때 사둬야 한다고! 짐 줄인다고 마지막 날 사야지, 했다가 그거 다시 찾는 것도 일이다? 그게 오히려 시간 아끼는 걸지도."

"그리고 넌 그걸 한국에 가져갔을 때 애들이 싸울 것까지 미리 예상해서 두 개를 샀잖아. 아직 여행 시작하지도 않았는데 말이야. 그건 지극히 'J'스러운 생각이라고 볼 수 있을 것 같아."

예진이가 마침내 수긍하고 말았다. 나는 왜 ENFJ가 계획형(J) 중에 가장 즉흥형(P)에 가까운지 알 것 같았다. 아마도 직관(N)이 더 세서 계획(J)을 누르거나 방해하는 게 아닐까? 분명 계획이 있는 걸 선호해서 판단하고 계획을 짜두긴 하지만 갑자기 직관적으로 또 다른 계획들이 침범해서 기존에 판단했던 것들을 무너트리는 느낌이랄까.

"우린 어쩜 그런 것까지 비슷하니. 우린 그럼 소문자 'j'인 걸로 하자."

나는 '제이'를 작게 발음하며 말하곤 덧붙였다.

"얼른 나가자. 우리에겐 또 오늘의 중요한 계획이 있잖아."

집을 떠난 지 스물네 시간이 넘게 지나 있어 무척 피

곤했지만 우리는 한시도 더 늦출 여유가 없었다. 이번 리유니언 여행의 대망의 첫 일정이 기다리고 있었기 때문이었다. 조금만 늦어도 계획에 차질이 생기는 상황이라 우리는 여독을 풀 새도 없이 서둘러 호텔을 벗어났다.

*

쿠오피오 대학교는 우리가 모르는 새에 '핀란드 동부 대학 연합'의 일부로 통합되어 있었다. 학교의 출입문마다 붙어 있는 바뀐 학교의 로고와 이름이 조금 어색했지만 그 외의 것들은 얼핏 봐도 거의 그대로인 것 같았다. 우리는 건물 입구로 들어서자마자 지체하지 않고 목적지인 학생 식당으로 향했다. 멀리서부터 기분 좋은 음식 냄새가 풍겨왔다.

이곳에서 밥을 먹은 게 너무 오래전이라 '익숙한 냄새'라고 표현하면 솔직히 거짓말일 거다.

'그때 그 학생 식당에 다시 간다면 어떨까? 어떤 냄새가 날까?' 하는 식으로 이곳은 늘 궁금함을 동반한 그리움의 대상이었는데 막상 식당의 음식 냄새가 코를 자극하자 곧바로 '나는 이 냄새를 아주 잘 알아' 하는 생각이 들었다.

여러 그리운 얼굴들이 떠오르기 시작했다. 아직 그때 그 모습으로 어린 친구들의 모습이. 겨울외투가 단 한 벌뿐이라 매일 똑같은 스키복을 껴입고, 추운 바깥 날씨에 양 볼이 빨개진 채로 활짝 웃으며 인사를 건네는 여러 나라의 친구들의 얼굴이. 귓가에 각자의 억양이 섞인 특유의 말투와 목소리가 들려오는 것만 같았다.

경제적으로 풍족하지 않은 학생들에게 쿠오피오 대학교의 곳곳에 자리한 학생 식당은 모든 영양분을 고루, 그리고 양껏 섭취할 수 있는 최고의 레스토랑이었다. 그래서 교환학생들은 하루에 최소 한 번은 이곳 식당에서 만나곤 했다.

다종다양한 채소를 종류별로 덜어 먹을 수 있는 샐러드 바, 조리를 최소화하고 재료 본연의 맛을 그대로 살리는 요리들. 매일 조금씩 바뀌지만 언제 무엇을 골라도 실패가 없는 맛에, 영양 성분의 조화를 고려한 건강한 뷔페식 식단을 마음껏 먹을 수 있었는데 0.25유로 정도를 추가하면 커피까지 원 없이 마실 수 있었다. 당시 환율로 약 3천 원에 후식까지 제대로 한 끼를 든든하게 해결할 수 있는, 그야말로 돈 없는 학생들의 천국이었다. 학생들은 수업이 없는 날에도 눈길을 헤치고 학교까지 내려와서 밥을 먹었다. 선반마다 빈 포장 용기까지 구비되어 있어서, 먹고 남은 음식을 알뜰살뜰히 챙겨갈 수도 있었다.

나와 예진이는 이제 더 이상 학생이 아니었기에 일반 요금인 11.3유로를 내야 했는데 그것보다 더 놀라운 건 미꼬가 아직도 학생 신분으로 2.95유로에 식당을 이용할 수 있다는 사실이었다. 미꼬는 쿠오피오에서 헬스케어 관련한 솔루션을 만드는 스타트업에 다니고 있었다. 미꼬가 학생증을 내고 2.95유로에 트레이와 빈 커피잔을 받았을 때 예진이와 나는 무심결에 한국어로 이렇게 내뱉어버리고 말았다.

"뭐야, 미꼬는 아직도 할인받는 거야?"

무슨 말인지 알아들은 미꼬가 약간 한국식으로 머쓱해하며 대답했다.

"하하. 맞아, 아직 할인받아."

"한국말 아직 잘 알아듣는구나!"

"물론이야. 뜻은 대충 다 알아듣지."

미꼬는 우리보다도 두 살이 많은데도 이상하게 늘 학생 같은 느낌을 풍겼다. 미꼬는 처음 만났을 때 이미 멕시코로 교환학생을 한 번 다녀온 상태였는데, 우리를 만난 이후에 한국으로 또다시 교환학생을 왔었다.

그것도 두 번이나.

나와 예진이가 한국으로 돌아와 금융위기의 한파 속에서 졸업 준비와 취업 준비에 한창일 때 어찌 보면 속 편하게 등록금도 내지 않고 항공편까지 모두 국가에서 지원받으며 교환학생을 세 번이나 오가는 미꼬가 내심 다른 세상 사람 같아 부러운 마음이 들곤 했었다. 교환학생으로 만난 우리가 졸업하고 취직해서 사회인이 되었을 때도 미꼬는 여전히 계속 교환학생이었고, 핀란드로 다시 돌아간 후에도 계속 학교에 있다고 했다. 게다가 15년이 지난 지금까지도 혼자만 학생 요금을 내고 있으니 미꼬가 왠지 영원히 늙지 않는 소년처럼 느껴졌다.

어찌된 일인지 대충 들어보니, 미꼬는 학부 졸업 후에 쿠오피오 대학에서 석사 과정에 진학하자마자 취직을 해서 일하게 되었고, 그 후로 수료나 졸업을 하지 않아 계속 학생 신분이 유지되고 있다고 했다. (한국이었다면 벌써 제적되었을 텐데!) 아무튼 핀란드는 배움의 과정에 있는 학생들에게 여러모로 너그럽고 관대한 나라였다.

'STAY HOT'이라고 음각된 황동 재질의 갓등 아래 노란빛을 받으며 진열되어 있는 뷔페 음식들, 새하얀 목조로 된 격자 형태의 창. 모든 것이 그대로였다. 핀란드에 오자마자 우리가 가장 먼저 온 곳이 우리가 가장 많은 끼니를 먹었던 학교의 식당이고, 이곳에서 미꼬와 함께 밥을 먹고 있다는 것도 새삼 신기했다.

"여기에서 이렇게 우리 셋이 밥을 먹고 있으니까 기분이 이상해."

내가 검지로 테이블을 가리키며 이어 말했다.

"우리가 처음 만났던 장소가 바로 여기였잖아."

*

핀란드 사람들의 유구한 자조적 농담이 있다.

스스로를 '조용하고 소극적인 개인주의자'로 여기는 농담이 바로 그것이다. 요즘으로 치면 '극내향형 인간'을 설명하는 자조적 농담과 비슷한 것이다.

핀란드인들은 다른 남유럽이나 서유럽 사람들 혹은 미국 사람들처럼 길에서 만난 처음 보는 사람한테 반갑게 인사하지 않고, 스몰 토크 같은 것도 하지 않고, 좀처럼 웃지도 않는 성향인 데다 심리적으로나 물리적으로나 늘 개인 공간을 확보해주어야 하는 내향적 성

향이라는 사실과, 그러한 성향에서 비롯된 여러 상황에 대한 우스갯소리들이었다. 이를 테면 이런 것들.

외출을 하려는데 누군가 엘리베이터를 기다리고 있는 것 같으면 현관문 앞에 숨죽이고 있다가 엘리베이터가 떠난 다음에야 집 밖을 나선다든지, 좌석버스에 탔는데 모든 2인 좌석에 한 명씩 앉아 있고 내가 반드시 누군가의 옆자리에 앉아야 하는 상황에서의 난감함이라든지, 쇼핑하다 우연히 만난 지인과 실수로 인사하기라도 했다가는 쇼핑하는 내내 그를 피해 다녀야 하는 불상사에 처한다는 식의 고충 등. 이런 내용만 담은 『핀란드인의 악몽[2]』이라는 핀란드 작가의 그림책이 시리즈로 있을 정도다.

15년 전 쿠오피오 대학의 한 강의실에서 열린 교환학생 오리엔테이션의 프로젝터 스크린에 띄워져 있던 그림도 핀란드인은 감정의 변화가 크지 않다는 식의 인터넷 밈이었다. 핀란드인이 기쁠 때, 슬플 때, 화났을 때, 놀랐을 때, 행복할 때, 긴장했을 때, 초조할 때 등 수많은 감정들을 바둑판식으로 나열해놓고 거기에 모

2 한국에서는 『핀란드에서 온 마티』라는 이름으로 출간되었다.

두 똑같은 털모자를 눌러 쓴 무표정한 핀란드인 사진을 갖다 붙인 이미지였다. 핀란드에 처음 온 외국 학생들에게 그런 교육을 했다는 건, 그게 실제 유효한 조언이기 때문이었을 것이다.

실제로 핀란드에서는 엘리베이터에서 문이 열리고 닫힐 때마다 활짝 웃는 얼굴로 "굿모닝!" 같은 말을 할 필요도 없고 그저 무표정으로 층수만 올려다보고 있어도 크게 상관없었다. 당연히 스몰 토크를 할 필요도 전혀 없었다(이 점은 우리와 비슷하다).

그러나 버스정류장에서 줄을 설 때는 개인 영역을 너무나 존중한 나머지 아주 널찍하게 간격을 두고 서서 이게 줄인지 아닌지 알 수 없을 정도였다(이 점은 우리와 다르다). 1미터 간격으로 줄을 선 핀란드의 버스정류장 사진이 인터넷에서 화제가 된 적이 있던 것으로 기억하는데 나는 실제로 핀란드 시골길의 버스정류장에서 거의 10미터 간격을 두고 줄을 서본 적도 있었다.

그래서 누가 봐도 외적으로 핀란드 사람처럼 보이는 미꼬가 학생 식당에서 예진이와 내가 마주 밥을 먹고 있던 자리로 다가왔을 때, 심지어 먼저 우리 테이블에 자기 트레이를 올려놓고 한 손을 들어 이렇게 말했을 땐, 예진이도 나도 얼마나 놀랐는지 모른다.

"안녕!"

그때 네가 갑자기 한국어로 안녕, 해서 우리가 얼마나 놀랐는지 몰라, 그로부터 15년이 지났어, 말도 안 돼, 나는 애가 둘이고, 나는 책을 세 권이나 냈어, 나는 여자친구랑 함께 산 지 10년이 됐어. 그러다 누가 먼저랄 것도 없이 입을 모아 말했다.

"시간이 너무 빨리 간다."

나이를 먹을수록 시간이 가는 속도가 더 빠르게 느껴진다던데, 그러면 대체 앞으로 다가올 미래에는 시간이 얼마나 더 빠른 속도로 흐르게 되는 걸까? 이렇게 셋이 밥을 먹고 뒤돌아서면 또 15년이 흘러 있는 게 아닐까?

미꼬가 태권도장에서 배웠다는 서툰 한국어 발음으로 "안녕!" 하고 인사하던 2008년의 어느 점심시간, 그리고 2023년 현재 같은 장소에서 같은 구성으로 늦은 점심을 먹고 있는 우리. 그 사이의 간극이 너무 급격하고 아찔하게 느껴져 순간 어지러울 정도였다.

미꼬가 우리 둘을 번갈아 바라보았다.

"너희들은 그때 여기서 만났을 때 그대로야."

사실 나도 미꼬에 대해 똑같이 느끼고 있었다. 예진이가 동조했다.

"너도 그래. 그때랑 똑같아."

"예진이는 벌써 두 아이의 엄마잖아. 아이들 사진을 볼 때마다 믿기지가 않아."

"그러게 말이야. 어쩌다 보니 애를 둘이나 낳았네. 나도 믿기지가 않아."

예진이가 미꼬에게 물었다.

"미꼬 너는 여자친구랑 혹시 2세 계획은 없어?"

"여자친구 얘기도 들어봐야 하지만, 이대로라면 아마 안 가지게 되지 않을까? 내가 너희보다 나이가 많은 걸 잊은 건 아니겠지? 나도 점점 나이가 들어가고."

그 말이 왠지, 북유럽 복지국가에 사는 핀란드인이 할 법한 이야기가 아니라 작금의 한국에 사는 내 또래 친구들이 할 법한 말인 것 같다고 생각하고 있는데, 예진이가 그새 접시를 다 비우고 의자에 등을 기댔다. 뷔페의 모든 음식을 차곡차곡 치밀하게 잔뜩 쌓아 담아 온 접시였는데 어느새 싹싹 다 비운 거였다. 역시 예진이다웠다.

그제야 새삼 떠올랐다. 교환학생 시절, 밥을 기본으로 세 접시씩 받아와 먹던 예진이에게 친구들이 붙여준 별명이 '빅 이터'였다는 사실을. 그리고 '스몰 이터'인 내가 항상 밥을 일찌감치 다 먹고 그런 예진이의 모습을 만족스럽게 바라보며 기다렸다는 사실을.

밥을 다 먹고 나온 우리는 사빌라흐티 호수 주변을 따라 돌면서 본격적으로 학교를 둘러보기 시작했다.

이곳은 우리나라 대학교와는 달리 정문이나 담장이 따로 없다. 적벽돌의 낮은 건물들이 적당한 거리를 두고 띄엄띄엄 자리하고 있을 뿐이다. 심지어 몇몇 건물들은 왕복 6차선 대로 건너편에 자리한 경우도 있었다. 서로 옹기종기 모여 있지 않더라도 '여기가 대학가 동네구나' 하고 알아볼 수 있는 이유는 두 가지였다.

우선, 공통 요소를 지닌 건물의 디자인 때문이었다. 남색 철제 포인트가 들어간 붉은 외관 위로 하얗고 깔끔한 폰트로 정직하게 건물의 이름만 쓰여 있는 특유의 실용적이고 간결한 건물 디자인 덕에 서로 떨어져 있어도 '여기도 저 건물이랑 같은 대학교구나' 하고 쉽게 알아볼 수 있었다. 그리고 결정적으로, 사빌라흐티 호수가 중심에 자리하고 있어 구심점 같은 역할을 해주기 때문이었다. 대학교 건물들은 거대한 호수 주변으로 알파벳 U자 형태로 모여 있었는데 U자의 맨 아랫부분에는 학생회관 건물과 실내 체육관이, 호수 양옆으로 대학 건물들과 대학 병원이 있었다.

호수는 너무 커서 눈으로는 그 크기를 좀처럼 가늠할 수 없을 정도였다. 수평선에 해당하는 부분에 수풀 그림자가 보이긴 했지만 그것은 거대한 호수 안 수많은 섬들의 흔적 중 하나일 뿐이었고, 학생회관 앞에 서면 마치 바다처럼 보일 정도였다.

하지만 분명 이것은 바다도 아니고 바다와 연결된 강도 아니고 육지에 온전히 둘러싸인 흐르지 않는 물, '호수'였다. 호수의 규모가 얼마나 큰지 우리가 '사빌라흐티 호수'라고 불렀던 부분은 전체 호수의 단지 일부분일 뿐이며 정확히 측정할 수는 없지만 눈에 보이는 영역은 전체 호수의 1000분의 1 정도밖에 되지 않는다.

핀란드를 핀란드어로 하면 '수오미'인데 그 어원에 대해서는 많은 설들이 있지만 '호수의 나라'라는 뜻이라는 것도 여러 유력한 설 가운데 하나다. 핀란드는 국토의 대략 10퍼센트 정도가 호수일 정도로 호수가 많아서, 구글맵으로 핀란드를 확대해 자세히 들여다보면 보면 땅이라기보다는 구멍이 숭숭 뚫린 그물망처럼 보이기도 한다. 무려 20만 개의 크고 작은 호수와 그보다 더 많은 크고 작은 섬들이 그 안쪽에 자리하고 있다.

예진이와 내가 그리워했던 '쿠오피오 대학교'의 이

미지는 바로 이 호수였다. 처음에는 꽁꽁 얼어 새하얀 눈 이불을 덮은 상태로 우리를 맞아주었던 사빌라흐티 호수는, 우리가 핀란드 생활에 녹아들어감에 따라 점차로 해빙되었고, 종내엔 푸르른 녹음에 둘러싸여 반짝이는 햇살을 머금은 채 고요하게 찰랑이는 모습으로 우리를 배웅해주었다.

그때 그 모습 그대로 반짝이는 호수를 잠시 감상하다가 내일부터는 주말이라 문이 잠길 것 같은 도서관을 보기 위해 학교 안쪽으로 향했다. 아쉽지만 잠길 염려가 없는 호수는 다음날 즐기기로 하고서.

*

나와 예진이는 쿠오피오 대학교의 도서관을 참 좋아했었다. 그때는 '북유럽 인테리어'라는 말이 유행하기도 전이었기 때문에 단정하고 깔끔한 디자인과 전반적인 핀란드 인테리어 특유의 미감이 충격적으로 다가올 정도였다.

비록 모든 게 일찍 닫는 곳이라 도서관 역시 오후 6시에 닫는다는 치명적인 단점이 있었지만 우리는 이곳의 컴퓨터로 과제도 하고, 수업에 필요한 책을 빌려

읽기도 하고, 리포트나 필요한 서류들을 인쇄하기도 하고, (비록 6시까지일지언정) 시험공부를 하기도 하고, 한국으로 교환학생을 오기로 결정한 미꼬에게 '가나다라'를 가르치기도 했다.

다시 돌아온 도서관은 거의 그대로였던 식당이나 호수와는 달리 꽤 달라진 모습이었다. 우리가 가장 좋아했던, 시각적으로 가장 먼저 눈에 들어와서 도서관의 이미지를 좌우했던 칸막이 열람실 책상이 없어져 있었고 전반적으로 좀 더 오픈된 형태로 바뀌어 있었다. 도서관의 상징과도 같았던 쨍하고 알록달록한 색감의 커다란 추상화의 위치도 조금 바뀌어 있었고, 아마도 같은 작가의 그림일 것으로 보이는 다른 추상화 하나가 더 추가되어 있었다. 내가 사서에게 다가가 얘기했다.

"안녕하세요, 저희는 15년 전에 여기 교환학생으로 왔던 학생들이에요."

그러면서 기차 안에서 겨우 비밀번호를 찾아낸, 추억의 싸이월드를 열어 우리가 도서관에서 찍었던 사진들을 몇 장 보여줬다.

"굉장하군요. 저는 여기 온 지 2년밖에 안 됐는데 이때의 도서관 모습은 저도 처음 보는 거예요."

그는 우리를 무척이나 반겨주었고, 사진 속 그림도 알아보았다.

"이 그림, 지금은 저쪽으로 옮겨졌어요."

"네, 그렇더라고요. 혹시, 사진 속 이 칸막이 책상은 없어진 건가요?"

"오, 아니요. 이 책상들은 다른 구역으로 옮겨졌어요. 따라오실래요?"

사서가 안내해주는 곳으로 따라 갔더니 그때 그 칸막이 책상들이 도서관의 가장자리 쪽으로 옮겨져 있었다. 밝은 나무색과 아이보리색의 조화가 아름다운 디자인의 책상이었다. 그 칸막이 책상 구역에 앉아 있는 학생은 단 한 명도 없었지만 그래도 이쪽이 열람실인 것 같아 큰 소리가 나지 않게 속삭이듯 말했다.

"예진아, 여기 앉아서 이때랑 똑같이 포즈 취해봐."

예진이는 내가 시키는 대로 싸이월드 속 사진과 똑같이 앉아서 칸막이 안쪽에 손바닥을 대고 칸막이 밖으로 얼굴을 반만 내밀었다. 예진이는 놀라울 정도로 15년 전과 똑같았다.

"아유, 귀여워. 넌 어쩜 이렇게 이때랑 똑같니?"

"뭐가 똑같아. 그땐 파릇한 청춘이었고 지금은 그냥 아줌마지."

"아냐. 너 어제라고 해도 믿겠다. 심지어 머리 스타일까지 똑같은 거 알아?"

"정말 그러네?"

예진이는 그때나 지금이나 턱선에서 끝나는 똑단발 스타일을 고수하고 있었다.

도서관을 한 바퀴 둘러본 뒤에는 도서관 곳곳에 섬처럼 우뚝 솟아 있는 정체 모를 탑의 계단 위로 올라갔다. 층고가 높은 도서관이라 그 위로 올라가도 답답하지 않았다. 안전 펜스에 둘러싸인 편한 빈백 의자가 몇 개 놓여 있었고 거기에 눕듯이 앉아 도서관의 전경을 내려다보았다.

"여기에 나중에 네 책도 꽂혀 있으면 좋겠다."

"정말? 난 그런 상상은 해보지도 않았는데."

나는 세 번째 책이자 두 번째 소설집인 『연수』를 출간하자마자 여행을 떠나온 참이었다. 여태껏 출간한 책들은 감사하게도 해외 여러 나라의 언어로 번역 출간이 되었는데 주로 아시아의 국가들이었고 영미권이나 유럽어권으로는 아직 출간된 적이 없었다.

문학작품은 문화적으로 더 먼 나라일수록 번역되는 것이 더 드물고 어려운 일이라고도 했다. 아무래도 문학작품에는 해당 언어권의 사람들이 공유하는 문화가 녹아들어가 있기 때문일 거였다.

내가 쓴 소설도 언젠가는 유럽어권의 국가에 번역 출간될 수 있을까? 과연 그런 일이 일어날까?

15년 전 이곳에 교환학생을 왔던 나는 내가 소설을 쓰게 되리라고, 심지어 그것을 직업으로 삼게 되리라고는 생각지도 못했다. 그때 내겐, 소설을 쓰고 싶다는 욕구 자체가 없었다. 아마 그때 누군가 미래에서 왔다고 주장하는 사람이 나타나, 수정 구슬을 쓱쓱 닦아 그 안에 비친 소설가가 된 내 모습을 보여주고 '이게 15년 후의 네 모습이다'라고 한다면 코웃음을 치며 절대 믿지 않았을 것이다. 그런데 지금 나는 소설책을 세 권이나 펴낸 전업 소설가가 되어 있었다. 정말 사람 일은 어떻게 될지 한 치 앞도 모른다는 생각과 그렇다면 예진이 말처럼 내 책이 이곳 쿠오피오 대학교 도서관에 꽂히게 되는 일도 어쩌면 일어날 수도 있지 않을까 하는 생각이 연이어 들었다.

거의 10년 가까이 회사에 소속되어 일할 때는 그렇지 않았는데, 온전히 나 혼자 창작하는 일을 하게 되면서 감정적으로 낙관과 비관의 기복이 커지게 되었다. 때로는 지나치게 고양되고, 때로는 깊이 가라앉는다.

그 낙차가 주는 에너지로 써나가는 것 같다고 느낄 때도 있었다. 다행히 그때 그 순간의 나는 막 세 번째 책 출간을 끝내고 온 참이어서 마냥 후련하고 좋은 기분이 아직 지속되는 기간이었다(이 기간은 대체로 출간 후 한 달 정도밖에 가지 않는다). 그래서 막연히 '지금으로부터 또 15년 후에는 혹시 모르지 뭐' 하는 긍정적인 생각의 회로가 돌아갈 수 있었고 이 자리 어딘가에 내 책이 꽂혀 있을 거라는 즐거운 상상도 해볼 수 있었다.

도서관에서 나와 다음날이면 문이 닫힐 학교를 마저 돌아다녔다. 각각 서로 다른 서술형 문제가 적힌 시험지가 든 봉투를 나누어주던 대형 강의실 앞 계단, 젠더프리 화장실 그리고 로비의 엄청나게 큰 부분을 차지하고 있는 옷걸이 구역. 모두 그대로였다.

옷걸이 구역은 1년 중 대부분의 나날을 두꺼운 외투로 완전무장하고 다녀야 하는 탓에 로비의 아주 큰 비중을 차지하고 있는 구역인데, 지금은 여름이라 텅 비어 있었다. 간이 의자와 작은 거울이 달린 오픈형 옷장이 나열되어 있었고 자리마다 외투를 쉽게 찾을 수 있도록 번호가 적혀 있었다. 얼핏 보면 약간 탈의실처럼 보이기도 했다. 그 밖에 조금 달라진 것이 있다면 전기 자전거의 배터리를 충전할 수 있는 시설과 천장에 매달린 볼 체어였다. 우리는 그네 같은 볼 체어를 각각 하나씩 차지하고 앉아 앞뒤로 조금씩 흔들며 창밖의 호수를 바라보았다.

*

학교 구경을 마치고 나서는 시내의 카페에 가려고 했는데 미꼬가 갑자기 자기네 집에 가지 않겠느냐고 제안했다.

"엄청나게 좋은 커피머신을 샀거든. 난 원두도 좋은 걸 써. 카페보다 훨씬 나을 거야."

미꼬는 내가 교환학생 시절 살던 주거단지인 네울라마키에 살고 있었다. 나는 그곳이 주로 외국인이나 교환학생들이 모여 있는 동네인 줄 알았기 때문에 미꼬가 거기에 산다는 말에 깜짝 놀랐다.

"정말? 네울라마키에 산다고? 거기 예전에 내가 살았던 데잖아."

"응, 그 동네보다 좀 더 위에 있지만 어쨌든 우리 집 주소도 네울라마키야. 여기 산 지 1년 정도 되었어."

"근데, 여자친구한테 물어보고 가야 하지 않을까?"

"괜찮아. 여자친구가 집에 데려올 거냐고 먼저 물어봤는걸? 그래도 한 번 더 말해볼게."

"너희 고양이도 괜찮아 할까?"

미꼬가 웃으며 말했다.

"그럼, 걱정하지 마."

예정에 없이 미꼬네 집까지 가게 되자 비행기에서의 실수가 더욱 후회되었다. 사실은 미꼬에게 주려고 인천공항 면세점에서 한국에서만 파는 아몬드 스낵 세트를 잔뜩 샀는데 비행기 짐칸에 쇼핑백째로 두고 내린 것이다. 말 그대로 빈손으로 미꼬에 집으로 가는 일이 미안하고 머쓱했다. 미꼬는 전혀 신경 쓰지 않는 듯했지만.

우리는 다시 미꼬의 차에 올라탔다. 커다란 호수를 품고 있는 학교는 동네의 가장 낮은 곳에 위치하고 있고, 주거 단지는 주로 높은 언덕 위 숲속에 자리하고 있었다. 나와 예진이는 각각 네울라마키와 푸이욘락소라는 서로 다른 주거 단지에 살았는데, 그 두 주거 단지 사이에 학교가 위치해 있었다.

서로의 집을 오가려면 왕복 도합 두 번의 산을 올라야 하는 상황이었음에도 불구하고 허구한 날 서로 집을 오가며 붙어다닌 것이 지금 생각해보면 신기하게 느껴진다. 걸어서 편도로만 한 시간 정도 걸리는 거리였다. 자전거로 가면 시간을 조금 단축할 수는 있었지만 워낙 언덕이 높아서 오르막길은 자전거에서 내려 끌고 가야 했기 때문에 오랜 시간이 걸렸다. 그럼에도 불구하고 '어쨌거나 한 동네'라는 생각에 아무렇지도 않게 자전거를 끌고 눈 쌓인 숲속 언덕길을 오르곤 했었다.

미꼬의 차를 타고 네울라마키로 향하는 길이 바로 그 숲속 언덕길이었다. 이 길을 수없이 올랐지만 차를 타고 오르는 것은 처음이었다. 차창 밖으로 오래전 숲에서의 일들이 자연스레 겹쳐졌다.

이곳에서 눈이 내리면 손이 시린 줄도 모르고 눈사람을 만들고 이따금 떨어진 고드름을 주워 애들처럼 칼싸움을 했다. 야생 버섯을 채집하는 핀란드 친구들을 따라다니기도 했다. 플랫 건물과 숲 사이에 마련된 공터 캠프파이어존에서 버섯과 감자를 구워먹고 화로 안에서 타닥타닥 타가는 장작을 바라보며 해가 지지 않는 하얀 밤을 지새우기도 했다. 살면서 그렇게까지 숲을 가까이하고 만끽해본 경험은 처음이었다.

핀란드에는 '만인의 권리'라고 하는 개념이 있다. 일종의 관습법인데, 핀란드에 거주하는 사람이든 방문한 사람이든 누구나 사유지를 포함한 모든 자연환경을 누릴 수 있는 권리로, 핀란드 '신뢰 사회'의 상징이기도 하다. 핀란드의 국토는 75퍼센트가 숲, 10퍼센트가 호수와 강으로 이루어져 있는데 누구나 자연에서는 소유주의 허가 없이도 야생 열매, 버섯, 꽃을 채집할 수 있다. 누구나 캠프를 세워 야영할 수 있고 자유로이 걸어서 사유지를 통과해도 되고 자전거나 말을 타고 다닐 수 있다. 심지어는 스키를 탈 수도 있다. (살던 집의 창문 밖으로 눈 쌓인 언덕에서 스키를 타는 사람을 처음 봤을 때, 시내의 눈길을 크로스컨트리를 타고 다니는 사람들을 처음 봤을 때는 무척 놀랐으나 이내 익숙한 풍경이 되었다.) 호수나 강에서 간단한 낚싯대로 물고기를 잡거나 보트를 타거나 수영하거나 목욕을 할 수도 있다.

물론 너무 어리거나 번식기에 있는 동물과 새를 방해하면 안 된다거나, 함정과 그물, 릴과 미끼를 이용한 낚시는 안 된다거나, 타인의 사생활을 침범하거나 불을 피우거나 쓰레기를 버리면 안 된다거나 하는, 선을 넘는 행위에 대한 최소한의 가이드라인 역시 함께 마련되어 있다.

이 '만인의 권리' 개념에 대해 처음 알게 되었을 때, 내 머릿속에는 네모난 '박스'가 떠올랐다.

교환학생으로 쿠오피오 대학교에 발 디딘 첫날, 학생회관에서 '서바이벌 키트'라는 것을 지급해주었다. 양손으로 들어야 하는 크기의 커다란 종이박스였는데, 이제 막 타국에 도착한 외국인 학생이 그야말로 '생존'하기 위해 당장 필요한 물건들이 들어 있었다. 스푼과 포크와 컵과 접시가 하나씩, 프라이팬과 냄비를 비롯한 각종 조리도구들도 하나씩 그리고 이불 커버와 베게 커버 같은 침구류가 들어 있던 걸로 기억한다.

사회복지 수업에서 배웠던 또 다른 박스도 떠올랐다. 그건 바로 핀란드의 모든 예비 부모에게 지급된다는 '베이비 박스'였다. 친환경 기저귀, 담요, 턱받이, 각종 목욕 용품 그리고 실내복과 외출복, 방한복 등을 비롯해 아기 옷도 개월 수 별로 차곡차곡 들어 있다고 했다. 마분지로 만들어진 베이비 박스의 바닥에는 적절한 탄성의 매트리스가 깔려 있어서 아기침대로도 사용할 수 있도록 되어 있었다.

얼마나 '소유'한 상태로 태어났는지에는 관계없이 이 세상에 나온 순간, 누구나 '기본'적인 것들은 '기본적으로' 누릴 수 있어야 한다는 생각. 나는 이 '박스'들

역시 누구나 자연을 마땅히 누릴 수 있어야 한다는 '만인의 권리'와 맥락을 같이 하는 것 같다고 이 숲길을 오르내릴 때마다 어렴풋이 생각했다. 뒤이어 이 숲을 나도 반년이나마 누릴 권리가 있다는 사실에 공연한 행복을 느끼곤 했다. 그건 마치 손바닥 위로 떨어지는 눈송이 같은 행복이었다. 살갗에 닿아 금방 녹아내릴 테지만 내려오는 동안만큼은 너무나 아름답고, 그래서 나도 모르게 손을 뻗어 잡고 싶어지는 그런 눈송이.

자전거를 무겁게 끌고 천천히 눈길을 오르던 그때와는 달리, 빠르게 스쳐지나가는 차창 밖 숲의 풍경을 바라보면서 마치 과거로 빨려 들어가는 것만 같은 느낌에 사로잡혔다.

*

미꼬가 살고 있는 곳은 교환학생 때 살던 플랫과 비슷한 형태의 4, 5층짜리 공동주택이긴 했지만 신축이었다. 내부 역시 우리가 살던 플랫과 비슷했는데 다만 거실이 훨씬 넓은 형태였다. 그때 우리가 살던 플랫은 공용 부엌과 세 개의 방을 이어주는 로비 같은 공간만

존재할 뿐 거실과 현관은 별도로 없다시피 했었다. 그 점에서 이 플랫은 네울라마키에서는 가장 고급형 플랫인 것처럼 보였다.

우리는 미꼬의 허락을 받고 현관에서 가장 가까운 침실 안쪽으로 먼저 들어갔다. 이유가 있었다. 더블사이즈 침대 옆, 낮은 키의 옷장 문 밖으로 삐져나온 거대한 회색 솜뭉치를 보기 위해서였다. 우리는 침대와 옷장 사이로 들어가 마침내 마주할 수 있었다.

세상에. 놀라울 정도로 아주 커다란 고양이의 얼굴. 이제 막 자다 깬 무심한 눈빛이 너무도 사랑스러웠다. 저 커다란 얼굴 뒤로 숨겨져 있는 부분은 또 얼마나 크고 복슬복슬하고 아름다울지. 예진이가 말했다.

"와, 진짜 크다! 사자 아니야?"

태어나서 본 가장 큰 고양이였다. 솜뭉치 같은 앞발도, 얼굴도, 눈도, 코도, 삐죽 올라온 귀도 모두 다 큼직큼직했다. 전체적으로 털이 길어서 어쩐지 겨울과 어울리는 듯한 분위기를 풍겼다. 뾰족하게 올라온 귀의 끝에서부터 긴 털이 아름다운 곡선을 그리며 솟아 있었고 그것이 자연스럽게 흐르듯 등으로 이어졌다. 우리 집에는 노란 줄무늬의 오동통한 치즈 고양이가 있는데 우리 집 고양이를 세 배로 확대시키고 복슬복슬

멋진 회색 코트를 입혀 놓으면 딱 이렇게 될 것 같았다. 뭐랄까, 마치 포켓몬 진화 버전을 보는 것 같았다. 우리 집 고양이가 나옹이라면 미꼬네 고양이는 페르시온이었다.

신비하고 아름다운 이 고양이의 이름은 루나였다. 나는 "루나! 루나!"라고 외치면서 침대 위에 있던 낚싯대 장난감을 집어 흔들어보았지만 루나는 꼼짝도 하지 않았다. 아무렴, 고양이는 오란다고 오는 법이 없다. 자기가 오고 싶을 때만 오니까.

우리는 루나가 스스로 밖으로 나와주기를 바라며 우선 침실 밖으로 나왔다. 거실과 부엌에는 온통 고양이 그림과 피규어, 패브릭 등 고양이 소품으로 가득했다. 그리고 벽 곳곳에 고양이 사진을 인화해 넣어둔 액자가 걸려 있었다. 사진 속 고양이는 모두 두 마리였다.

루나와 거의 똑같이 생겼지만 색과 성별이 다른 고양이 한 마리가 더 있었는데 몇 년 전 무지개다리를 건넜다고 했다. 사진 속에서 데칼코마니처럼 똑같은 생김새를 하고 대칭으로 딱 붙어 있는 두 마리 고양이 모습을 보니 눈물이 나올 것 같은 걸 애써 참았다.

미꼬가 부엌에서 튜브에 든 간식과 그릇을 꺼내자 달그락거리는 소리를 그 옷장 깊숙한 곳에서도 용케

들었는지 루나가 어슬렁거리면서 나왔다. 복슬복슬 아름다운 털을 온몸에 안개처럼 휘감고 두툼한 꼬리를 바짝 올린 채로. 전혀 다르게 생겼지만 표정과 걷는 모양이 우리 고양이랑 너무도 비슷해서 나도 모르게 웃음이 났다. 절대적인 크기와 그걸 더욱 부풀려주는 길고 풍성한 털은 달랐지만 그런 외양만 빼면 기지개를 펴는 모양, 하품하는 모양, 밝은 낮에는 대부분 심드렁하지만 간식을 보고 순간 미세하게 살아나는 눈빛까지 너무도 똑같았다. 순간 집에 있는 진화 1단계 고양이가 사무치게 보고 싶어졌다.

루나는 앞발을 쭉 내밀어 요가 하듯 기지개를 한번 켠 다음, 작은 사기 그릇 위에 듬뿍 짜준 간식을 야무지게 핥아먹고 식탁과 조금 떨어진 곳에서 일명 '식빵 굽기' 자세로 앉아 갑자기 찾아온 낯선 손님들을 구경했다. 그사이에 미꼬가 커다란 소리를 내는 전자동 커피머신으로 따뜻한 커피를 세 잔 내려왔다.

좀처럼 무언가를 자랑하는 일이 없는 미꼬가 자기네 집 커피머신이 좋다며 수줍게 자랑한 이유가 있었다. 커피에 대한 자부심이 남다른 핀란드인답게 미꼬가 내려준 커피는 무척이나 향긋했고 혀끝에 감도는 풍미가 깊었다. 커피를 마시며 우리는 자연스럽게 그간 미꼬에게 있었던 일들을 들었다.

"사실 지난 몇 년, 코로나 팬데믹 때 좀 힘들었어."

미꼬가 털어놓듯 이야기해서 나도 모르게 눈썹이 아래로 내려갔다.

"아이고, 그랬구나. 몰랐어."

예진이도 너무 놀라 우리말로 중얼거렸다.

"우린 그것도 모르고……."

미꼬의 직업이 프로그래머라 코로나의 영향을 크게 받았을 거라고는 생각하지 않았었다. 나도 소설가가 되기 이전에 IT 업계에서 서비스기획자로 일했었기에 그쪽 업계 소식에 여전히 한발을 담그고 있긴 했다. 팬데믹으로 인해 비대면 시장이 활성화된 후로 IT 업계는 아이러니하지만 오히려 시장적으로 일부 득을 본 측면도 있었다. 그래서 미꼬도 피해를 입지는 않았을 거라 막연히 생각했는데 알고 보니 반대였다.

"어쩔 수 없이 해고되고, 1년 정도 쉬면서 구직을 했었어."

알고 보니 미꼬는 자영업자들이 주고객인, 그중에서도 특히 레스토랑의 현금 인출기와 연동되는 프로그램을 개발하는 업체에서 일했는데, 팬데믹으로 인해 식당들이 영업에 타격을 입은 것이 미꼬의 회사에도 여파를 미치게 된 거였다.

"그런 이야기를 듣게 되어 유감이야. 그동안 실업급여는 받을 수 있었던 거야?"

"응, 그건 받았어."

다행히 1년 뒤 재취업을 했고 지금은 만족스럽게 다니고 있다는 이야기를 하던 미꼬가 휴대폰을 들여다보더니 여자친구가 퇴근하고 집으로 오고 있는 길이라는 말을 전해줬다.

우리가 알던 십수 년 전 기억 속 미꼬는 늘 연애를 하고 싶어 하는 친구였는데, 어느새 여자친구와 만난 지 10년이나 되었다니 새삼 신기했다. 재밌는 건 미꼬와 미꼬의 여자친구가 처음 만난 곳이 태권도장이라는 사실이었다. 내가 깜짝 놀라 되물었다.

"정말? 나 예전에 너희 태권도장에도 놀러갔었잖아. 설마 거기?"

미꼬가 고개를 끄덕였다. 바로 그 태권도장에 미꼬의 여자친구도 다니고 있었다는 거였다. 그때부터 수년간 친한 오빠 동생 사이로 지내다가 2014년부터 연인 사이가 되었다고 했다. 꽤 오래 만난 사이인데도 내가 자세한 내막을 모르고 있었으니 우리가 연락을 예전만큼 자주 안 하게 된 지도 거의 10년이 되었다는 뜻이었다.

"나는 카톡도 지웠어. 카톡은 한국 친구들이랑만 쓰는데 아무한테도 연락이 안 와서, 이젠 필요 없으니 지워야겠다, 하고 지운 거야."

우리는 미안해 죽을 것 같아 앞다투어 말했다.

"다시 깔아줘. 제발."

"우리가 앞으로는 카톡 자주 보낼게."

미꼬가 장난스러운 얼굴로 팔짱을 끼고 의자에 기대며 말했다.

"그렇다면 생각 좀 해볼게."

그때 퇴근한 미꼬의 여자친구가 돌아왔다. 차콜색 새틴 소재의 민소매 원피스에 리넨 소재의 에코백을 메고 갈색 뿔테 안경을 쓴 채로.

"안녕! 만나서 반가워. 나는 티나라고 해."

"티나! 우리야말로 반가워. 이렇게 사랑스러운 집에 초대해줘서 너무 고마워."

"류진, 그리고 예진이지? 우리 집에 온 걸 환영해."

어깨까지 오는 진갈색 생머리가 무척 아름다운 티나가 한 손으로 연신 손부채질을 하면서 말했다.

"맙소사, 우리 집이 너무 덥지?"

우리는 괜찮다고 했지만 티나가 연신 오늘 날씨를 탓하며 이 집은 에어컨이 없는 게 단점이라며 난감해했다.

"선풍기라도 좀 틀까?"

"우리는 괜찮아!"

진심이었다. 우리는 내내 반팔 위에 긴팔 재킷을 덧입고 있다가 미꼬네 집에 들어와서야 재킷을 처음으로 벗은 참이었다. 사실 덥다기보다는 따뜻한 정도였다. 초면이긴 하지만 문득 티나가 영락없는 핀란드인이구나 싶어서 친근하고 귀엽게 느껴졌다.

내가 느끼기로, 핀란드인들은 여름 날씨에 호들갑이 대단한 편이었다. 워낙 길고, 어둡고, 추운 '핀란드 겨울'을 보내고 나서 찾아오는 '핀란드 여름(그걸 '여름'이라고 부를 수 있다면 말이다)'을 무척이나 반기고 좋아했다.

15년 전 쿠오피오에서는 5월 초부터 쌓여 있던 눈이 녹기 시작했는데, 그러다가 5월 말에 갑자기 함박눈이 내리는 바람에 도시가 다시 하얗게 뒤덮였었다. 그 후 대략 6월부터 다시 눈이 녹아내림과 동시에 보이는 곳마다 풀이 돋아나더니 그때부터 가속도가 붙듯 거짓말처럼 빠른 속도로 녹음이 무성해지고 해도 눈에 띄게 길어졌다. 반년 넘게 숨어 있다 모습을 드러낸 햇볕은 존재하는 온갖 색들을 반짝이고 윤기 나게 만들고, 앙상한 나무들은 하얀 눈을 떨궈내고 푸릇푸릇한 새 옷으로 갈아입는다. 흑백의 세상이 갑자기 컬러의 마법이라도 닿은 듯 알록달록해진다. 그리고 7월부터는 본격적으로 해가 지지 않는 백야가 찾아온다. 이때부터 황금 같은 '핀란드 여름'이 시작되어 약 9월 초까지 지속된다.

교환학생 시절, 악명 높은 무더위로 유명한 대한민국에서 온 내 기준에서는 아무리 봐줘도 봄이지 여름이라고 부르긴 어려운 날씨, 얇은 트렌치코트나 후드티를 입는 게 마땅한 날씨에도 반팔이나 민소매를 입고 어떻게든 해가 비치는 테라스나 공원을 찾아 나서는, 때로는 잔디밭에 웃통을 벗고 누워 태닝까지 즐기는 핀란드인들을 발견할 때마다(스스로를 내향적이고 표현을 잘 하지 않는 민족이라고 평가함에도 불구하고) 몹시 신나 보이는 그들을 마음속 깊이 귀여워하곤 했었다. 그래, 어둡고 혹독한 겨울을 보내고 나면 간만에 찾아온 이 햇살이 더없이 소중할 수밖에 없지.

연신 덥다, 덥다, 혀를 내두르는 티나의 말도 내게는

귀여운 투정처럼 들렸다. 티나는 루나를 안아들고 우리의 맞은편에 앉았다. 티나의 무릎 위에 있던 루나가 이내 식탁 위로 올라와 자리를 잡았다. 식탁의 거의 반을 차지한 루나는 나와 예진이를 무심한 눈빛으로 응시했다. 식탁이 창가에 딱 붙어 있어 쏟아지는 햇볕이 루나의 눈동자를 더 보석처럼 아름답게 만들었다.

티나가 루나의 등을 쓰다듬으며 말했다.

"혹시 고양이가 식탁 위에 올라와 있는 게 불편하지는 않아?"

"오, 아니야. 전혀."

"다행이네. 이런 거 내버려두면 애 버릇 망친다고 불편해하는 사람들도 있으니까. 근데 나는 버릇없이 키우는 편이거든."

"나도 그래."

"어쩔 수 없잖아."

티나와 내가 입을 모아 말했다.

"귀여우니까."

미꼬가 끼어들었다.

"류진이 한국에서 유명한 소설가인 건 알고 있지?"

미꼬의 소개에 나는 괜히 머쓱해서 손사래를 쳤다.

"유명하지는 않고, 그냥 소설가야."

2018년 공모전에서 신인소설상을 받으면서 데뷔한 이래 지금까지도, 나는 아직도 나를 '소설가'로 소개하거나 소개받아야 하는 순간이 오면 밑도 끝도 없이 거짓말을 하고 있는 것 같은 기분에 사로잡힌다. 독자들을 만나거나, 적어도 책과 관련된 출판계 사람들을 만날 때는 그렇지 않은데, 그 이외의 자리에서 나를 소개할 때만큼은 왜인지 그렇게 되어버리고 만다.

그런데 그때, 티나의 눈이 반짝 빛났다. 나는 알아보았다. 티나가 나와 교집합이 있는 사람이라는 것을, 그리고 어쩐지 민망하고 거짓말하는 것 같았던 기분이 옅어져가고 있음을. 맞다, 미꼬 여자친구의 직업이 사서라고 했지!

"소설가라니 더 반갑다. 나는 도서관에서 일해. 책을 좋아하고, 소설도 무척 좋아해. 쿠오피오에는 언제까지 있어?"

"우리는 여기서 이틀 자고, 내일모레 아침 일찍 탐페레로 이동해."

"시간 되면 우리 도서관에서도 독자들과 만나는 행사를 하고 가면 너무 좋을 텐데. 요즘 독자들은 글을 쓴 저자를 직접 만나는 것을 무척 선호해. 그게 픽션이어도 말이야."

한국의 출판계 분들한테 들은 이야기와 비슷했다.

"처음에 소설의 아이디어를 어떻게 떠올리게 되었는지, 쓰면서 무슨 생각을 했는지, 그런 걸 작가가 직접 말해주는 걸 듣고 싶어 하지. 이야기의 백스테이지를 들여다보고 싶어해."

나는 머릿속으로 쿠오피오 도서관의 북토크 장면을 떠올렸다. 들어가본 적이 없으니 도서관 안 풍경은 자연스럽게 내가 좋아하는 쿠오피오 대학교 도서관과 비슷하게 떠올리게 되었다. 빨강, 노랑, 파랑, 원색의 커다란 추상화 액자 아래 짙은 갈색 뿔테 안경을 쓰고 앉아 마이크를 들고 사회를 보고 있는 티나, 그리고 그 옆에 앉은 핀란드의 소설가(상상 속에서 어쩐지 그 소설가는 허리까지 오는 백금발의 할머니였다), 가지런히 정렬된 책들 사이에 둘러싸여 밝은 나무색의 자작나무 의자에 앉아 고개를 끄덕이며 작가의 이야기를 듣고 있는 사람들.

나 역시 때로는 관중석에서 때로는 무대 위에서 꽤 여러 번 경험해본 익숙한 광경이었다. '책을 좋아하는 사람들'이라는 무형의 작은 공동체가 어느 대륙이든, 어느 나라든, 마치 비밀 임무를 수행하는 비밀 요원들처럼 전 세계 어느 곳에서도 '도서관'이라는 물리적 공간을 기지 삼아 '헤쳐 모여' 하고 있는 것 같아 괜히 마음이 몽글몽글해졌다.

어찌 됐든 나는 이 작지만 사라지지 않을 공동체의 일원으로 살아갈 것이다.

나는 그 사실을 다시 한번 기쁘게 받아들였다.

티나와의 대화는 너무도 즐거웠고, 이번 여행에서 이런 이야기를 나누게 될 줄은 전혀 기대하지 않았던 터라 왠지 더 신이 났다.

"다음에 우리 도서관에서도 독자와 만나는 행사를 해줘."

나는 언제 올지 모를 그날을 기약했다.

"그래! 그때까지는 내 책이 핀란드 사람들이 읽을 수 있는 언어로도 번역이 되면 좋겠다."

"통역은 미꼬를 시키자."

"미꼬 한국말 다 잊어버렸을걸? 어때? 괜찮겠어?"

"글쎄……. 자신이 없는데."

티나는 미꼬가 한국어를 예전에는 꽤 했고, 계속 사용할 수 있으면 좋았을 텐데 말할 기회가 없어서 다 잊은 것 같아 아깝다고 하면서 뜻밖의 이야기를 했다.

"사실, 나 한국 작가들의 소설도 읽은 적이 꽤 있어."

"정말? 진짜로?"

생각지도 못한 말에 나도 모르게 목소리가 엄청나게 커졌다.

"그럼, 최근에도 읽은걸. 작가 이름은 당장 기억이 안 나는데 책 제목은 알아. 『칼을 든 노파』라는 책이었어. 나는 그 소설이 정말 마음에 들었어."

세상에, 티나가 말한 책은 한국에서의 원제와 번역서의 제목이 완전히 다른 책이었음에도 불구하고, '칼을 든 노파'라는 단어를 듣자마자 아, 이건 구병모 작가님의 『파과』구나 하고 알 수 있었다.

소설이 주는 이미지란 얼마나 강렬한가. 내가 소설을 좋아했고, 좋아하는 이유를 알 것만 같았다. 소설을 좋아해 소설가까지 되었지만, 사실 여태까지 읽은 모든 소설의 내용을 기억하지는 못한다. 아마 기억 못하는 소설이 더 많을지도 모른다.

아주 감명 깊게 읽어 여기저기 추천까지 하고 다닌 소설을 몇 년 후에 다시 읽으면서, 내용이 어떻게 전개되는지 기억이 안 나서 마치 처음 읽는 것처럼 흥미진진하게 '어머, 어머! 이게 이렇게 되는 거야?' 하면서 읽곤 한다. 재독을 할 때 거의 99퍼센트의 확률로 벌어지는 일이다. 이렇게 말하면 '아니, 너무 심한 거 아냐?

기억력이 정말 안 좋은가봐'라고 생각하는 사람도 있을지 모르겠지만, 솔직히 대부분의 사람들이 나와 크게 다르지 않을 거라고 생각한다. (의심된다면 좋아해서 소장하고 있는 소설을 한번 재독해보시기를!)

그럼에도 불구하고, 그 소설이 내 마음속에 남긴 무언가는 절대 사라지지 않는다. 절대 잊히지 않는다. 그건 정말이지 '무언가'라고밖에 표현할 수 없는, 하나의 소설을 읽고 났을 때 각자의 마음속에 서로 다른 형태로 남는 고유한 자국이다. 소설마다 다르고 또 그 소설을 읽는 사람 각각이 다른, 두 지문의 결합같이 복잡하고 아름다운 무늬를 지닌 자국.

나는 '칼을 든 노파'라는 단어를 듣자마자 내 마음속에 남아 있던, '무언가' 새겨져 있던 자국이 떠올랐다.

"혹시 구병모 작가님 말하는 거야?"

"맞는 것 같아!"

세상에. 한국에서도 만나면 너무나 반가운 한국문학의 독자를 핀란드에서 만나게 될 줄은 정말 생각하지 못했다.

"세상에, 그 소설 좋잖아."

평소라면, 한국이었다면 절대 그러지 않았을 텐데, 나는 주책맞게 휴대폰을 열었다.

"그 작가님이랑 나랑 인스타그램 친구야. 볼래?"

유명 인사와의 친분을 자랑하는 속물이 된 것 같아 말하면서도 스스로가 너무 웃겼지만 그래도 왠지 그 행동을 멈출 수 없었다. 티나와 내가 비록 처음 만난 사이지만 실은 아주 멀리 떨어져 있지는 않다고, 우리가 책과 소설이라는 연결고리로 이어져 있다고 어필하고 싶었다. 동시에 그 순간만큼은 내가 이런 짓을 하고 있다는 사실을 절대 아무도 몰랐으면 좋겠다고 생각했다.

예약해둔 레스토랑의 식사 시간이 다가와 미꼬와는 다음날 저녁에 만나기로 약속하고 우리는 호텔방에 들러 다시 옷만 갈아입고 식당으로 향했다. 이렇게 많은 일들을 했는데 불과 전날까지만 해도 한국에 있었다는 사실이 믿기지가 않았다.

예약해둔 라빈톨라 얼반은 핀란드식 프렌치 요리를 선보이는 젊고 전도유망한 셰프가 운영하는 곳이었다. 어린 시절 할머니와 함께 매일 숲으로 버섯과 식물 채집을 다녀서 식재료에 대한 감각이 남다르다는 홈페이지의 소개를 읽고 너무나 핀란드적인 자랑에 웃음이 나면서도 '핀란드식 터치'를 가미한 프렌치라는 설명에 믿음이 가서 예약해둔 곳이었다.

집을 떠난 지 서른 시간도 넘게 지난 터라 많이 피곤하기도 했고 핀란드 셰프 경연대회에서 우승까지 했다는 셰프의 맛있는 음식에 맛있는 와인을 페어링해서 계속 먹다 보니 꽤나 빨리 취해 어질어질한 채 집으로 돌아왔다.

안 그래도 취기가 올라온 상태인데 거의 이틀 만에 따뜻한 물로 샤워를 하니 온몸이 나른해졌다. 예진이가 챙겨와 미리 냉장고에 넣어둔 마스크팩을 서로의 얼굴에 붙여주고 우리는 각자의 침대 위에 누웠다. 그리고 마스크팩을 적시고 있는 에센스가 흘러내리지 않도록 천장을 바라보며 트윈베드를 각자 하나씩 차지하고 누워 대화를 하던 중, 난데없이 예진이가 이런 말을 했다.

"류진이 넌 진짜 멋있는 것 같아."

"갑자기 왜?"

이어서 예진이가 놀라운 한마디를 남겼다.

"내 좌우명이 '호랑이는 죽어서 가죽을 남기고 사람은 죽어서 이름을 남긴다'거든?"

너무나도 뜬금없는 소리에 나는 진심으로 깜짝 놀라 되물었다.

"정말이야? 정말 그게 좌우명이야?"

"응."

지난 15년 동안은 물론이고 이번 여행 내내 예진이에게는 투명하듯 솔직했고 그러지 않을 이유 또한 전혀 없었지만, 내가 예진이에게 그나마 가장 솔직하지 못했던 순간은 아마 이 순간이 아니었을까. 내가 실제로 놀란 것보다는 덜 놀란 척 반응했기 때문에.

"상당히 놀라운데?"

"그래? 아무튼 나는 그래서 사람은 자기 이름을 남기는 게 진짜 삶의 의미가 아닐까 생각하거든. 그런데 사실 내가 지금 회사에서 하는 일은 내 이름을 남기는 건 아니잖아. 근데 네가 하는 일은 정말이지 네 이름 석 자 '장, 류, 진'을 세상에 남기는 작업이잖아. 난 그게 생각할수록 진짜 멋있는 것 같아."

하루 종일 예진이의 모든 말에 나도 그렇다며 맞장구를 쳤던 나였지만 이번만큼은 쉽게 맞장구를 치지 못했다. 나는 머릿속이 다소 복잡해진 상태로 입을 열었다.

"그래? 나는 오히려 반대인 것 같은데."

"반대?"

"기억은 안 나지만 15년 전 여기 도착했을 즈음에는 나도 너처럼 생각했을지도 몰라. 그런데 언젠가부터 나는 그럴 수 없고, 그럴 필요도 없다고 여기는 쪽으로 생각이 계속 흘러왔던 것 같아. 그러니까, 제대로 된 '가죽'을 갖추고 살아가는 것도 너무 어려운 일이다. '이름' 같은 건 전혀 중요하지 않을뿐더러, 오히려 아무데도 남기지 않는 편이 더 낫다. 이십대 중반부터 삼십대가 될 때까지 내내, 나는 되도록 큰 집단에 속해서 되도록 눈에 띄지 않는 방식으로 일할 수 있게 되는 것이 삶의 목표였고 그걸 엄청 간절히 원했었어."

"그랬구나."

그건 진심이었다. 지금도 그렇게 생각한다. 어디에도 이름 같은 건 남기지 않고 사는 삶이 깔끔하고 좋을지도 모른다. 그렇게 살아지는 삶이면 그렇게 살고 싶기도 했다.

나는 '호랑이는 죽어서 가죽을 남기고 사람은 죽어서 이름을 남긴다'가 좌우명이라는 말에 깜짝 놀라며 진심이냐고 되묻는 사람보다는, '호랑이는 죽어서 가죽을 남기고 사람은 죽어서 이름을 남긴다' 같은 말이 좌우명인 사람, 더 나아가 그게 좌우명이라고 아무 스스럼없이 다른 사람에게 이야기할 수 있는 사람이 되고 싶었다.

"그런 내가 어쩌다가 이런 길을 가고 있는지 모르겠

다. 진짜 모르겠어. 세 번째 책을 내고 나니 더 그런 생각이 들어. 책에 내 이름 석 자 종이에 박고 전국에 뿌려가면서."

"잘한 거야. 잘하고 있는데 왜. 나는 네가 그런 생각을 하고 있을 줄은 정말 꿈에도 몰랐다."

"아휴, 정말 잘하고 있는 걸까?"

"응. 당연하지. 왜냐? 네가 그 길을 가서 일단 내가 좋거든."

"왜?"

"나는 옛날부터 류진이 네가 쓰는 글이 참 좋았어."

"내가 쓰는 글? 너 그전에 내 글 본 적 있어?"

"그럼. 너는 싸이월드에 캡션을 하나 남겨도 얼마나 재밌게 잘 썼는지 몰라. 다이어리도 그렇고. 내가 네 다이어리 애독자였어."

"푸하하. 그건 글이 아니지."

"그게 왜 글이 아니야. 공대생한테는 그런 것도 얼마나 멋있어 보였는데."

잠결이 묻은 목소리로 예진이가 덧붙였다.

"너는 글 쓰는 게 잘 어울린다니까."

과연 글 쓰는 일을 직업으로 삼은 게 잘한 일일까? 이미 돌이킬 수 없는 강을 건넌 듯하지만 소설 쓰는 일로 데뷔를 한 후부터는 늘 이게 맞나, 하는 의심을 은근하게 깔아둔 채로 살아가게 된다.

"야, 근데 그거 호랑이가 맞아?"

"호랑이 아닌가? 표범이었던가?"

"짐승은 죽어서 가죽을 남기고…… 이거 아닌가?"

"그런가?"

"짐승은 죽어서 가죽을 남기고…… 표범은 죽어서 가죽을 남기고…… 호랑이는 죽어서 가죽을 남기고…… 이상하게 셋 다 입에 짝짝 붙긴 해."

"에이, 그래도 호랑이로 해도 돼. 왜냐면 우리 호랑이띠잖아."

"맞네."

실없는 소리를 번갈아 나누다 보니 이내 스르륵 졸음이 밀려왔다. 예진이가 마스크팩을 붙여주면서, 이걸 붙인 채로 자면 도리어 마스크팩이 피부의 수분을 빼앗아가서 별로 좋지 않기 때문에 적당히 붙여두었다가 떼어내야 한다고 했는데 왠지 이대로 기절해버릴 것 같았다. 고개를 살짝 오른쪽으로 돌리고 곁눈질로 보니 예진이도 팩을 붙인 채 눈을 감고 있었는데 설핏 잠든 것 같아 보였다.

예진이가 누워 있는 침대 건너 창문이 밝게 빛났다.

아직도 새하얀 하늘과 푸릇한 나무들. 마치 근사한 풍경화를 걸어둔 것처럼 보였고 우리가 진짜 핀란드에 오긴 왔구나, 라는 사실을 새삼 실감하게 되었다. 나는 '얼른 암막 커튼을 치고, 예진이 얼굴에 붙은 마스크팩을 떼어주고 자야 하는데……'라고 생각하면서 잠이 들었다.

*

둘째 날의 계획은 예진이와 둘이 자전거를 타고 학교까지 간 다음, 사빌라흐티 호수 앞 잔디밭에 앉아 우리가 그토록 그리워했던 호수를 원 없이 눈에 담는 것이었다. 그렇게 낮 시간을 보낸 다음, 저녁 때 미꼬와 만나 예약해둔 시내의 레스토랑에서 식사를 하며 쿠오피오에서의 마지막 일정을 마무리하기로 했다.

'자전거 타기'는 '학교 호수 구경하기', '학교 식당 밥 먹기'와 함께 우리가 처음 리유니언 여행을 계획하면서 가장 먼저 떠올린 버킷리스트 중 하나였다.

나는 자전거 타는 것을 무척 좋아한다. 라이딩을 다니는 건 아니지만 '이동 수단으로서의 자전거'를 좋아하는 편이다. 요즘도 동네 카페, 마트, 요가원 등 가까운 거리를 오갈 때는 내 자전거를 타고 다닌다. 어릴 때도 새벽에 늘 혼자 자전거를 타고 목욕탕에 다니곤 했었다.

이런 내게 '자전거로 통학' '자전거로 출퇴근'은 늘 로망이었는데 자전거로 다닐 만한 거리의 학교나 회사에 다녀본 적이 없어서 국내에서는 한 번도 실현된 적 없었지만 15년 전 교환학생 시절에는 그토록 원하던 자전거 통학을 할 수 있었다.

나뿐 아니라 이곳 학생들에게 자전거는 필수 아이템이었다. 등교 첫날 학생회관에서 교환학생에게 '서바이벌 키트' 박스를 나누어줄때 자전거도 함께 지급해주었다.

학생들이 사는 주거단지에서 학교까지 가는 길은 시원한 내리막길이라 자전거로 내달리면 단 15분밖에 걸리지 않았다. 다만 집에 가는 길은 그만큼 극심한 오르막길이어서 자전거를 끌고 친구들과 수다 떨면서 눈쌓인 언덕길을 올라가다 보면 한 시간 가까이 걸릴 때도 있었다.

자전거를 매일 탔던 만큼, 자전거와 관련한 예진이와의 추억도 너무나 많다. 추운 겨울, 자전거를 타고 실내 수영장에 놀러 갔다가 돌아오는 길에 무리해서 달리다 눈밭에 쓰러졌던 일이라든지, 자전거를 도둑맞았다가 다른 동네에서 발견하고 냉큼 새 자물쇠를 채운 다음 '네 자물쇠를 풀어두면 용서해주겠다'고 쪽지를 남겨 되찾은 일이라든지. 물론 쓰러진 건 내 쪽이었고 도둑을 잡은 건 예진이 쪽이었다. 예진이는 자전거를 타다 쓰러지는 애가 아니었다. 하굣길엔 애초에 자전거를 끌고 올라가던 나와는 달리 예진이는 오르막길도 어떻게든 할 수 있는 데까지는 자전거에서 내리지 않고 선 채로 페달을 꾹꾹 밟으면서 오르곤 했다. 성격과 성향이 모두 비슷한 예진이와 나의 결정적인 차이가 바로 이 부분이었다. 예진이는 겉보기와는 다르게 힘이 센 친구였다.

둘 다 마른 체형이지만 예진이는 나보다 훨씬 키가 크고, 기본적으로 신체 능력이 좋았다. 딱히 운동을 하지 않아도 속근육을 타고난 스타일이랄까. 길게 쭉 뻗은 팔다리로 무거운 걸 번쩍번쩍 잘 들고, 악력도 센 편이라 굳어서 안 열리는 잼 뚜껑 같은 걸 잘 열어주던 친구였다.

모두가 '빅 이터'라 부를 정도로 밥을 많이 먹던, 신촌의 각종 무한리필집을 좋아하던, 기초대사량이 높던, 타고난 건강 체질의 스물한 살 예진이. 예진이는 자연히 신체 활동을 좋아했고 그런 쪽으로는 겁도 없고 뭐든 과감하게 시도하는 편이었다. 겁이 많아 몸 쓰고 힘쓰는 건 일단 쫄고 보는 나와는 정반대였다. 식당에서 내가 남긴 것까지 가져가 싹싹 비우는 예진이의 정수리를 바라보면서, 그리고 자전거 안장에 엉덩이를 대지 않고 거의 서듯이 페달을 밟아 오르막길을 오르는 예진이의 뒷모습을 바라보면서, 나는 이상한 대리만족을 느끼곤 했었다.

나는 그때처럼 예진이와 함께 앞서거니 뒤서거니 하며 자전거를 타고 쿠오피오 이곳저곳을 누비고 다닐 생각에 잔뜩 기대하고 있었다. '계획형'답게, 숙소를 예약하자마자 호텔에 자전거를 빌릴 수 있는지 미리 문의해두기까지 했었다.

그러나 호텔에서 빌려준 자전거는 우리가 생각하던 자전거가 아니었다. 말도 안 되게 크고 무거운 자전거였다. 실제로 오래된 것인지 아닌지는 모르겠지만 80년대 세탁소 자전거 같았달까. 좋게 말하면 레트로 스타일이라고 할 수도 있겠지만 말이다.

나는 호텔에서 빌린 자전거의 안장에 앉았다가 다리가 땅에 닿지 않는 걸 확인하고 일단 내려왔다. 나는 페달을 한번 굴려보지도 못하고 우는 소리를 했다.

"자전거가 너무 큰 거 아냐? 발이 땅에 안 닿으니까 무서워서 못 타겠다."

"야, 이거 나도 안 닿는데? 그리고 왜 이렇게 무거워?"

겁 없는 예진이조차 자전거가 무겁고 불편하다고 혀를 내둘렀다. 우리는 호텔 자전거는 바로 반납하고 차선책으로 쿠오피오의 공용 자전거를 빌려보기로 했다. 이 역시 계획형답게 미리 한국에서부터 앱을 다운로드 받아왔지만, 막상 빌려보니 핀란드 사람들의 평균 신장이 워낙 커서 그런지 바퀴도 크고 의자가 너무 높아 다리가 땅에 닿지 않았고 왜인지 모르겠지만 이게 정말 자전거가 맞나? 싶을 정도로 너무 무거웠다.

나는 이번에는 용기 내어 한두 바퀴 페달을 굴려보다 하마터면 넘어질 뻔했다. 가까스로 한쪽 발을 바깥으로 내디뎌 자전거에 깔려 쓰러지는 것을 아슬아슬하게 면했지만 호텔 주차장에 호들갑스러운 비명이 울려 퍼진 것은 어쩔 수 없었다. 예진이가 깜짝 놀라며 달려와 물었다.

"야아! 괜찮아?"

"깜짝이야. 여행 초장부터 어디 하나 부러져 다닐 뻔

했네. 여행자 보험도 안 들었는데.”

“너, 그냥 내 뒤에 탈래?”

아무리 생각해도 그건 아닌 것 같았다. 어떻게든 바퀴를 굴릴 수는 있는 예진이었지만 예진이 역시 시원하게 달리진 못한 채 비틀거렸고 여전히 위태로워 보였다. 우리는 누가 먼저랄 것도 없이 서로를 바라봤다. 우리는 우리가 똑같은 생각을 하고 있음을 알아차렸다. 예진이가 먼저 운을 띄웠다.

“날씨도 좋은데 그냥 걸어가는 것도 좋지 않을까?”

“그래, 그러자.”

1년 전부터 기대했던 자전거 타기는 허무하게 포기하고 말았지만, 그래도 아쉽지는 않았다. 예진이도 나도 걷는 걸 좋아했다. 특히 이런 날씨라면 더더욱 걷지 않을 이유가 없었다. 하늘은 더없이 쾌청했고, 햇살은 딱 기분 좋게 내리쬐며 온 세상의 표면에 기분 좋은 반짝임을 선물 포장처럼 한 겹 더 감싸주고 있었다.

평소에 미세먼지에 민감한 편도 아니고, 이제는 거의 무감해졌다고 생각했었는데 이곳에 와서 오히려 그 부재를 통해 미세먼지의 존재를 역으로 체감할 수 있었다. 미세먼지라는 게 없는 공기란 바로 이런 거구나, 하고 말이다.

날씨는 춥지도 덥지도 않았고 너무 습하지도 너무 건조하지도 않았다. 신기하게 바람조차 거의 불지 않았다. 상쾌한 공기의 흐름이 느껴지기는 했지만 머리를 흩날릴 정도의 바람은 아니었다. 거의 완벽에 가까운 날씨였다. 단언컨대 이런 날씨는 어느 곳에서도 경험해본 적이 없었다. 여행자에게 이렇게 멋지고 완벽한 날씨가 존재할 수 있는 건가? 북유럽 여행은 추울 것이라는 편견이 있지만 여름의 북유럽, 여름의 핀란드 여행은 이토록 근사한 날씨와 함께할 수 있다는 사실이 더 알려졌으면 한다는 생각이 여행하는 내내 계속 들었다.

열흘간의 여행 내내 예진이와 내가 도합 백 번쯤 했던 말, 우리의 유행어는 바로 이거였다.

"아니, 서유럽을 왜 가? 파리를 왜 가? 여름에는 무조건 핀란드야!"

우리는 학교까지 걸어가면서 마실 커피를 사기로 했다. 아이스 아메리카노가 딱 어울리는 날씨였다.

"자전거 못 탄 게 오히려 좋은 것 같아. 막상 거기 가면 우리 마실 게 없잖아. 사실 호수에서 커피 마시면 딱 좋겠다 생각하긴 했거든."

"맞아. 어차피 커피 들고 자전거 타기는 힘들었어."

"그래, 안 타길 잘했다. 이제 아이스커피를 구할 수 있느냐가 문제네."

우리는 아이스커피 메뉴가 있는 것이 확실한 맥도날드에 갈까 하다가, 마음을 바꿔 시청 맞은편 쇼핑센터에 있는 카페에 들러보기로 했다. 메뉴판에는 따로 없었지만 에스프레소와 물과 얼음 조합의 커피를 받을 수 있겠냐고 바리스타에게 물었더니 흔쾌히 만들어주었다. 그는 테이크아웃 잔의 뚜껑 위에 초콜릿도 두 개씩 서비스로 얹어주었다. 우리가 자주 먹었던 파제르 초콜릿이었다.

나는 『달까지 가자』라는 장편소설을 펴낸 적이 있는데 내용을 아주 간단히 소개하자면 제과회사에 다니는 세 직장 동료들이 가상화폐에 빠지는 마음의 모양을 보여주는 이야기였다. 배경이 제과회사라서 그 회사의 베스트셀러 제품이라고 설정한 가상의 초코바에 대한 식감을 자세히 묘사했는데 그 대목을 쓸 때 사실 이 핀란드산 파제르 초콜릿, 그중에서도 가장 유명한 파란색 반짝이 포장지의 '칼파제르 밀크 초콜릿'의 맛을 떠올리면서 썼다.

그리고 파제르를 오랜만에 다시 입에 넣은 이때, 나

는 반대로 『달까지 가자』 속 세 인물들을 떠올리고 있었다. 초콜릿 표면을 어금니로 부드럽게 깨물자 달고 고소하고 밀키한 필링이 터져 나오는 것이 느껴졌다. 그 달달한 짜릿함이 다 사라지기 전에 얼른 쌉쌀한 아메리카노를 한 모금 빨아 올려 균형을 맞추어주었다.

우리는 커피를 조금씩 아껴 마시며 40분 가까이 걸어 마침내 학교에 도착했다. 주말의 학교 건물은 모두 문이 닫혀 있었고 주변을 지나다니는 사람은 물론 인기척도 없었다. 건물마다 있는 자전거 주차장엔 자전거가 한 대도 없었다. 손차양을 만들고 유리문 너머 불 꺼진 건물 안을 들여다보며 괜히 아련하게 기웃거리다가 털모자에 스키복을 입고 등교하던 우리의 모습이 아직도 희미하게 남아 있는 것만 같은 텅 빈 자전거 주차장을 지나 호수 앞 잔디밭으로 향했다.

한국에서부터 챙겨온 얇은 피크닉 타월을 잔디 위에 깔고, 마침내 호수를 바라보며 앉았다.

"진짜 아무도 없네."

"이렇게 황홀한 공간에 우리 둘밖에 없다니. 말도 안 돼."

이렇게 자연스럽고 아름다운 공간을 아무런 위협도,

제약도, 제한도, 경쟁도 없이 누릴 수 있다는 것이 어색하고 신기했다. 이곳이 사람이 바글거리는 유명 관광지가 아니라는 사실이, 이 광활하고 아름다운 호숫가를 우리 둘이 평화롭게 점유하고 있다는 사실이 크나큰 오해와 실수처럼 느껴졌다.

호수의 물결은 잔잔했고, 수평선 너머 흐릿한 나무 그림자만 없다면 충분히 바다로 오해될 정도로 드넓었다. 거대한 호수가 뭉게구름을 품은 푸른 하늘을 거울처럼 비추고 있었고 그 위로 펼쳐진, 미세하게 위아래로 오르내리는 반짝이는 잔물결들이 마치 은하수처럼 보였다. 환한 풍경이 두 배로 늘어나 대단한 횡재라도 한 느낌. 이 밝은 햇살의 기운이 밤이 되어도 지지 않고 이어질 거라는 사실을 예고된 비밀처럼 품고 있어서 더 좋았다. 정말 좋았다. 얼마나 좋았냐면,

"나 내일 집에 가도 되겠다."

이런 말이 저절로 나왔다. 예진이가 어떤 마음인지 다 안다는 듯 웃으며 고개를 끄덕였다.

"우리 여기를 제일 그리워했잖아."

기억은 마치 컴퓨터의 드라이브처럼 용량이 정해져 있어 나이가 들수록, 경험하고 지나온 시간들의 양이 늘어날수록 저장 공간이 부족해진다. 그래서 자주 떠

올리지 않는 기억은 어쩔 수 없이 압축해 처박아두거나 결국은 영구히 삭제할 수밖에 없게 되기도 한다.

그토록 그리워했던 우리의 쿠오피오 역시 마찬가지였다. 꽤나 자주 떠올리고 추억하며 지난 세월을 살아왔지만 그래도 십수 년 전 모든 것을 구체적으로 전부 다 기억하고 살지는 못했다. 오랜만에 직접 들러 눈으로 확인하고 나서야 '맞아, 이랬었지' '그래, 여기서 이런 일이 있었지' 하는 식으로 기억 저편에 숨겨둔 장면들이 되살아나곤 했다. 어떤 곳은 마치 처음 보는 곳 같기도 했다.

하지만 이 호수만큼은 15년 내내 언제 떠올려도 그대로 생생하게 떠올릴 수 있었다. 내게 '핀란드 교환학생 시절' 하면 떠오르는 첫 번째 이미지가 바로 이 사빌라흐티 호수였다.

2008년 1월 처음 핀란드 쿠오피오에 도착했을 무렵, 호수의 정체를 알아채기까지는 꽤 오랜 시간이 걸렸다. 이곳은 호수라기보다는 광활한 운동장처럼 보였으니까. 매일매일 새로이 내린 눈으로 뒤덮여 아득할 정도로 새하얗고 드넓기만 하던 공간.

아무것도 그리지 않은 새 도화지처럼, 아무도 밟지

않은 깨끗한 눈밭 위로 유일하게 존재하는 것은 서로 높낮이가 조금씩 다른 정체 모를 은빛 쇠기둥들뿐이었다. 그 모습을 멀리서 바라보면 마치 새하얗고 폭신한 생크림 케이크 위로 누군가가 훅 불어버리고 난 생일초가 꽂혀 있는 것처럼 보였고 그래서 그런지 조금은 쓸쓸한 느낌을 자아내곤 했다.

"난 저 쇠기둥들이 뭔지 꽤 오래 궁금했었어."

"맞아. 난 처음엔 국기 게양대인 줄 알았잖아."

"나도! 그런데 이상하다 생각했지."

"왜 국기 게양대에 국기가 걸려 있지 않은 걸까?"

진짜 쓰임새는 나중에 알게 되었지만 그보다 더 큰 충격은 따로 있었다. 당연히 땅 위에 꽂혀 있는 줄 알았던 쇠기둥들이 알고 보니 호수에 꽂혀 있다는 사실을 깨달은 거였다.

"그걸 처음 알아챘을 때 진짜 얼마나 놀랐는지!"

"나도 그랬어. 이게 다 물이었구나."

"지금은 단지 얼어 있을 뿐이구나."

어느새 우리는 신발까지 벗어두고 피크닉 타월 위에 거의 눕다시피 편한 자세로 앉아 있었다. 주변에는 여전히 아무도 없었고 구름이 이동하는 것만이 느껴졌으며 이따금 호숫가의 이름 모를 진분홍색 풀꽃들이 조금씩 흔들리며 공기와 시간이 흐르고 있다는 사실을 우리에게 일깨워주었다.

"내가 지난 세월 다른 건 다 잊어도 이 호수만큼은 너무 생생하게 기억하고 잊히지가 않았는데, 생각해보니까 내가 찍은 이 호수 사진을 자주, 오래 봐서 그런 것 같아."

"나 그 사진 뭔지 알아. 호수 위에 별 박힌 것 말하는 거지?"

예진이도 그 사진을 기억하고 있었다.

"맞아! 그때부터 거의 10년 동안 그 사진을 컴퓨터 바탕화면으로 해놨거든."

호수의 수면 위로 반짝이는 윤슬이 너무나 명확하게 찍힌 사진이었다. 네 귀퉁이의 모서리가 날렵하게 뾰족한 마름모 스티커를 수백 개 갖다 붙인 것처럼 찍혀서 처음 모니터로 사진을 확인했을 때 깜짝 놀랐던 기억까지 생생하다. 예진이의 표현처럼 별을 박아둔 것만 같았다.

그 사진은 순전히 우연히 찍은 사진이었다. 스마트폰이 없던 그 시절, DSLR 카메라 열풍이 불었는데 그때 나도 아주 낡고 저렴한 중고 펜탁스 카메라를 사면서 동참했었다. 사실 카메라만 샀을 뿐 나는 사진을 제대로 배워본 적도 없었고 렌즈도 기본렌즈 하나뿐인 데다 삼각대조차 없는 아마추어였다. 그건 어떤 계산을 하고 찍은 것이 아니라 순전히 운이 좋아 건진 말도 안 되게 아름다운 사진이었다.

그 사진을 찍고 난 후부터 거의 10년 동안 그 똑같은 사진을 계속 컴퓨터 바탕화면으로 해두었다. 내가 사용하는 컴퓨터가 당시 대학생들 사이에서 저사양 가성비 랩톱으로 유명하던 '넷북'에서, 회사에서 지급해주는 13인치 '맥북 프로'로 바뀌며 몇 번의 기기를 거치는 동안 그 사진의 원본 파일은 꼭 새 컴퓨터로 옮겨서 배경화면으로 설정해두었다. 컴퓨터를 바꾸게 되면 항상 첫 번째로 하는 의식 같은 거였다. 단 반년뿐인 짧은 핀란드 생활이었지만 핀란드는 오랜 세월 '내 기억의 배경화면'이었기 때문에 이 풍경을 잊지 않았을지도 모르겠다는 생각이 들었다.

"기억난다. 네 커다란 DSLR 카메라."

예진이가 팔을 뒤로 뻗어 기대며 말했다.

"너 그때 그 카메라로 찍은 네 남친 사진, 네 방 침대 옆에 붙여 놨었잖아."

"으악, 맞아!"

완전히 잊고 있던 기억이 되살아났고, 순간 얼굴이

화끈거렸다.

"그 사진 구도가 진짜 인상 깊었는데."

당시 남자친구와 만난 지 얼마 되지 않아 처음으로 서울대공원에 놀러 가서 찍은 사진이었다.

"기억나. 남친이 내 무릎 베고 날 올려다보면서 누워 있고 내가 그걸 위에서 내려보듯 찍은 사진이잖아."

"어, 완전 클로즈업으로."

"그렇게 냅다 고화질로 찍어버렸는데도 피부가 진짜…… 깐 달걀마냥 너무 좋았잖아. 그리고……."

예진이가 '응, 무슨 말할지 알고 있으니 마저 말해' 하는 눈빛으로 나를 바라봐주었다. 내가 이어 말했다.

"진짜 잘생겼었잖아."

"그 얘기 왜 안 하나 했다. 그래, 그건 인정이야."

"푸하하. 그치?"

나는 그 사진을 한국에서부터 인화하고 크라프트지로 된 액자에 넣고 다이어리 사이에 소중히 끼워 가져갔었다. 그리고 도착해 짐을 풀자마자 제일 먼저 꺼내 벽에 붙여두었다.

"그래서 다들 네 방 가면 그 사진 보고 대체 누구냐고 물어보고 그랬잖아."

"맞아, 그랬었어."

내가 어쩐지 변명하듯 덧붙였다.

"진짜 사랑했단 말이야."

"알지, 알지. 진정한 '찐 사랑'이었어."

"그때 만난 지 얼마 안 돼서 내가 여기 와야 했잖아. 이제 막 연애 시작해서 너무 좋아 죽겠는데 얼마나 애틋했겠어."

"맞아, 너 200일도 안 돼서 왔잖아. 그래서 200일 되는 날 여기 호수 눈밭 위에 나뭇가지로 200이라고 커다랗게 써서 사진 찍은 거 기억 안 나? 그 사진 내가 찍어줬잖아."

"으악! 맞아!"

이 역시 기억 저편에 처박아둔, 완전히 잊고 있었던 사실이었는데 예진이가 기억해 끄집어내주었다. 나는 그 사진을 한국에 있는 남자친구에게 200일 기념 선물이라며 네이트온 메신저로 보냈었다. 물론 싸이월드에도 잔뜩 올렸다. 그때 그 자리에 미꼬도 있었다. 다시금 얼굴이 화끈거렸다.

오랜 친구는 마치 기억의 외장하드 같다. 분명 내게 일어났던 일이지만 자주 꺼내지 않아 그곳에 있었는지도 잊은 일들을 친구의 입에서 들을 때, 왠지 부끄러

우면서도 든든하다. 내가 잊어도 예진이가 알고 있겠구나. 나의 일부분을 이 친구가 지켜주고 있겠구나.

"그렇게 한창 뜨거울 때 떨어졌다가 방학 때 다시 만난 커플이랑 같이 여행해서 얼마나 내가 서러웠는지 모른다."

한 학기 동안 생이별했던 어린 커플은 방학 때 유럽에서 만나자고 다짐했고 당시 그럴 돈이 없던 남자친구는 세브란스 병원에서 모집하는 신약 임상실험에 실험군으로 참가해서 마련한 돈으로 유럽에 왔었다. 문자 그대로 '피를 팔아서' 나를 만나러 온 거였다. 우리는 독일 프랑크푸르트에서 재회해 약 5주간 함께 여행했고 그 일정 동안 때로는 예진이도 함께였다.

"특히 스페인에서."

쿠오피오에 살 때 내 플랫메이트였던 루시아를 만나러 스페인에도 갔었다. 스페인 일정은 모두 예진이와 함께였는데 그때 루시아 역시 남자친구와 함께였어서 두 커플 사이에 예진이 혼자 낀 형국이 되었다. 두 커플이 뜨거운 여름에도 서로 팔짱을 끼고 착 붙어 떨어지지 않은 채 걸어서 그 사이의 예진이는 종종 자기 스스로 팔짱을 끼고 자신의 팔을 도닥이곤 했다.

"생각난다. 근데 루시아 그때 그 남자친구랑 아직도

만나잖아."

"응, 루시아랑 남친은 식만 안 올렸다 뿐이지 거의 사실혼 관계더라고."

"루시아네도 그렇고, 너희도 그렇고."

나는 갑자기 애틋한 기분이 되었다. 예진이가 이어 말했다.

"그때 그대로야. 지금까지도 너희가 함께인 모습이 뭐랄까."

"신기해? 아니면 예상했어?"

"둘 다야. 놀라우면서도, 한편으로는 또 놀랍지 않은 느낌이랄까?"

그 모순된 말이 무슨 뜻인지 너무 잘 알 것 같았다.

"그건 나도 그렇게 느껴. 그땐 너무 어렸으니까 '결혼할 사람이다!' 같이 구체적으로 떠올리지는 못했지만 이상하게 처음 만날 때부터 어떤 강한 확신이 있었다?"

"어떤?"

"얘랑은 헤어질 일이 없겠구나, 이런 확신. 그전에는 다 뭔가……."

"뭔가?"

"이상하게, 사귀자마자 헤어질 각부터 쟀거든."

"그건 또 무슨 심보래?"

그건 사실이었다. 난 어릴 때부터 항상 누군가를 좋아하고 싶어 했고, 결국은 그런 감정에 휩싸인 상태로 십대부터 이십대 초반을 보냈다. 그러다 서로 마음이 통하는 경우도 간혹 있었는데, 그때마다 사귀자마자 헤어지고 싶어졌다. 내가 먼저 좋아해서 시작한 경우에도 어김없었다. 쌍방으로 통하는 감정이라는 걸 인식하게 되는 순간부터 감정이 빠른 속도로 식거나 식을 수 있도록 상대의 결점 찾기에 지나치게 몰두했다. '서로 좋아하는 사이'라는 연애의 기류를 견딜 수 없어 했고 그 특수한 상태를 끝내고 싶어 했으며 결국은 그렇게 해버렸다.

더 웃긴 건 내가 먼저 그래놓고 상대가 나를 떠나 잘 지내면 또 그걸 너무나 언짢아하곤 했다는 거였다. 그야말로 고약한 심보였다. 연애 기간보다 그 여파가 더 오래 갔다. 시작하자마자 끝난 그 짧은 만남들을 제대로 된 연애라고 할 수도 없겠지만 말이다.

그러지 않았던 관계, 그러니까 처음으로 해본 제대로 된 연애가 바로 지금 남편과의 연애였다. 이상하게 처음 만난 순간부터 습관 같았던 이상한 방어기제가 쏙 들어갔다. 그쪽으로는 단단히 꼬여 있던 마음들이 별다른 노력이나 각성 없이 그를 만날 때만큼은 자연스레 풀려버렸다. 그 앞에만 서면 나는 내 감정을 똑바로 바라볼 수 있는 사람이 됐다. 투명해졌다. 사랑을 재거나 셈하거나 아끼지 않는 사람으로 돌변했다. 어떻게 그럴 수 있었을까? 단지 시기 때문만은 아닐지도 모른다.

대학교 입학도 하기 전, 오리엔테이션에서 그를 만나 첫눈에 반했을 때 나는 분명 꼬인 데 없이 솔직했다. '썸'이라는 말이 존재하지도 않았던 그 당시, 한두 번 만나 데이트를 했을 때도 그랬다. 내가 그를 좋아한다는 사실이 학교에 소문이 쫙 났는데도 원래 같았으면 자존심 상해 부들부들거릴 일인데도 예외적으로 자존심이 하나도 상하지 않았다. 그에게 첫눈에 반했던 게 사실이었고, 그래서 티가 많이 났고, 티가 났으니 소문이 났지만 그래도 내 감정이 부끄럽지는 않았다. 불과 한 달 뒤, 그는 예정대로 군대에 가게 되었고, 미안하지만 내 기억 속에서 말끔히 잊혀졌다. 나는 이내 다른 남자애들을 만나 또다시 누가 마음을 더 쓰고 덜 쓰는지 셈하며 잔뜩 꼬인 방식으로 대했다.

약 2년 뒤, 그가 제대하자마자 다시 연락해왔다. 그를 만나자마자 나는 거짓말처럼 다시 건강하고 안정적인 성향으로 변모했다. 이상하게 설레면서도 편안했다. 그와 함께 걷는 길엔 '헤어질 일이 없겠다'는 예감의 양탄자가 밑도 끝도 없이 깔려 있는 것 같았다.

만난 지 반년 만에 핀란드로 떨어져 200일을 맞았던 어린 연인은 반년간 서로를 그리워하다 피를 팔아 번 돈으로 유럽에서 재회해 1주년을 맞았고 그 후로 쭉 한 번을 싸우지도 않고 무탈하게 8년을 연애하고 결혼했다.

"그때부터 지금까지 항상 느끼는 거지만. 너희 둘은 참 잘 어울려. 그리고 어쩜 이렇게 한결같이 잘 지낼까 싶어. 올해가 몇 주년이야?"

"우리 얼마 전에 8주년 결혼기념일이었어."

"벌써 그렇게 됐구나!"

"근데 나는 생각을 못하고 있었는데 남편이 말하길, 이제 우리가 연애하며 만난 기간보다 결혼해서 보낸 시간이 더 길어지게 되는 거라고 하더라고."

"그러네! 너희가 연애를 8년 했으니까. 조금만 있으면 이제 인생에서 함께한 날이 함께하지 않은 날보다 더 길어지겠다."

"그러니까. 심지어 그 분기점이 몇 년 안 남았더라? 그땐 또 어떻게 살고 있을지 너무 궁금하다."

"너희는 그때도 지금이랑 똑같이 잘 지낼 것 같아."

높은 확률로 그럴 것 같았고, 부디 그러기를 바랐다. 때로는 내가 삶에서 기대하고 바라는 건 사실은 그게 전부인 게 아닐까, 하는 생각이 들기도 한다.

'나는 어떤 칭찬을 받았을 때 가장 만족스럽고 편안한가?'에 대한 질문의 답이 '삶의 이유'가 될 수 있다는 이야기를 들은 적이 있다.

나는 두 가지가 순서대로 떠올랐는데 그중 하나가 "네가 쓴 글이 참 좋다"였지만 그건 두 번째였다. 그보다 더 우선인 건 "너희 커플 참 잘 어울린다. 너희는 어쩜 이렇게 서로 잘 지내니" 하는, 앞서 예진이가 했던 종류의 칭찬이었다.

나는 글 쓰는 일을 정말 좋아해왔고 그래서 우여곡절 끝에 직업으로까지 삼게 되었지만 그것보다 우선인 건 연애 8년 결혼 8년, 도합 열여섯 해에 걸쳐 좋아해왔고 그래서 가족으로까지 이어진 사랑하는 사람과의 관계였다. 글 쓰는 일은, 이것이 깨지지만 않는다면 잘 풀리지 않더라도 슬프지만 견딜 수 있을 것 같다. 반대의 경우는 견딜 수 없겠고.

"예진이가 나보다 2년 더 먼저 결혼했잖아, 그럼 너는 올해 결혼 10주년이네?"

"맞아. 사실 우리 결혼 10주년 기념으로 하와이 여행하기로 했었거든."

"정말?"

"응. 우리가 신혼여행 하와이 갔었잖아. 그때 도착한 첫날 새벽에 일출 보기로 했는데, 남편이 도저히 못 가겠다는 거야. 일출은 그날만 볼 수 있는 스케줄이었는데 결국 못 봤거든. 사실 나는 너무 가고 싶었고 힘을 내면 충분히 갈 수도 있었는데 말이야."

역시 체력왕 예진이었다.

"그래서 그때 내가 너무 아쉬워하니까 남편이 다음에 다시 와서 그때는 꼭 일출 보자고 했었거든. 원래 10주년 때 오려고 했는데, 나 결국 그거 반납하고 너랑 여기 온 거잖아."

"그런 거였어? 야, 그래도 되는 거야?"

"당연하지. 우리는 각자 여행하기로 했어. 지금은 남편이 나 대신 애기 봐주고 대신 남편이 친구들이랑 여행 갈 땐 내가 봐주고."

"우리 리유니언 여행이 결혼 10주년을 이긴 거네. 영광이다, 야."

"결혼은 10주년이고 이건 15주년이잖아."

오랜 연애의 초창기 때부터 지켜봐주었고 유럽 배낭

여행도 함께해서 예진이는 내 남편에 대해 아주 잘 알고 있었지만 나는 예진이의 남편에 대해 그만큼 많이 알지는 못했다. 그래도 꽤 오랜 시간 지켜봐온 바에 의하면 좋은 사람인 것 같아 보였다.

"어때? 10년간 살아보니. 네 남편은 어떤 것 같아?"

10년의 결혼생활을 한두 마디로 축약하기 어려울 것 같아 질문을 다시 단순화시켰다.

"100점 만점에 몇 점?"

예진이는 거의 고민하지 않고 곧바로 대답했다.

"우리 남편? 남편으로서는 진짜 100점 만점에 120점이야."

"그럴 것 같았어."

뒤이어 묻지도 않았는데 예진이가 이어서 자문자답했다.

"근데 아빠로서는 한…… 80점?"

뜻밖의 박한 점수에 설마 '독박 육아' 같은 거라도 하는 건가 싶어 갑자기 오장육부 깊은 곳에서부터 짜증이 확 솟구쳤다. 나는 나도 모르게 두 눈에 화르르 불을 켜고 물었다.

"뭐야! 왜?"

"음, 나는 어떤 상황에서도 우리 애들이 최우선이거

든. 근데 우리 남편은 어떤 상황에서도 내가 더 최우선인 것 같아. 어디 좋은 델 알게 되면 나는 '우리 애들 좀 더 크면 다 같이 가고 싶다'하는 생각이 무조건 제일 먼저 드는데 우리 신랑은 '애들 다 키워놓고 우리 둘이 가고 싶다'라는 생각을 먼저 하는 스타일이야. 그런 게 내 마음이랑 결이 달라서 애들 입장에서는 서운하지 않을까 생각이 드는 거지."

순간 차올랐던 짜증이 예진이의 부연 설명에 다시 급격히 빠른 속도로 누그러들었고 다시 눈앞의 호수처럼 고요하고 잔잔한 마음이 되었다.

"야, 그게 좋은 거지. 난 네 남편 그런 면이 좋아. 걔는 막, 자기 친구들 만날 때도 네 손잡고 같이 가고 싶어 하는 애잖아."

난 내가 그동안 보고 듣고 관찰한 바에 의해 말했고, 예진이가 정확히 맞췄다는 듯 살짝 놀라며 웃었다.

"어, 맞아! 어떻게 알았어?"

"다 알지. 오히려 그래서 네 남편이 마음에 드는 거야. 세상 그 어떤 상황에서도 우리 예진이를 최우선으로 생각하는 사람만이 예진이랑 결혼할 자격이 있지."

"그런가?"

"그럼. 아이들한테도 최고의 아빠는 다른 게 아니라

엄마한테 잘하는 아빠 아닐까? 게다가 정작 아이들 놔두고 지금 이렇게 좋은 데 여행 와 있는 건 김예진이 아니냐며."

"아, 맞네?"

나는 마치 날카로운 심사위원이라도 된 듯 예진이의 남편을 점수 매겼다.

"저는 99점 드리겠습니다."

그리고 한 손을 공중에 들어 무언가를 건네주는 포즈를 취하면서 내레이션 톤으로 말했다.

"그의 손에 쥐어지는 합격 목걸이."

"근데 나 결혼할 때 왜 그렇게 울었어?"

갑자기 웃음이 터져 나왔다.

"푸하하. 그러게나 말이야."

우리는 다리를 쭉 편 채로 앉아 팔을 등 뒤로 짚고 함께 호수를 바라보며 동시에 깔깔 웃었다. 너른 호수 위에 10년 전 그때 그 결혼식 녹화 영상이 재생되기라도 하고 있다는 듯이. 그 가상의 영상 속에선 나도, 예진이도, 예진이의 가족들도 모두 온 얼굴이 일그러진 채 눈물범벅이었다.

"왜 그런 거야? 다들 대체 왜 그랬던 거야?"

"누가 보면 무슨 사연 있는 결혼인 것처럼 울었잖아."

돌이켜보니 예진이가 일찍 결혼한 편인 데다 유달리 경건한 성당 결혼식 특유의 분위기에 괜히 동요가 된 것도 있었다.

"나 친구 결혼식 간 게 처음이었거든. 그래서 내 친구가 결혼을 하다니! 가정을 꾸리다니! 이런 처음 겪는 감정과 분위기에 속수무책으로 휩쓸렸던 것 같아."

"스물여섯이었나? 지금 생각해보면 진짜 어릴 때 했다. 세상에, 겁도 없이."

돌이켜보니 예진이는 이런 면으로도 겁이 없었다.

"입장하기 전까진 나도 어려서 뭣도 모르고 마냥 해맑게 웃고 있었거든? 근데 입장하고 나서 아빠 눈을 보는데 눈물이 그렁그렁 차 있는 거야. 그제서야 나도 눈물이 터졌는데 그걸 보고 또 엄마, 아빠, 동생까지 더 울고 눈물바다가 됐지."

"맞아, 나도 그랬어. 너랑 인사할 때는 아무렇지 않았는데, 너희 부모님을 뵈니까 눈물이 나더라구."

핀란드에서 지내는 내내 예진이가 가족들에 대한 이야기를 자주, 그리고 많이 해주어서 그런지 결혼식장에서 만난 예진이의 부모님과 동생이 마치 잘 아는 사이처럼 느껴졌다. 게다가 결혼 전부터 독립해 혼자 살고 있던 나와 달리 예진이는 본가에서 가족들과 함께 살고 있었기 때문에 예진이가 당장 새로운 신혼집으로 가서 살게 되면 다들 얼마나 보고 싶을까, 하고 감정이입해 눈물이 나기도 했다. 알고 보니 예진이의 신혼집은 본가와 아주 가까운, 단 10분 거리의 건너편 단지였을 뿐이었지만 말이다. 그럼에도 나는 교환학생 시절부터 예진이를 통해 예진이의 가족들이 서로 떨어져 있을 때 '보고 싶어 하는 사이'라는 것을 자연스레 느끼고 있었다.

한참 결혼식 때 얘길 하던 중, 예진이가 무심코 휴대폰을 들여다보더니 갑자기 소리를 질렀다.

"어떡해! 미치겠다. 큰일 났다."

"왜?"

"우리 남편 코로나 걸렸대……."

"뭐? 아이고, 어떡하냐……."

예진이는 잠시 패닉에 빠진 듯했다. 여행 기간 동안 아이 둘 케어를 주로 맡아야 했던 남편이 코로나가 걸렸다는 건 그야말로 비상사태를 의미했다. 확진 결과가 나오자마자 남편이 예진이에게 소식을 알렸는데 우리가 너무 정신없이 수다를 떠느라 한참이나 지나서야 알게 된 상황이었다.

"미안, 나 잠깐 전화 좀 하고 올게."

예진이는 피크닉 타월에서 일어나 신발을 꿰어 신고 심각한 얼굴로 한 손은 휴대폰을 들고 한 손은 허리에 짚고 호수를 배경으로 제자리를 빙글빙글 돌며 여기저기 전화를 걸었다. 공항에서 예진이가 보여줬던, 시간별로 다른 색깔로 촘촘하게 채워져 있던 아이들 스케줄표를 떠올리자 내가 다 아찔해졌다.

한참 이리저리 통화하던 예진이가 한결 밝아진 얼굴로 다시 피크닉 타월로 돌아와 털썩 주저앉았다.

"휴, 다행히 어찌어찌 해결은 된 것 같아."

"진짜 다행이다."

예진이의 부모님, 시부모님, 그리고 예진이의 동생과 시누이까지 다시 총동원하고 스케줄을 재조정해서 남편이 제외된 육아 자리를 다시 메꾸었다. 다행히 양가 가족들 모두 엎어지면 코 닿을 정도로 가까운 한 동네에 살고 있었다.

나와 달리 겁이 없는 예진이. 용감하고 씩씩한 예진이. 예진이 스스로의 표현처럼 '겁도 없이' 일찍 결혼해 일찍 아이를 낳을 수 있었던 건 예진이를 손닿는 거리에서 둘러싸고 사랑하고 지원해주는 사람들이 이토록 많았기 때문에 무의식적으로 안정감을 느낄 수 있지 않았을까, 생각했고 그 사실이 너무나 든든하고 기뻤다.

"이제 다시 시내로 가볼까?"

우리는 아직 밝디 밝은 호숫가를 남겨두고 일어나 피크닉 타월을 털어 접었다. 나는 마지막으로 사빌라흐티 호수의 풍광을 눈에 최대한 담으려고 노력했다. 이 호숫가에서 일어났던 여러 장면들이 겹쳐 보였다.

어느 겨울날, 이 호수를 걸어서 횡단한 적도 있었다.

예진이와 서로 만난 지 얼마 되지 않았을 때였다. 어딘가에 가기 위해서가 아니라 오로지 걸어서 호수를 건너는 것이 목적이었다. 누가 먼저 그러자고 했는지 대체 왜 그러기로 했는지는 기억나지 않는다. 그냥 그렇게 해보고 싶었던 마음만 어렴풋이 기억날 뿐.

아마도 1월이었을 것이다.

호수를 건넜던 그날도 해가 거의 뜨지 않는 나날 중 하나였다. 간밤에 새로이 내린 눈이 켜켜이 쌓여 꽁꽁 얼어붙은 호수를 비밀스러운 눈부심으로 가려주고 있었다. 해가 뜨지 않은 하늘은 군청에서 연보라를 거쳐 형광 핑크색으로 이어지는 그러데이션이었다. 뾰족뾰족한 침엽수 모양의 산그림자가 오묘한 그러데이션의 하늘과 눈 덮인 호수의 경계를 만들어주고 있었다.

그 아래에서 우리는 방수 부츠를 신고, 내복에 스웨터를 몇 겹이나 껴입고, 스키복과 패딩을 차례로 덧입고, 털모자와 장갑을 단단히 착용하고, 목도리를 코끝까지 칭칭 두른 채로 언 호수 위를 냅다 걷기 시작했다. 발을 내디딜 때마다 아무도 밟지 않은 보송하고 새하얀 눈더미에 다리가 무릎까지 푹푹 빠졌다.

얼마간 걸었을 때, 마침내 우리는 호수 가운데에 있던 그 정체 모를 쇠기둥을 마주할 수 있었다. 높낮이가 조금씩 다른 가느다란 쇠기둥에는 각각마다 뾰족하고 예리한 삼각형이 대칭으로 달려 있었고 그 높이와 위치가 기둥마다 미묘하게 다 달랐다. 그 간단한 대칭의 삼각형을 아래에서 올려다보자마자 알아차렸다.

아, 이건 새다!

왜 그동안 몰랐는지 의아한 일이었다. 호수가 호수인 걸 몰랐던 것처럼. 국기 게양대인 줄 알았던 그 가느다란 기둥들은 새를 테마로 한 조각품이었다. 삼각형 한 쌍은 분명 새의 날개처럼 보였다. 조금 떨어져 전체를 조망하면 한 마리의 새가 아래위로 자유롭게 날아다니는 궤적을 따라 그린 것도 같았다. 시간이 지나 호수가 녹고 나자 호수에 거울처럼 비친 모습 때문에 새떼들이 V자 대형으로 날아가는 장면으로 보이기도 했다.

그날 예진이와 나는 호수 위 눈밭을 한참이나 걸었다. 그리고 마침내 우리가 호수의 끝이라고 생각했던 그 나무 그림자까지 도달했다. 사실 그건 호수의 끝이 아니라 호수 속 거대한 섬일 뿐이었지만. 호수는 얼기설기 엮인 그물처럼 여러 섬을 사이에 두고 한참이나 더 연장되고 연결되어 있어서 실제 호수의 극히 일부 귀퉁이만 건넌 셈이었지만, 그래도 우리는 그곳에 닿았을 때 다시 뭍으로 돌아가야 할 시간이라고 느꼈다. 부츠는 이미 푹 젖어 더 걷다간 동상에 걸릴지도 몰랐지만, 몇 번은 미끄러져 온몸을 수영하듯 눈 속에 담그게 되었지만, 우리는 그때마다 웃느라 정신이 없었다.

다시 뭍으로, 학생회관 앞 잔디밭으로 도착했을 때, 우리는 뒤돌아 우리가 걸어온 눈밭 위 발자국들을 바라보았다. 의도하지는 않았지만 우리는 본능적으로 알았고, 아마도 그래서 호수를 건너고 싶었던 건지도 모른다. 지금이 아니면 바로 여기 이곳에, 이 드넓은 지구 위에서도 바로 이 특정한 위치에 존재할 수 없을 거라는 사실을. 시간이 조금만 지나도 저곳은 녹아버리고 말 거라는 사실을. 그래서 지금만이 이곳에 이렇게 발을 디디고 서 있을 수 있는 유일한 기회라는 사실을.

*

우리는 아침에 온 길을 다시 되짚어 걸어와 호텔이 있던 시내 쪽으로 돌아왔다. 보통 우리끼리 시내라고 하면 시청과 쇼핑센터가 마주 보고 있는 네모난 광장을 칭했다. 네모의 또 다른 두 면은 대형마트와 백화점이 마주 보고 있어 사각의 광장이 건물에 둘러싸인 모양새였는데 모두 층수가 낮은 건물들이라 답답하지 않았고 어느 곳에 서 있어도 하늘이 잘 보였다. 영어로는 마켓플레이스, 핀란드어로 '토리'라고 부르는 곳이었다. 쿠오피오에서 가장 번화한 곳이자 대부분의 버스가 이곳을 거쳐 가는, 도시의 중심지였다.

겨우내 텅 비어 있었을 게 분명한 네모난 토리가 시끌벅적 번화했다. 고소하고 기름진, 식욕을 자극하는 냄새가 풍겨왔고 곳곳에 가지런히 쳐진 천막 사이를 많은 사람들이 오가고 있었다.

"장 섰나 봐!"

"복작복작하네."

"여름이구나, 정말로."

핀란드의 겨울은 유독 춥고 어두운 데다 심지어 길기까지 하기 때문에 많은 핀란드 사람들이 여름이 오기를 손꼽아 기다리곤 하는데, 그전에 반드시 선행되어야 하는 섭리가 있다. 그건 당연하게도, 겨울이 끝나는 일이다. 그렇다면 핀란드의 겨울은 언제 끝날까?

장담할 수는 없지만 내 생각에는 핀란드 사람들이 '겨울이 끝나는 날'이라고 생각하는 분명한 기점이 있다. 바로 5월 1일, 노동절인 '바뿌'다. 그날을 기점으로 핀란드는 흡사 다른 나라로 변한다고 해도 과장이 아니다. 내 경험에 의하면 외국인인 내게는 그날 마치 모두가 이렇게 호기롭게 선언하고 있는 것처럼 보였다.

'애들아, 주목! 잘 들으렴. 이제 겨울은 다 끝났단다.'

'이제 곧 여름이 다가온다는 의미라고! 알아들었니?'

물론 여전히 대체로 겸손하고 무표정한 데다 스몰토크를 즐기지 않는 핀란드 사람들이 직접 이렇게 말할 리는 만무했지만, 그래도 바뿌 데이가 되면 이들이 이전과는 달리 내면에서부터 차오르다 못해 찰랑찰랑 넘쳐흐를 것만 같은 미소를 온 얼굴로 머금고 있다는 걸 알아차릴 수 있었다. 그 찰랑찰랑한 기쁨을 온전히 전해 받을 수 있는 장소가 바로 이곳, 토리였다.

바뿌 데이가 되면 핀란드 각 지역의 토리에서는 겨울의 종료, 봄의 시작을 알리는 성대한 축제가 열린다. 겨우내 주로 집 안에 머물렀을 모든 사람들이 토리로 나와 이를 축하하는데 여기서 가장 인상 깊은 점은 모두가 똑같은 모자를 쓰고 나타난다는 점이다!

아주 짧은 검은색 챙이 달린 새하얀 모자다. 내 눈에는 세일러 베레모처럼 보이는 그 모자는 핀란드의 고등학교 졸업식 때 쓰는 모자라고 한다. 일종의 핀란드식 고등학교 학사모인 셈인데 졸업할 때 받은 그 모자를 모두가 잘 간직하고 있다가 5월 1일에 일제히 쓰고 나온다.

사실 고등학교를 졸업했는지 안 했는지 여부나 졸업한 지 얼마나 됐는지 등은 그리 중요하지 않다. 겨울이 끝나기를 기다렸던 핀란드인이라면 남녀노소 누구나 토리로 나와 모처럼 사람들과 어울리며 새로운 계절의 시작을 만끽하곤 한다.

모두가 똑같은 하얀색 세일러 모자를 쓰고 전에 없이 들뜬 모습으로 한데 모여든 모습을 실제로 보면 정말 장관인데, 15년 전 바로 이 쿠오피오 토리에서 직접 경험했을 때는 이런 생각마저 들었다. 이 사람들 정말 여태까지 내가 알던 핀란드 사람들 맞아? 그리고 뒤이어 드는 생각은 나도 저 모자를 갖고 싶다는 거였다.

모자에 달린 술의 유무나 챙과 안감의 디테일 등으로 지역이나 전공 등을 유추할 수 있다고도 한다. 이와 함께 주목할 만한 것이 바뿌 데이에 대학생들이 일제히 입고 나오는 점프수트다. 학과별로 같은 색 점프수트를 맞춰 입고 그 위에 자신의 소속을 상징하는 다종다양한 패치를 여러 개 붙여서 꾸미고 나오는 데, 이것이 바로 핀란드 대학생식 '과잠'인 것인가 생각도 해보았다. 작업복처럼 생긴 점프수트를 입는 이유는 공식적으로는 노동절 행사인 바뿌 데이 행사가 원래 공과대학으로부터 유래되었기 때문이라는 설도 있다.

바뿌 데이에 먹는 전통 음식도 빼놓을 수 없다. 이날은 레몬과 벌꿀의 조합에 건포도를 동동 띄운 핀란드 전통 발효주 시마, 짤주머니에 넣은 밀가루 반죽을 기름에 이리저리 미로같이 불규칙한 모양새로 짜 넣으면서 튀긴 다음 슈거파우더를 뿌리거나 아이스크림이나 과일 등의 토핑을 곁들여 먹는 전통 케이크인 티팔레이빠 또는 먼치킨 도너츠와 비슷하게 생긴, 기름에 튀긴 핀란드 전통 도넛인 뭉키를 먹는다. 기름에 튀기고 설탕을 입힌 빵이기 때문에 둘 다 기본적으로 우리나라의 꽈배기빵과 비슷한 맛이 난다.

나는 명절도 아니고, 무려 노동절에 먹는 전통 음식이 따로 있는 나라를 본 적이 없다. 핀란드 사람들에게 바뿌는 크리스마스보다 훨씬 중요한 것처럼 보였다. 간절히 기다리던 겨울의 끝을 알리는 날이니까.

물론 5월 1일 이후에도 갑자기 눈이 내려 다시 도시가 새하얗게 덮인 적도 여러 날 있었다. 하지만 내가 경험한 바로는 바뿌 데이 이후에는 모두 그 사실을 모른 척하고 지나가려는 것 같았다. 봄이라고 성대한 축제까지 연 지 얼마 되지 않아 또다시 하염없이 쌓여가는 눈을 바라보며 '저기…… 눈이 내리고 있는데…… 아직 겨울인 게 아닐까?'라고 묻는 내게, 모두가 흐린 눈을 하고 '응, 아니야. 바뿌 지났으니까 봄이야. 조용히 해'라고 대답하는 것만 같았다.

1년 중 가장 활기차고 들떠 있는 최정점의 전성기를 지나고 있는 게 분명한 7월의 토리를 한 바퀴 둘러보다가 무언가와 눈이 마주쳤다.

"세상에, 저 기린!"

거대한 튜브에 바람을 불어넣은 형태의 커다란 기린 모형이었다. 기다란 풍선 같은 목이 하늘을 향해 쭉 뻗어 있었고 그 아래에는 바람 넣은 튜브의 탄성을 이용해 뛰어놀 수 있도록 만들어진 어린이용 에어 바운스였다. 아이들이 뛸 때마다 기린 목이 끄덕거리면서 움직였다. 보자마자 15년 전 바뿌 데이에 이곳에서 처음 봤던 바로 그 기린이라는 걸 알아차릴 수 있었다.

"우리 때도 있던 기린이잖아?"

"기억난다! 그게 아직도 그대로 있어?"

나는 끄덕거리는 기린의 긴 목을 홀린 듯 바라보다 그 자리에 서서 시선을 반시계 방향으로 조금씩 돌려가며 토리를 한 바퀴 돌아보았다. 15년 전의 여러 풍경이 겹쳐 보였다.

쿠오피오에 도착한 첫날, 다음날 아침 교환학생 오리엔테이션 행사에 늦을까 봐 걱정돼 'K 슈퍼마켓'에 알람시계를 사러 왔던 기억. 이곳 어딘가의 휴대폰 대리점에서 손톱만 한 흑백 액정화면의 '노키아' 휴대폰을 개통했던 일. '노르디아' 은행에서 처음 계좌를 개설했던 일. 그때 랜덤으로 부여받은 계좌번호를 아직도 아이디에 사용하는 것. 여러 날 이곳에서 덜덜 떨며 버스를 기다리던 기억. 53분에 출발한다고 적혀 있으면 어김없이 53분에 도착하던 버스와, 절대로 서로 가까이 다가가지 않고 띄엄띄엄 줄 서 있던 사람들. 쌀밥이 너무 먹고 싶어져서 '클라스 올슨'에 밥솥을 사러 왔던 기억과 그걸 소설에 쓴 일. 당시에는 한국에 없던 'H&M'을 처음 보고 다양한 사이즈와 저렴한 가격에 눈이 휘둥그레졌던 기억과 그때 산 10유로짜리 옷 몇 벌을 아직도 입는 일. 바뿌 데이에 머리가 하얗게 센 할머니 할아버지들부터 이제 막 졸업한 젊은 친구들까지 모두 하얀색 바뿌 모자를 쓰고 나와 피크닉을 즐기는 가운데 끼어, 바뿌 모자는 없지만 덩달아 봄을 맞으며 신났던 장면들. 시험이 끝난 날이면 모처럼 '까흐빌라'라는 카페에 들러 큰마음 먹고 커피와 케이크를 사 먹었던 것. 그리고 이곳을 떠나기 직전 내가 서 있는 바로 이곳 토리에 돗자리를 펼쳐 놓고 쓰던 물건들을 판 플리마켓 날의 기억. 가져간 물건을 다 팔고 집에 돌아오는 길, 빈 돗자리를 잔디밭에 깔고 햇살을 만끽하며 친구들과 낮잠을 잤던 일.

그때 그 돗자리에 누워 잠들기 전, 그 시절의 나는 눈을 감고 생각했다.

내 인생의 가장 빛나고 좋은 시절, 내 인생의 황금기가 끝나가고 있다고. 앞으로는, 이토록 소소하지만 행복하고 여유로운 삶을 기대할 수는 없을 거라고.

나는 그때의 내게 말하고 싶어졌다.

네 인생의 황금기는 지금이 아니야. 훨씬 더 좋은 날이 많이 펼쳐질 거야. 15년 뒤에는 네가 상상할 수 없을 정도로 아름답게 반짝이는 장면들을 품은 어른이 되어 있을 거야.

빙그르르 한 바퀴 다 돌자 다시 기린과 예진이가 보였다.

토리를 가득 메운 사람들은 가벼운 옷차림으로 각자의 장바구니를 들고 천막 사이사이를 돌아다니며 구경하고 있었다. 우리는 다시 싱싱한 과일과 채소를 파는 가게와 다종다양한 화분을 늘어놓은 꽃가게와 패브릭이나 목공 소품 등을 파는 잡화점과 핫도그 가게와 아이스크림 가게 등등을 지나 도저히 참을 수 없는 냄새를 풍기고 있는 바로 그 천막 앞에 섰다.

"여기서 간단하게 점심 먹으면 되겠다."

우리는 테이블 하나를 잡았다. 토리에 들어서기 전부터 우리의 후각을 심하게 자극하는 냄새가 있어서 메뉴는 이미 정해진 것이나 마찬가지였다. 그건 바로 핀란드의 국민 생선이라 불리는 흰 송어, '무이꾸'였다. 핀란드를 비롯한 북유럽의 호수에 주로 서식하는 작은 민물고기인 무이꾸에 호밀가루를 묻혀, 버터 녹인 무쇠팬에 지글지글 튀기듯 굽는 냄새가 토리 전체에 진동하고 있었다. 맛이 없으려야 없을 수가 없겠다는 생각이 드는 냄새였다.

우리는 무이꾸 두 접시와 감자튀김, 생맥주 두 잔을 사서 토리 한가운데 노상 테이블에 앉았다. 꽤 오래 걸어 기분 좋게 살짝 열이 난 상태라 열기를 식혀줄 맥주가 꼭 필요했다. 거짓말같이 완벽한 날씨. 깨끗한 공기의 깨끗한 하늘 아래 앉아 마요네즈에 레몬즙과 정체 모를 허브를 넣은 소스에 무이꾸 튀김과 감자튀김을 번갈아 찍어 먹으며 맥주잔을 비우니 기분이 끝도 없이 상쾌해지는 것 같았다.

맥주 한 잔을 다 비웠을 무렵, 건너편 테이블로부터 어떤 시선을 느꼈다. 나보다 윗세대의 핀란드 사람들로 추정되는 사람들 서넛이 모인 테이블의 무리가 어쩐지 나를 쳐다보는 것 같았다. '우리가 외국인이라서 좀 튀나? 하긴, 지금 이곳에 아시아인으로 보이는 사람은 나와 예진이 둘밖에 없지'라고 생각하던 찰나, 내 머리 위의 '그것'이 생각났다.

사실 예진이와 나는 사빌라흐티 호수에서 걸어오며 토리를 구경하는 내내 핀란드 국기가 그려진 토끼 귀

머리띠를 쓰고 있었다. 아, 이거였구나! 나는 손가락으로 내 머리 위 핀란드 국기를 가리키곤 "관광 중이에요!"라고 외쳤다. 뒤이어 이런 대답이 돌아왔다. "멋지다! 쿠오피오를 잘 즐기렴!" 좀처럼 스몰 토크를 하지 않는 핀란드인이라지만 당연히 매번 그런 건 아니다. 물론 이마저도 먼저 말을 걸어준 건 아니고 슬쩍 쳐다봤을 뿐인데 오지랖 넓게 내가 알아서 대답을 한 거지만 말이다.

우리는 맥주와 무이꾸 튀김을 먹고 다음에 뭘 할지 고민했다. 아직 미꼬를 만나기까지는 시간 여유가 꽤 있었다. 예진이가 걸어서 20분 정도 거리에 있는 항구에 가보고 싶다고 했고 나 역시 찬성했다. 내륙지방이지만 거대한 호수에 둘러싸인 쿠오피오에는 항구도 많았다.

우리는 토리의 사면 중 한 면을 차지하고 있는 K 슈퍼마켓에 들러 납작복숭아 한 봉지와 생수 두 병을 챙겼다. 납작복숭아는 예진이도 나도 처음 먹어보는 것이었다. 우리는 마트 화장실에서 납작복숭아를 씻어 봉투에 다시 넣은 다음 항구로 나섰다. 그리고 불과 10미터나 걸었을까. 갑자기 우리의 시선이 약속이나 한 듯 동시에 한곳으로 향했다.

"어? 여기가 거기 아냐? 카페 까흐빌라!"

"맞잖아! 여기 까흐빌라라고 써 있네!"

처음 리유니언 여행 얘기를 하기 시작했던 1년 전부터 손꼽았던 버킷리스트 중 하나였는데 지나가다가 우연히 발견할 거라고는 생각지도 못했다. 이렇게 가까이 있었구나.

우리는 당연한 듯 문을 열고 들어갔다. 외관만 보면 예전 그 카페가 맞는데 기억 속 카페 풍경과는 조금 달라 보였다. 카페가 2층이었다는 사실도 초입의 계단을 발견하고 나서야 새삼 깨달았다.

"안녕하세요, 혹시 여기 15년 전부터 영업하던 곳이 맞나요? 저희가 예전에 교환학생 왔을 때 들르던 카페인 것 같아서요."

"맞아요. 저는 7년 전부터 이어받아서 하고 있어요. 15년이라니! 저보다 이 카페와 오래된 인연을 가지고 계시네요."

"아, 역시 맞군요! 아직 있어서 너무 기뻐요."

우리는 "사장님이 바뀌어서 그런지 안에는 좀 달라진 것 같다"라고 속삭이며 가파른 계단을 따라 2층으로 올라갔다. 그런데 웬걸, 계단을 한 걸음 한 걸음 오르면서 옛날의 기억이 파도처럼 순식간에 덮쳐 왔다.

우리가 기억하던 카페 까흐빌라의 풍경은 2층의 풍경이었다. 전체적인 테이블 구조가 바뀌었지만 빈티지 소품으로 가득 찬 특유의 분위기가 그대로였다. 창가의 보라색 커튼과 벽에 걸린 액자들, 그리고 금장을 두른 타원형의 앤티크 거울이 위치만 조금씩 바뀌었을 뿐 그대로 있었다.

당시는 금전적으로 여유 있지 않아서 쿠오피오 시내에서 외식을 한 적이 한 번도 없었다. 항상 집에서 해 먹거나 학생 식당에서 끼니를 해결했고 금요일마다 다양한 구실을 만들어 열리는 교환학생들의 파티도 항상 누군가의 플랫에서 음식을 해 먹는 홈파티였다. 그럼에도 불구하고 시험이 끝났을 때 기분을 내고 싶어서 카페는 몇 번 찾은 적이 있는데 그때마다 찾던 카페가 바로 이곳 까흐빌라였다.

15년 전 어느 겨울날의 우리는 가로로 긴 타원형의 고풍스러운 금장 거울 맞은편 테이블에 앉아 디지털 카메라의 줌을 잔뜩 당겨 '거울 셀카'를 찍었었다. 그때 공교롭게도 그 거울의 바로 앞 테이블에 앉아 있던 사람들의 실루엣이 타원형 거울의 양끝 쪽에 찍혔다. 머리가 백발로 센, 멋진 안경을 쓴 할머니 두 분이 커피를 마시며 이야기를 나누고 있는 옆모습이었다. 당시 예진이가 그 사진을 싸이월드에 올렸고, 나는 그 사진을 '퍼가서' 이렇게 캡션을 남겼던 기억이 있다.

'우리도 할머니가 될 때까지 이렇게 예쁜 카페에서 수다 떨면서 함께하자.'

우리는 그 사진과 똑같은 각도로 거울 셀카를 찍어 보기로 했다.

그때와는 달리 지금은 거울이 계단에 걸려 있었기 때문에 우리는 아주 좁고 가파른 계단 위에 위태롭게 매달려서 사진을 찍어야 했다. 스물하나의 우리는 할머니가 될 때까지 함께하자고 다짐했는데, 어쨌든 아줌마가 될 때까지는 함께할 수 있었다. 그때 쓴 '함께하자'는 의미는 그저 계속 친구로 잘 지내자는 의미였는데 15년 뒤에 이렇게 똑같은 장소의 똑같은 거울 앞에 서게 될 거라고까지는 예상하지 못했다.

계단에 매달리다시피 하며 찍은 사진을 들여다보았다. 흐릿하게 찍은 사진이라 그런지 그때랑 너무나 비슷해 보였다. 똑단발머리의 예진이. 뒤로 돌돌 말아 묶은 똥머리를 한 나. 헤어스타일을 잘 바꾸지 않는 우리 둘이었다.

주문했던 따뜻한 밀크티와 라테가 서빙되었다. 우리는 귀여운 2인용 앤티크 테이블에 자리 잡고 앉아 납작복숭아가 가득 든 K 슈퍼마켓 비닐봉지와 생수를 바닥에 내려두면서 이 테이블이 오래된 재봉틀을 개조해서 만든 테이블이라는 걸 알아차렸다. 테이블 아래 페달이 있었던 거였다. 우리는 재봉틀 페달을 기분 좋게 끄덕끄덕 밟으면서 한참을 옛날 얘기에 빠져들었다. 마치 페달을 밟는 일이 과거로 향해 들어갈 수 있는 동력이라도 된다는 듯이. 층고가 낮은 2층 카페에 끄덕끄덕, 재봉틀 소리가 배경음악처럼 계속 울려퍼졌다.

잔을 다 비우고 원래의 목적지였던 항구로 가기 위해 나왔다. 카페 주인이 우리를 배웅하며 말했다.

"15년 뒤에 또 놀러 오시길요."

"좋아요! 우리도 부디 그럴 수 있길 바라요!"

뜻밖의 선물 같은 인사를 받아 기뻤다.

"저 말 너무 좋지 않아?"

"응. 나 좀 감동했어."

"뭐랄까, 우리가 15년 전에는 상상도 할 수 없던 일들을 경험하면서 이렇게 나이를 먹었는데, 또 앞으로의 15년도 그런 일이 있을 거라고 해주는 것 같아. 15년 동안 잘 살아왔고, 수고했고, 앞으로의 15년도 기대하라고."

나는 아련한 마음으로 다시 카페를 바라보았다. 그리고 곧바로 무언가 깨닫곤 깜짝 놀라고 말았다. 나는 손가락으로 카페의 통창을 가리키며 다급히 외쳤다.

"예진아, 이것 좀 봐. 카페 이름이 '까흐빌라'가 아니었어."

아주 굵고 진한 대문자 폰트로 'KAHVILA'라고 적힌 간판 아래 통창이 나 있었는데 그 위에 세로로 얇게 흐르는 듯한 작은 폰트로 'Kaneli'라고 적혀 있는 것을 발견했다.

"맞네! 생각해보니까 까흐빌라가 핀란드어로 카페라는 뜻이잖아."

"까흐빌라 카넬리, 그러니까 카페 카넬리인 거지."

까흐빌라는 너무 쉬운 단어라 우리가 잊지 않고 있던 핀란드어였다. 공항에서도 커피를 마시고 싶어서 까흐빌라 간판을 찾아다녔으니까. 우리는 이 단어를 잘 알고 있었다. 단어를 몰랐던 것도 아닌데 왜 '카페 까흐빌라'가 이상하다는 생각을 해보지 않았을까?

"여태까지 우리는 그럼 여기를 '카페 카페'라고 불렀던 거야?"

"동어 반복이잖아. 진짜 웃긴다."

아주 오랜 오해가 풀리는 순간이었다.

"카페 카넬리! 이제 이름 제대로 알았으니 진짜 15년 뒤에 또 오자."

"그러면 우리…… 사십대 건너뛰고 오십대에 오겠네?"

"너무 멀다. 우리 4년마다 오는 걸로 하자. 월드컵처럼."

"그래, 그때 되면 둘째도 학교 가 있을 테니까. 나 너무 설렌다."

"저기요, 어머니? 아까 몇 시간 전까지만 해도 항상 모든 걸 애들과 함께하고 싶다면서요?"

"애들도 크면 나 없는 거 반길 거야. 4년에 한 번쯤은 나 너랑 자유부인 할래. 해줄 거지?"

"난 언제든 예진이만 시간 냈다 하면 스케줄 다 맞춰서 티켓 바로 끊지. 이러려고 회사 그만둔 거지."

4년 주기로 핀란드에 오자는 약속 덕에 쿠오피오에서의 마지막 날도 조금은 덜 아쉽게 보낼 수 있을 것만 같았다.

*

우리는 항구를 한 바퀴 둘러본 후 다시 시내 쪽으로

걸어왔다. 우리가 예약해둔 레스토랑에 미꼬가 먼저 들어와 앉아 있었다.

그런데 식당 안으로 들어가 미꼬를 보자마자 우리는 깜짝 놀랄 수밖에 없었다. 미꼬는 검은색 블레이저, 아니 '마이'라고 부르는 게 더 어울릴 만한 옷을 입고 있었기 때문이었다.

미꼬를 안 이래로 핀란드에서건 한국에서건 어떤 식으로든 '깃' 있는 옷을 입은 걸 본 건 처음이었다. 미꼬는 늘 티셔츠 차림이었고 피케 티셔츠를 입은 적조차 없었으니까. 심지어 그 '마이'의 왼쪽 가슴 포켓에는 뜬금없이 꼬깃꼬깃한 손수건까지 꽂혀 있었다.

웃음이 나왔는데 왠지 웃으면 안 될 것 같아서 나는 입꼬리를 애써 정돈해 내리며 예진이를 말없이 바라보았다. 예진이 역시 웃음을 간신히 참고 있는 듯 콧구멍을 벌름거리고 있었다. 장난기가 너무 가득해 당장이라도 도르르 쏟아질 것만 같은 눈동자를 한 예진이가 먼저 입을 열었다.

"미꼬야! 오늘 왜 이렇게 멋지게 입고 왔어?"

한국어로 했는데도 알아들었는지 약간의 뿌듯함과 약간의 머쓱함이 교차하는 미꼬의 표정이 너무 웃기고 귀여워서 당장이라도 웃음이 터질 것만 같았다.

"고마워."

미꼬 역시 한국어로 대답했다. 그리고 뜻밖의 말을 했다.

"오늘은, 한국말로, 해볼까?"

핀란드에 와서 줄곧 영어로 이야기하고 있던 터라 우리는 깜짝 놀랐다.

"뭐야? 다 까먹었다더니. 하나도 안 까먹었잖아?"

미꼬는 원래 학생 식당에서 우리를 우연히 만나기 전까지 한국어를 못했다. 할 줄 아는 한국어는 안녕, 감사합니다 그리고 차렷, 경례, 겨루기, 당겨지르기 등 태권도장에서 배운 단어밖에 없었다. 한국에 교환학생을 오기로 결정한 직후 읽고 쓰는 것만 조금 가르쳐줘서 겨우 글자를 알아보고 읽을 수 있는 상태로 한국에 왔었다. 교환학생이니 수업도 당연히 영어로 듣고 있었다.

그런 줄 알았는데…… 한국에 온 지 반년째인가 즈음에 갑자기 미꼬가 우리에게 한국어로 말하기 시작했다. 점차로 실력이 느는 과정을 본 게 아니라 영어로만 이야기하다 갑자기 한국어를, 심지어 제대로 된 문장으로 구사하기 시작해서 얼마나 놀랐는지 그때의 충격은 아직도 생생하다. 아무리 핀란드어와 한국어가 같은 우랄알타이어계로 동사 활용하는 원리가 비슷하다고 해도 그건 결코 쉬운 일이 아니었다. 역으로 우리가 반년 동안 핀란드어를 배워봤으니 얼마나 배우기 어려운지 잘 알고 있었다.

아주 유창하지는 않지만 한국어로 자연스럽게 자기 생각을 표현하는 미꼬를 보고 신기하면서 무섭도록 부러웠다. 어느 해외토픽 기사에서처럼 신비한 번개를 맞았다거나 언어 천재가 아니고서는 불가능한 일 같았다. 우리끼리 미꼬는 언어적 감각이 남다르다고, 그쪽으로는 타고난 두뇌를 가지고 있다고 결론지었다. 한국으로 교환학생을 오기 전에는 멕시코로 교환학생을 갔었는데 거기서도 가자마자 자연스럽게 스페인어가 트였다고 했으니까.

아무리 그래도 10년 넘게 한국어를 쓰지 않아 어떨까 싶었는데, 오늘은 상당히 마음먹고 나온 듯했다. 미꼬는 약간 더듬거리긴 했지만 여전히 우리의 한국어를 전부 다 알아듣고 자기 생각을 한국어로 다 표현할 수 있었다.

"근데 미꼬야, 오늘은 갑자기 왜 한국말로 하기로 한 거야?"

"음, 여친의 추천?"

알고 보니 우리가 집에 다녀간 후 여자친구인 티나

가 한국어를 써볼 수 있는 기회인데 왜 한국 친구들하고 영어로 말하느냐고 약간 타박했다고 한다. 그래서 오늘은 작정하고 한국어를 써보기로 했다는 거였다. 우리는 오랜만에 한국어로 수다를 떨었다. 어쩐지 영어로 말하며 먹을 때보다 소화도 더 잘되는 것 같았다.

핀란드식 터치를 가미한 이탈리안 레스토랑인 킹스 크라운의 음식 역시 맛있었고 특히 새빨간 베리와 허브 잎이 동동 떠 있는 스파클링 칵테일과 닭가슴살이 올라간 리소토의 조합이 무척 좋았다. 저녁을 다 먹고 나니 미꼬가 '마이' 안주머니에 손을 넣으며 말했다.

"이건 내가 살게."

"안 돼, 미꼬! 안 돼."

우리는 정말 흔하디 흔한 'K-실랑이'를 했다.

"우리가 살게. 진짜야. 너무 고마워서 그래."

한두 번 거절하던 미꼬가 순순히 물러서며 말했다.

"그래? 알겠어. 우리 그럼 2차 가야지, 2차. 2차는 내가 낼게."

한 문장에 2차를 세 번이나 말하다니. 맞아. 예나 지금이나 미꼬는 '2차'라는 말을 좋아했다.

식사를 마치고 나서는 미꼬가 추천하는 곳으로 우리

를 이끌었다.

"너희들 좋아할 만한 곳이 있어. 거기로 2차 가자."

미꼬가 인도한 곳은 공교롭게도 우리가 미꼬를 만나기 직전에 갔던 쿠오피오 항구에 있었다. 루오토 쿠오피오라는 레스토랑이었다. 거대한 호수 위로 쭉 뻗어 있는 나무 데크를 따라 한참 걷다 보면 감각적인 디자인으로 지어진 2층짜리 목조건물이 나왔다.

위아래층 모두 커다란 통창과 야외로 이어지는 넓은 테라스가 있었고 바깥에서 바라보면 꼭 물 위에 떠 있는 집처럼 보였다. 파스텔빛 구름을 머금은 하늘과 바다 같은 호수, 아무것도 없이 탁 트인 바깥의 시야만큼이나 내부도 공간이 여유로웠다. 듣기 좋은 라운지 음악이 계속 흘러나오고 있었다. 예진이와 내가 앞다투어 말했다.

"쿠오피오에 이렇게 힙한 곳이 있었다니."

우리는 방금 이 항구를 둘러보고도 이렇게 감각적인 술집이 영업하고 있는지 전혀 눈치채지 못했는데, 역시 현지인 찬스가 좋았다.

다른 테이블을 슬쩍 보니 음식도 맛있어 보였지만 배가 부른 우리는 생맥주만을 시켜두고 연분홍빛 그러데이션 하늘 아래 못다 한 대화를 마저 나누었다.

"미꼬랑 한국어로 이야기하는 게 약간 꿈 같아."

"그때도 입이 빨리 트여서 놀랐는데, 10년 넘게 안 썼는데도 아직도 이렇게 잘하는 게 신기하다."

"부럽다. 나도 미꼬처럼 특별한 언어 습득 능력이 있다면 좋을 텐데."

"음, 사실은……."

미꼬가 망설이다 말했다.

"나 한국어 선생님이랑 만났었어."

나랑 예진이가 동시에 눈이 마주쳤다. 우리의 시선이 다시 미꼬에게로 향했고 우리는 앞다투어 물었다.

"정말?"

"우리 학교 어학당?"

"응."

그랬구나, 어쩐지. 모든 의문이 풀리는 순간이었다. 연애가 최고의 언어 습득 루트라는 우스갯소리는 어느 정도는 사실인 것 같았다.

나는 혹시 우리를 만나기 전 교환학생으로 다녀왔다던 멕시코 학교에서 스페인어를 빨리 깨우친 것도 역시 같은 이유인가 싶어 물어보고 싶었지만 그건 그냥 비밀로 남겨두기로 했다.

"그리고, 모델도, 만난 적이 있어. 자동차 모델."

"모델을 대체 어디서 만나?"

"자동차 모델이니까. 자동차 쇼에서, 만났지."

"모터쇼? 너 자동차에 관심이 있었어?"

"그건 아닌데, 다른 미국 교환학생 친구가 가자고 해서, 같이 갔어."

"이야, 미꼬야. 너 여기저기 알차게 잘 다녔구나?"

미꼬가 약간은 머쓱한 듯 뒷머리를 쓸었다.

"그때는 많이 어렸잖아. 지금 여친도 없었고. 그래서 데이트 많이 했어."

"그랬구나, 잘했네."

잘했다는 말은 진심이었다. 나는 지난 15년 간, 미꼬가 내게 해줬던 것만큼 미꼬를 챙겨주지 못했다는 죄책감에 늘 사로잡혀 있었고, 그 죄책감은 미꼬와 오랜만에 다시 만나 오해를 푼 후에도 마음속에 은은하게 깔려 있었다. 그러나 우리의 '2차'에서 호수를 바라보고 맥주를 마시며 미꼬로부터 한국에 있을 때 어떤 재미난 일들이 있었는지 밤새 들으면서, 나랑 예진이가 가까이 없었어도 미꼬는 나름대로 즐거운 한국 생활을 보내고 있었겠구나, 하는 생각이 들었다. 그제야 아주 오래 묵은 그 정체 모를 죄책감으로부터, 조금은 가벼워질 수 있었다. 십수 년간 무거운 돌덩이를 마음속에

품은 채 걸어가고 있다가 처음으로 잠시 내려놓고 허리를 한번 쭈욱 편 느낌이었다.

자정이 되어가자 연분홍과 주황색의 그러데이션 하늘이 주황색과 연보라의 그러데이션으로 조금 변했다. 물기를 많이 머금은 수채화처럼 예쁜 하늘을 뒤로하고 우리는 데크를 걸어 루오토를 빠져나왔다. 데크 주변으로 작은 보트와 요트들이 여러 척 정박되어 있었고 그 너머로 고급스러워 보이는 주택 단지가 보였다.

"나랑 예진이는 4년마다 핀란드 여행을 하기로 결심했거든."

"오, 좋은 생각이야."

미꼬가 대답했고, 예진이가 덧붙였다.

"다음에는 쿠오피오 일정도 더 길게 잡고, 또 언젠가는 저런 고급 맨션을 빌려서 길게 머물러 보고 싶어. 아무것도 하지 않고 호수만 바라봐도 좋을 것 같아."

"사우나는 해야지."

"저런 고급 맨션에는 사우나가 다 있겠지?"

"당연하지. 사우나가 없는 곳은 없어. 아까 그 루오토에도 사우나가 있어."

"정말? 그 레스토랑에?"

“응, 사우나 하고 호수에 바로 뛰어들 수 있어. 다이빙 데크도 있는걸.”

“그리고 저기 떠 있는 배 중에 사우나 배도 있어.”

“정말?”

“저거 잘 봐봐, 저건 사우나 배야.”

정말로 정박되어 있는 배들 중 하나는 사우나처럼 보였다. 우리는 4년 뒤에 꼭 고급 맨션이든, 레스토랑이든, 배 위에서든 사우나를 하기로 약속했다. 그리고 호수에 함께 뛰어들기로 약속했다.

“단, 호수가 얼어 있지만 않다면 말이야.”

미꼬가 걸어서 우리를 숙소까지 데려다주었고, 여기까지가 우리의 마지막이었다. 처음 만났을 때는 내가 울었는데 마지막엔 예진이가 울먹였다. 우리는 “고마워, 잘 지내!” 하고 한국어로 인사했다. 나는 나도 모르게 내가 이런 문장을 되뇌이고 있다는 사실을 깨달았다.

‘지금의 내 상황이라면, 미꼬가 한국으로 교환학생을 온다면, 정말 잘 챙겨줄 자신이 있는데.’

하지만 그럴 일은 없었다. 미꼬는 학생 식당 밥을 학생 요금으로 먹기는 하지만 더는 학생이 아니다. 이제는 교환학생을 올 수 없다. 그 시기는, 그 시간은, 이미 지나갔다.

나는 내가 이 돌덩이를 어디 두고 갈 수는 없다는 사실을 알아차렸다. 잠시 내려놓고 허리를 폈을 뿐, 다시 들고서 남은 길을 걸어나가야 한다는 사실을. 이런 내 마음을 아는 것 같기도 모르는 것 같기도 한 미꼬.

세상에서 가장 밝은 밤하늘 아래, 한껏 차려입은 미꼬가 서서히 멀어져갔다.

Tampere

탐페레

— 이야기가 시작되자, 씩씩하게 걸어나갔다

✳ × ✳ × ✳ × ✳ × ✳ × ✳ × ✳

쿠오피오를 떠나 헬싱키로 가기 전, 그 사이에 위치한 탐페레에 들르기로 한 날이었다.

숙소는 별도로 잡지 않았고, 탐페레를 구경한 다음, 밤 10시쯤 헬싱키의 에어비앤비 숙소에 도착하는 것으로 일정을 짜두었다. 그러기 위해서는 아침 8시 기차를 타야 해서 꼭두새벽부터 일어나 서둘렀다.

내가 먼저 눈이 떠져 샤워를 하고 나왔고 예진이가 그때 즈음 일어나 뒤척였다. 그때 예진이네 어머니로부터 영상통화가 걸려왔고 나는 머리를 말리며 예진이와 어머니의 통화 소리를 듣고 있었다. 예진이네 둘째가 갑자기 끼어들어 물었다.

"류진이 이모는?"

예진이네 어머니가 웃으며 말했다.

"너는 엄마보다 류진이 이모부터 찾네."

"류진이 이모! 류진이 이모는 어딨어?"

나도 들으면서 절로 웃음이 나왔다. 나를 언제 봤다고 저렇게 궁금해하고 찾는 것인지, 엉뚱하면서도 사랑스러웠다. 첫째인 소율이는 몇 번 봐서 나를 알지만 둘째인 연준이는 아주 어릴 때만 봐서 나를 봤던 일을 기억하지는 못할 것 같았기 때문이었다. 처음 만나는 사람 앞에서 수줍어하는 첫째와는 달리 활발하고 낯을 가리지 않는 성격이 예진이와 똑같았다. 내가 예진이 곁으로 다가가 화면 속에 끼어들었다.

"안녕, 연준아!"

"류진이 이모!"

연준이는 누나인 첫째 소율이가 요즘 꽂혀 있다는 시나모롤과 마이멜로디 스티커를 얼굴에 잔뜩 붙이고 있었다. 예진이 말에 의하면, 누나가 하는 건 다 따라 해야 하는 성격이라고 했다.

"연준아, 너 예전에 이모 봤던 거 기억나?"

기억은 못하는 눈치였다.

"헤헤."

"아유, 너 정말 귀엽다."

연준이가 휴대폰 화면 속에서 여전히 생글거리는 얼굴로 나를 바라보며 갑자기 말했다.

"류진이 이모, 사랑해요!"

뜻밖의 멘트에 나도 모르게 웃음이 크게 터져나왔다.

"어머, 진짜?"

"헤헤."

"나도 사랑해, 연준아!"

아마도 그때였을 것이다. 이번 여행의 몇몇 소중한 장면들을 글로 남겨두고 싶다는 생각을 처음 했던 순간이. 이렇게까지 긴 여행기를 쓰게 될 거라고는 전혀 예상하지 못했지만 말이다.

*

탐페레는 핀란드 남서부 지역에 위치한 인구 약 24만의 도시로, 핀란드에서 인구 규모 3위의 큰 공업도시다. 두 호수가 이어지는 구간의 좁은 급류를 중심으로 형성되어 있는데 이 급류를 이용한 수력 발전을 주동력으로 사용하는 편이라, 공업도시임에도 공기가 깨끗하다는 것이 자랑이라 들었다. 그 유명한 무민 박물관도 탐페레에 있어서 쿠오피오보다는 인지도가 조금 더 있는 편이긴 하지만, 한국에서는 아직 생소한 이름일 것이다. 나도 탐페레는 이름만 들어보고 가본 적은 한 번도 없었다.

다만 내가 탐페레라는 지명을 인지하고 있었던 건 LCC로 불리는 이른바 저가항공사 때문이었다. 나는 라이언에어로 대표되는 저가항공사의 존재를 교환학생 시기에 처음으로 알게 되었다. 대략 5만 원 내외의 아주 저렴한 가격으로 유럽의 여러 나라들을 오갈 수 있었는데 다만 새벽 4, 5시 등 꽤나 난감한 시간대에 항공편이 포진되어 있었다. 남는 게 체력밖에 없는 이십대 초반의 배낭여행객들은 공항에서 노숙을 하거나 길에서 밤을 꼴딱 새우기도 하며 저가항공편을 이용해 여행을 다니곤 했다.

당시 핀란드에서는 유럽의 주요 도시로 가기 위한 저가항공편이 주로 탐페레에서 출발하곤 했고 나는 그 때문에 탐페레라는 생소한 이름을 처음 접하게 되었다. 그 덕에 가보지는 못했지만 탐페레를 배경으로 하는 「탐페레 공항」이라는 단편소설도 쓴 적이 있다.

사실 그 소설은 내가 문화센터에 다니면서 세 번째

로 완성해본 소설이었다.

그때의 습작과 지금의 작품은 제목도 다르고, 많이 다듬어서 다른 소설이라고 봐야 하지만 그래도 기본적인 뼈대와 구성, 감정선은 완전히 똑같다. 같은 문장이 거의 없을 정도로 수십 번 수정했음에도 불구하고, 마지막 장면만큼은 거의 고치지 않고 두었기 때문에 문장 하나, 단어 하나, 쉼표 하나까지 그대로다.

소설 습작생들 사이에서는 자기가 가장 좋아하고 자신 있는 작품을 고치고 또 고쳐서 매년 신춘문예나 신인상 공모전에 내는 경우가 흔하게 있다. 내게는 그런 작품이 바로 「탐페레 공항」이었다. 초창기에 썼던 습작들은 고쳐도 어디 내놓기 어려운 수준이라는 걸 알았지만 이 작품만큼은 왠지 자신이 있었고 무엇보다 내 마음에 쏙 들었기 때문이었다. 이대로 묻어두기엔 왠지 아깝다는 생각이 들었다.

그렇지만 그건 그냥 내 생각뿐인 것 같았다. 습작 생활을 오래 거치다 보면 이런 중론도 알게 된다.

'아무리 고쳐봤자 당선이 안 되는 건 안 된다. 왜냐하면 안 되는 데는 다 이유가 있기 때문이다. 고로, 고쳐 내던 작품에 대한 미련은 버리고 '새 거'를 써내야 한다.'

나 역시 그 소설을 누더기가 되도록 고치고 수없이 많은 신춘문예와 공모전에 냈지만 모두 미끄러졌고, 최종심에서 언급된 적조차 단 한 번도 없었다. 문화센터에서도, 뒤늦게 직장을 1년 쉬어가면서 입학한 대학원 수업에서도 매번 고쳐서 발표하곤 했지만 큰 호평을 받은 적이 없었다.

'매번 고쳐 내는 소설은 버리고 '새 거'를 써내야 된다'는 중론대로, 나를 당선시킨 소설은 내가 수년간 아끼고 고치던 소설이 아닌, 새로 쓴 소설이었다. 나는 휴직하고 대학원에 다니던 시기에 썼던 「일의 기쁨과 슬픔」이 공모전에 당선되면서 작품 활동을 시작할 수 있었다.

낙선을 수없이 한 터라 「탐페레 공항」은 당연히 나만 마음에 들어 하는 소설인 줄 알았고, 데뷔를 한 후 문예지 등에서 단편소설 청탁이 들어왔을 때 그 소설을 내보일 생각이 전혀 없었다. 나는 그 소설이 평생 나만 보는 소설이 될 거라고 생각했다.

그런데 그해 어느 겨울날, 젊은 문학인들이 운영하는 신생 문예지로부터 단편소설을 발표해달라는 청탁을 받았다. '세상과 가까운 문학을 꿈꿉니다'라는 슬로건을 내세우며 스스로 '권위 없는 문학 레이블'을 표방

한다는 곳이라는 걸 알았을 때, 왜인지 '여기라면 괜찮지 않을까?' 싶어 마지막으로 전면 수정을 거쳐 마침내 오래 묵혔던 그 소설을 발표하게 된 거였다.

그 후로 약 1년 뒤, 내가 발표한 단편소설들을 묶어 첫 소설집을 낼 때 마지막 수록작으로 「탐페레 공항」이 실리게 되었고, 그야말로 셀 수 없이 많은 독자분들이 이 소설을 가장 좋아하는 소설로 꼽아주셨다. 내가 쓴 소설들 중에 가장 오래된 씨앗으로부터 만들어진, 내게는 특별한 의미가 있는 소설인 것이다.

"그런데, 너는 탐페레에 가본 적도 없으면서 어떻게 탐페레를 배경으로 소설 쓸 생각을 했어?"

탐페레로 향하는 기차 안에서 예진이가 내게 물었다.

"내가 말 안 했나?"

"뭐를?"

우리는 자리의 테이블을 펼친 채 마주 보고 앉아 기차 식당 칸에서 사 온 오믈렛에 맥주를 곁들여 마시고 있었다. 내가 한 손에 맥주를 든 채로 예진이가 당연히 알고 있을 거라는 식으로 말했다.

"네가 탐페레 얘기해줘서 쓴 거잖아."

예진이가 의아한 표정을 지었다.

"나? 내가 무슨 얘길 했는데?"

"우리 교환학생 끝나고 유럽여행 할 때, 네가 먼저 런던 사는 친구 만나러 간다고 출발했던 거 기억나지? 나는 쿠오피오에 더 있다가 너보다 몇 주 늦게 출발했잖아."

"응, 맞아. 그때 탐페레 공항에서 라이언에어 타고 런던으로 갔었지. 혼자 탐페레에서 1박을 했고."

"그래, 그때 네가 탐페레 하루 구경하고 탐페레가 너무 좋았다면서 나한테 엽서를 써서 보냈잖아."

예진이가 마치 남의 이야기를 듣는 듯한 눈빛으로 가만히 듣고 있다가 되물었다.

"내가? 엽서를 썼다고 너한테?"

"그래. 설마 기억 안 나?"

"응, 미안해. 진짜 기억이 하나도 안 난다."

내가 다급하게 물었다.

"야, 거짓말하지 마. 기억해내봐. 탐페레 무민 박물관에서 산 무민 엽서에 썼잖아."

"……와, 생각이 전혀 안 나. 무민 박물관 간 건 기억나는데."

"예진이 네가 혼자 머물게 된 게스트하우스가 얼마나 아기자기하고 좋았는지 모른다고, 거기 호스트를 비롯해서 탐페레에서 만난 사람들도 너무 친절하고 좋았고…….”

예진이가 어쩐지 미안해하면서도, 그러나 여전히 남의 얘기를 듣는 듯한 얼굴로 잠자코 듣고만 있었다. 정말로 엽서를 썼다는 사실 자체를 전혀 기억 못하는 눈치였다. 이 이야기 자체가 단편소설에 나올 법한 아이러니 같았다. 나는 오래전 예진이가 써준 엽서 때문에 소설까지 썼는데 정작 그 엽서를 쓴 사람은 기억조차 하지 못한다는 것이.

“네 말이 사실이라면 비록 기억은 안 나지만 왠지 무지하게 뿌듯하다. 내가 제일 좋아하는 소설이 나 때문에 쓰여졌다는 거 아니야.”

“그래, 다 네 덕분이야. 기억조차 못하는 건 충격이지만……. 근데 이 오믈렛 왜 이렇게 맛있니?”

우리는 핀란드라면 무엇이든 덮어놓고 좋아하지만 솔직히 핀란드로 여행을 오면서 미식을 기대하고 오지는 않았다. 누구나 그럴 것이다. 핀란드가 우리에게 음식으로 유명한 여행지는 아니니까. 그런데 기대를 안 해서 그런진 모르겠지만 핀란드에 와서 먹는 것마다 의외로 맛있어서 깜짝 놀랄 수밖에 없었다.

너무 바짝 굽지도 않고 너무 물렁하지도 않게 적당한 열기로 구워낸 따뜻한 오믈렛은 안에 다양한 채소와 햄이 들어가 있어 자꾸 손이 갔고, 두텁고 널찍하게 썰어낸 토마토를 얹은 신선한 샐러드까지 함께 곁들여 나와 더 만족스러웠다. "아침부터 맥주 괜찮을까?"라는 별 의미 없는 말을, 그 말이 위장을 보호해주기라도 한다는 듯 괜히 한마디씩 해가며 주문한 생맥주의 맛도 기가 막혔다.

"기차 식당 칸에서 그냥 한 끼 때우려고 주문한 음식이 이렇게 만족스러울 줄은 몰랐네."

"난 이걸 우리 자리까지 갖다줄 줄도 몰랐어."

"그러니까. 이 흔들리는 기차 안에서 자리까지 서빙이라니 놀랐어. 예진아! 저기 창밖 좀 봐봐."

창밖으로 뭉게구름을 품은 반짝이는 호수와 싱그러운 녹음이 끝도 없이 이어지고 있었다.

"정말 핀란드는 호수의 나라가 맞긴 맞나봐. 땅보다 물이 더 많이 보여."

"이렇게 예쁜 걸 이렇게 오래, 이렇게 많이 봐도 되나?"

"호수는 정말 봐도 봐도 질리지가 않네."

우리가 앉은 칸은 통로를 기준으로 양쪽 좌석의 형태가 달랐다. 우리가 앉은 오른쪽 좌석은 KTX와 비슷하게 창가와 수직이 되도록 좌석이 배치되어 있었는데 왼쪽의 좌석은 창을 정면으로 바라볼 수 있도록 창가와 평행하게 좌석이 놓여 있었다.

우리는 밥을 다 먹고 나서 비어 있는 창가 좌석에 잠시 앉아보았다. 근사한 영화관에 앉아 있는 기분이었다. 침묵 속에 일정한 리듬을 가지고 철컹거리는 기차 소리를 들으면서 파노라마 뷰로 스쳐지나가는, 끝나지 않을 것만 같은 호수 풍경을 아무 말 없이 한참이나 바라봤다.

기차를 타고 오길 잘했다는 생각이 들었다.

우리가 넉넉지 않은 짧은 일정에도 탐페레를 넣은 건 소설의 배경인 탐페레 공항을 보기 위해서였기 때문에 처음에는 당연히 비행기로 이동해서 탐페레 공항에 내리자마자 공항을 구경한 뒤 곧바로 비행기를 타고 헬싱키에 가려고 했었다. 기억하기로 탐페레는 저가항공사의 허브 같은 곳이어서 거길 오가는 국내선도 굉장히 많았다.

그러나 15년의 세월이 흐르고 나니 많은 것이 바뀌어 있었다. 쿠오피오에서도, 수도인 헬싱키에서도, 탐페레를 오가는 국내 항공편은 사라진 것 같았다. 핀란드 국적기인 핀에어 홈페이지에서 예약을 해보려고 해도 출발지와 도착지에 탐페레와 헬싱키를 찍으면 검색 결과에 항공편이 아닌 핀에어에서 운영하는 버스가 떴다. 처음에는 옵션을 실수로 잘못 선택한 것인가 의아해서 몇 번 더 시도하다가 깨달았다.

알고 보니 비행기가 한 번 뜨고 내릴 때마다 남기는 탄소 발자국이 다른 교통수단에 비할 수 없이 많기 때문에 국내 이동 항공편을 없애는 대신 항공사에서 국내 주요 도시들을 연결하는 공항버스를 도입한 거였다. 비행기를 검색했는데 왜 계속 버스가 뜨는 거냐며 오류가 난 것은 아닌지 의심했다가 그 내막을 알고 나의 무지함에 잠시 반성하는 시간을 가져야 했다.

비행편이 없었기 때문에 이동 시간이 길어졌다. 쿠오피오에서 기차를 타고 약 네 시간가량 이동해 탐페레 기차역에서 내려서 다시 버스를 한참 타고 탐페레 공항을 찍고, 다시 버스를 타고 시내의 기차역으로 돌아와서 또다시 약 두 시간가량 기차를 타고 헬싱키로 이동해야 하는 상황이 되어버린 거였다.

나는 단지 공항을 보기 위해 이렇게까지 이동을 하는 게 맞나 고민했지만 예진이가 이때가 아니면 탐페레 공항에 언제 가보겠냐며, 소설로 쓴 곳을 한 번쯤 직접 봐야 하지 않겠냐고 기꺼이 함께 가자고 말해주어서 어쨌든 가보자고 결정할 수 있었다.

그런데…… 우리는 탐페레역에 도착하자마자 또다시 기차역의 흔한 기념품점에 마음을 빼앗기고 말았다. 보통의 관광도시에서 파는 냉장고 자석들이 조악하고 거칠게 만들어진 것과 달리 깔끔하게 실리콘으로 만들진데다 디자인도 예쁘고 만듦새도 세련돼 눈길을 사로잡았다.

"핀란드는 하다못해 이런 냉장고 자석조차 예쁘게 만드냐."

우리는 감탄하며 탐페레에 온 목적을 잠시 잊고 한 손으로는 커다란 캐리어 손잡이를 부여잡은 채로 남은 한 손을 바삐 놀리며 냉장고에 붙여놓고 볼 자석 찾기에 몰두했다. 아무도 서로를 말리지 않았다.

나는 두 가지 디자인을 놓고 마지막까지 고민했다. 둘 다 핀란드 지도 모양의 손바닥만 한 자석이었다. 하나는 핀란드 주요 도시의 이름이 적힌 자석이었는데 쿠오피오도 표시되어 있어서 마음에 들었고 다른 하나는 핀란드와 관련된 이미지들, 이를테면 산타, 순록, 사우나, 침엽수 등이 파스텔톤으로 그려진 자석이었다.

한참을 고민하다 결국은 둘 다 사기로 했고, 예진이도 나와 완전히 똑같은 고민을 하다 (색감이랑 디자인은 이게 더 이쁜데, 대신 여기는 쿠오피오라고 적혀 있잖아! 어떡하지?) 결국 나랑 똑같이 냉장고 자석을 두 개나 사는 엔딩을 맞았다.

우리는 기념품점을 나와 캐리어를 짐 보관함에 맡긴 다음 공항행 버스정류장으로 뛰어갔다. 기념품점에 홀려 있던 것치고 늦지 않게 도착해서 뿌듯해하고 있었는데 구글맵을 들여다보니 이상하게 종점에서 출발해야 할 버스가 계속 출발하지 않고 있었다. 버스 예상 도착시간이 '20분 후'에서 좀처럼 바뀌지 않았고 20분이 흘렀는데도 계속 20분 후 도착으로 떠 있었다.

그때 우리 뒤쪽에 멀찍이 떨어져서 누군가 줄 서는 것을 발견했다. 금발의 머리칼을 하나로 가지런히 묶고 VR 유니폼을 입고 있었는데 자세히 보니 앞서 식당칸에서 우리의 주문을 받아주고 직접 자리까지 서빙해준 직원이었다. 나는 순간 내적 갈등을 겪긴 했지만 (핀란드 사람들은 스몰 토크 싫어하고, 버스 줄도 1미터 이상 간격을 두고 띄엄띄엄 서는데) 나도 모르게 입이 먼저 반응해 인사를 건넸다.

"안녕? 나 아까 기차 레스토랑에서 오믈렛이랑 생맥

주 샀었는데. 기억해?"

"물론이지! 너희들 한국 사람이지?"

"응, 맞아. 어떻게 알았어?"

"아, 내가 선미 팬이라서 너희가 하는 말이 한국어라는 걸 알 수 있었어."

그러면서 자기 휴대폰 잠금 화면을 보여주었다. 가수 선미가 무대 위에서 베이스기타를 연주하는 모습을 찍은 사진이었다.

"와, 이 사진 진짜 쿨하다."

"그녀는 굉장해."

"나도 선미를 좋아해. 예전 원더걸스 때부터. '노바디 노바디 벗 츄!' 알지? 정말 멋진 가수야."

"알지. 그녀는 정말 엄청나."

뒤이어 본론으로 들어갔다.

"근데 우리 좀 도와줄 수 있어? 탐페레 공항으로 가는 버스가 여기서 출발한다고 해서 기다리고 있는데 이상하게 버스 예상 대기 시간이 줄지 않고 있어. 뭔가 잘못된 것 같아."

식당 칸 직원은 내가 내민 구글맵을 한참 들여다보더니 말했다.

"이 버스는 왠지 안 오는 버스 같은데?"

"역시 그런 거지? 아, 망했다."

"그런데 탐페레 공항에는 왜 가는데?"

갑자기 어떻게 설명해야 할지 말문이 막혔다. 듣고 있던 예진이가 나섰다.

"내 친구가 한국에서 유명한 소설가인데……."

나도 모르게 눈이 질끈 감겼다.

"아니야, 그거 아니야……. 하지 마……."

"그 소설에 탐페레 공항이……."

"쉿! 제발……. 조용히 해."

나는 기겁을 하며 예진이의 말을 잘랐다.

"비행기를 타려는 건 아닌데. 아무튼 좀 사정이 있어. 우린 거길 견학하기로 했거든."

식당 칸 점원이 자기 휴대폰을 다시 보여주면서 말했다.

"택시로 가는 편이 좋을 것 같아. 이 앱을 검색해서 설치해볼래? 탐페레 지역 택시 앱이야. 이걸로 택시를 부르면 미리 책정되어 있는 가격으로 가기 때문에 바가지 쓰면 어떡하나 걱정할 필요도 없을 거야."

나는 역시 말을 걸길 잘했다고 생각하며 택시 앱을 검색했고, 앱이 설치되자마자 버스 한 대가 정류장에 멈춰섰다.

"정말 고마워. 너 이 버스 타니? 퇴근하는 거야?"

"응, 집에 가려고."

"잘 가! 오늘 고마웠어."

"너도 견학 잘해."

선미 팬인 VR 식당 칸 직원은 우리를 위기에서 구해주고 홀연히 손을 흔들며 퇴근했다. 덕분에 택시를 수월하게 잡을 수 있었다. 우리는 커다란 SUV 택시를 타고 공항으로 달리기 시작했다.

국내선 항공편이 없어진 공항이어서 공항까지 가는 버스 노선도 줄어든 것 같았다. 창밖을 바라보니 어느 순간부터는 공항으로 가는 길에 달리는 차는 우리가 탄 택시밖에 없다.

그러다 문득, 공항에서 다시 시내로 올 때도 문제라는 생각이 들었다. 택시 앱을 깔긴 했지만 혹시나 아무도 공항까지 들어오려고 하지 않으면 어쩌나, 하는 생각이 들었던 거였다. 나는 택시 기사에게 혹시 우리가 공항을 둘러볼 동안 기다렸다가 우리를 다시 태우고 갈 수 있겠느냐고, 빈 차로 가는 것보다 그게 낫지 않겠냐고 물었고 다행히 우리의 제안을 흔쾌히 수락했다.

"비행기는 안 타고 다시 온다고? 공항에 왜 가는 거

야?"

"내 친구가 소설……."

"그냥…… 공항을 둘러보고 싶어서요."

"아, 왜!"

"아유, 됐어."

택시가 탐페레 공항 앞에 도착했고, 기사는 우리에게 얼마나 머무를 거냐고 물었다. 오래 기다려달라고 하기는 어려울 것 같아서 30분이라고 말하자 택시기사는 공항 앞 주차장에 주차하고 기다리겠다고 했다. 우리는 택시에서 내렸다.

공항이라기보다는 버스터미널처럼 보이는 아주 작은 규모의 1층 건물. 마침내, 내 눈앞에 탐페레 공항이 있었다. 십여 년 전, 처음 소설 쓰기의 매력에 빠졌을 무렵 미완성의 한글파일을 열어두고 구글맵으로 이리 굴려보고 저리 굴려보고, 보고 또 봤던, 그 공항이.

공항 앞 주차장에는 오가는 차량도 지나다니는 사람도 없었다. 평생 꽤 많은 공항을 다녀봤고 이것보다 더 작은 공항에 가본 적도 한두 번은 있었지만 이렇게 사람이 없는 공항에 와본 건 처음이었다. 말 그대로 사람이 아예 없었다. 나와 예진이, 그리고 공항 앞 나무 벤치에 앉아 대기 중인 택시기사뿐이었다.

"내가 이 순간을 위해 이걸 이고 지고 왔지."

예진이가 한국에서부터 챙겨온 DSLR 카메라를 꺼냈다. 인천공항에서 내가 대체 이 무거운 걸 왜 가져왔느냐 묻자, 예진이는 탐페레 공항 앞에서 나를 휴대폰 카메라가 아닌 DSLR로 제대로 찍어주고 싶다고 했다.

생각해보니 「탐페레 공항」 속 주인공 역시 DSLR 카메라를 항상 들고 다니는 다큐멘터리 피디 지망생이다. 소설 속에서는 핀란드인 노인과 한국인 대학생이 등장하는데, 둘은 서로 다른 목적을 가지고 다른 도시로 향하는 중이지만 각자의 목적지로 가기 위해 경유하는 곳이 바로 탐페레 공항이다.

경유지에서 스치듯 우연히 만난 노인과 주인공은 다음 비행기를 기다리는 다섯 시간 동안 함께 천천히 걷고, 천천히 이야기를 나눈다. 그리고 헤어지기 직전, 두 인물은 탐페레 공항 건물을 배경으로 서로의 사진을 찍어준다. 노인은 필름카메라로, 화자는 DSLR로.

"작가님, 여기 서봐요."

나는 예진이가 시키는 대로 공항 건물 앞에 섰고 예진이가 셔터를 눌렀다. 나도 예진이의 카메라를 건네받아 예진이를 찍어주었다. 그러려고 한 건 아닌데 소설 속 장면이랑 완전히 똑같아졌다.

'나 진짜 탐페레 공항에 와 있다!'

나도 모르게 마음속으로 누구에게인지 모를 자랑을 했다. 그리고 이내 뒤돌아 조금 더 걸어 입구로 다가갔다. 비행기 모양의 그림이 그려진 자동문이 양옆으로 움직이며 스르륵 열렸다. 드디어 탐페레 공항 안으로 들어설 수 있었다. 전면의 벽이 전부 유리였고 그 너머 밝은 하늘과 활주로가 보였다. 안쪽 역시, 정말 작다!

소설을 쓸 당시에는 건물의 외관만 구글맵으로 참고했을 뿐, 공항 내부는 내가 상상해서 묘사했었다. 그런데 신기하게도 내가 그려보았던 것과 정말 비슷했다. 백야의 하늘이 그대로 보이는 통유리창, 보안검색대 등 출입국 수속 시설 등을 제외하면 카페 겸 레스토랑 하나와 키오스크 몇 대가 전부였다.

그 모든 것들이 닫혀 있고 사람이 아무도 없는 것마저 소설과 똑같았다. 소설에서는 주인공이 저가항공사의 비행기를 타느라 새벽 시간에 도착했다는 설정이라서 아무도 없는 공항을 묘사했었다. 그런데 공교롭게도 내가 서 있는 이곳 역시 소설 속 탐페레 공항처럼 모든 것이 닫혀 있었다. 건물 전체에 직원이며 손님이며 사람이 아무도 없었다. 마치 이곳은 소설을 쓰기 위해 만들어진 가상의 공항 혹은 촬영용 세트장 같았다. 모니터에 표시된 바로는 오늘 남은 항공편은 국제선 단 두 편밖에 없었다.

지난 10년간 이 소설을 쓰거나 다시 읽을 때마다 머릿속에 그리고 떠올렸던 이미지가 지금 눈으로 직접 보고 있는 이 공항의 이미지로 순식간에 교체되는 것을 경험했다. 마치 애초에 이걸 보고 썼던 것처럼. 소설 속 인물들이 이곳 어딘가에 서 있을 것만 같았다. 예진이가 내게 물었다.

"어때? 네가 생각했던 거랑 같아?"

"응, 신기해. 안쪽은 보고 쓴 것도 아닌데. 너는 어때?"

예진이가 더 재밌는 말을 해줬다.

"나는 여기를 예전에 한 번 와봤잖아. 그래서 탐페레 공항의 모습이 머릿속에 분명 남아 있었어. 아니, 그렇다고 생각했단 말이야. 그런데 여길 들어서는데 꼭 처음 와보는 느낌인 거야. 지금 내가 보고 있는 이 모습이 내가 15년 전에 봤던 내 기억 속의 그 탐페레 공항이 아닌 거야."

"왜?"

"곰곰이 생각해보니까 내가 네 소설을 읽고 떠오른

이미지로 내 기억 속 탐페레 공항을 재구성하고 있었나봐. 그게 나도 모르게 원본을 덮어버렸나봐."

"정말?"

"응. 글이라는 게 정말 신기하다."

내가 예진이의 말을 곱씹는 동안 예진이가 메고 있던 크로스백에서 또 주섬주섬 무언가를 꺼냈다.

"짠, 이것도 가져왔지."

"미치겠다."

웃음이 터졌다. 예진이는 「탐페레 공항」이 실린 내 소설집까지 야무지게 챙겨온 거였다. 예진이의 짐이 오버차지될 뻔한 이유가 다 있었다. 같은 계획형이라지만 체력이 있는 계획형과 없는 계획형의 짐 싸기 방식은 조금 달랐다. 체력이 있는 쪽은 잠시라도 필요한 건 일단 다 싸가고 본다. 체력이 부족한 쪽은 무거운 짐, 부피가 큰 짐을 감당할 수 없기 때문에 필요해 보이는 건 다 챙기되 실제로 쓸 만큼만 계산해서 챙겨온다.

똑같은 파우치에 똑같은 화장솜을 정갈하게 챙겨왔지만 예진이는 최대한 두툼하게 집어서 오는 사람이라면 나는 9박이니까 하루에 2장씩 18장 더하기 여분 2장을 계산해서 20장을 챙겨오는 식이다. 특히나 무거운 책은 신중에 신중을 기해서 딱 한 권만 챙기는 편이었다.

그런데 예진이는 이미 읽은 책, 읽지도 않을 책을 단지 이 순간을 기념하기 위해 챙겨왔다. 게다가 인터넷 서점에서 사은품으로 준 책 표지를 입힌 무지 노트는 왜 챙겨왔는지 모를 일이었다.

"노트는 대체 왜……?"

"음, 나 여기다가 일기? 같은 거? 쓸까 하고……."

그 말을 할 때 예진이 얼굴에 떠오른 머쓱한 미소가 말해주듯, 당연히 일기는 단 한 자도 쓰지 않았고, 무거운 무지 노트는 그 상태 그대로 새 것인 채 지구에 탄소 발자국을 남기며 한국행 비행기를 타고 돌아갈 운명이었지만, 나는 그 말을 하는 예진이의 표정과 그걸 귀여워하고 아끼는 내 마음을 꼭 어딘가에 글로 남겨두고 싶다고 생각했다.

넌 일기 같은 거 쓰지 마. 내가 써줄게.

나도 일기를 쓸 줄은 모르지만 어떻게든 남겨줄게.

나만의 방식으로.

*

아무도 없는 키오스크 앞 테이블에 앉아 예진이가 건네준 책의 「탐페레 공항」 부분을 펼쳤다. 탐페레 공항을 쓴 내가 텅 빈 탐페레 공항에서 텅 빈 탐페레 공항을 읽다니. 거울 속의 거울 속의 거울 속의 거울…… 같다는 생각이 들었다.

개인적으로 진귀하고 소중한 이 경험은 안팎으로 모두 예진이가 없었다면 불가능했을 일이었다. 내 친구는 자기도 모르는 새에 내게 너무 많은 것을 주었다. 난 어떻게 이런 복을 타고났는지.

나는 공항을 묘사한 부분을 조금 읽다가 왜인지 기분이 이상해져 얼른 덮었다. 모니터 화면이나 A4용지 위 내가 쓴 소설을 읽으면 내가 쓴 것 같은데, 책으로 된 내 소설을 읽을 때면 아직도 왜 이렇게 남이 쓴 걸 읽는 것 같은지 모르겠다.

그때 눈앞에 누군가가 다가오는 것이 보였다. 공항 밖 벤치에 앉아 있던 택시기사였다. 안 돼! 벌써? 가슴이 철렁, 내려앉았다.

산타할아버지처럼 얼굴의 반을 뒤덮은 하얗고 긴 수염에, 까만색 베레모를 쓴 그가 말했다.

"공항 직원이 퇴근하고 나간다는데 내 택시를 타고 싶어 해. 직원 출퇴근용 택시가 어차피 한 시간 뒤에 온다니까 천천히 더 머무르다가 너희가 그 택시를 타고 오면 될 것 같은데 어때?"

세상에, 오히려 좋았다.

"네, 그렇게 할게요. 감사합니다."

어쩜 이렇게 운이 좋은지. 우리는 다음 택시가 도착할 때까지 탐페레 공항에 좀 더 머무를 수 있었다. 예진이가 말했다.

"오길 잘했지?"

"오길 잘했다! 고마워."

공항에 아무 짐도 없이 와서 비행기를 타지 않으니 꼭 누군가를 마중하거나 배웅해주러 온 사람 같았다. 그리고 이내 마중이 아닌 배웅이겠구나, 하고 생각했다. 내가 아주 먼 길을 돌고 돌아 이곳에 온 건 오래 곁에 두고 있던 누군가를 비로소 떠나보내기 위해서였구나, 하고.

내게 「탐페레 공항」은 지극히 평범하면서도 동시에 특별한 이야기였다.

IT 업계 직장인이면서 소설가 지망생이었던 내가

쓴, 식품회사 직원이면서 다큐감독 지망생의 이야기.

수없이 공모전에 떨어진 이야기면서 수많은 독자분들이 가장 좋아하는 소설로 기꺼이 꼽아주신 이야기.

내가 세상에 꺼내놓은 이야기 중 가장 오래된 이야기면서 동시에 가장 많이 손대고 여러 번 옷을 갈아입힌 이야기.

가장 젊을 때 쓴 가장 늙은 이야기.

첫 번째 소설집의 마지막 수록작.

나는 이야기에게 마음속으로 인사했다.

내게 와줘서 고마웠어. 잘 가! 멀리멀리 가.

내가 만든 이야기는 나보다 씩씩하게, 나보다 멀리 간다.

*

탐페레 시내를 구경할 때부터 이미 비가 조금씩 내리고 있었는데 기차를 타고 이동해 도착한 헬싱키에서도 비구름이 이어졌다. 우리는 'J형'답게 각자 우산을 챙겨왔지만 탐페레역 짐 보관소에 맡겨둔 캐리어 안에 넣어두어 어쩔 수 없이 근처의 키오스크에서 우산을 하나 사서 함께 썼다. 처음에는 비를 맞고 다니다 빗줄기가 거세져 막판에 어쩔 수 없이 사게 된 거였다.

그런데 얼마 지나지 않아 다시 기차역으로 와서 짐을 찾고 나서부터는 도무지 우산을 쓸 수가 없었다. 캐리어를 끌며 우산을 함께 써보려다 비에 쫄딱 젖어 의미가 없음을 깨닫고 헬싱키 중앙역에 내려서부터는 우산을 접고 비를 맞으며 숙소로 이동했다. 이로써 펴지도 못하는 우산이 총 세 개가 되었다. 그래도 마구 쏟아지는 비가 아니라 안개 같은 부슬비여서 다행이었다.

나는 이미 5년 전 한 번의 여행 경험을 통해 헬싱키에서는 어떤 숙소를 잡는 것이 최선인지 알고 있었다. 결론부터 말하자면 디자인 디스트릭트의 에어비앤비 숙소를 구하는 것이 가장 적절하다.

헬싱키의 중심은 그 이름처럼 헬싱키 중앙역 주변이다. 이 구역에 헬싱키 대성당과 토리, 원로원 광장, 에스플라나디 공원, 아카테미넨 서점 그리고 핀란드 대표 브랜드들의 플래그십 스토어가 모두 모여 있다. 여행 서적 등에서 '히스토리컬 디스트릭트'라고 칭하는 곳이 바로 이 구역이다.

하지만 이 중심 구역의 호텔은 무지하게 비싼데 물

론 그만큼 좋기야 하겠지만 그 가격을 감당할 정도로 장점이 큰 건 아니라는 생각이 들었다. 헬싱키는 여행자에게 실질적으로 그리 넓지 않고 다른 관광도시들에 비해 복잡하지 않은 편이다. 숙소를 꼭 중심가에 잡지 않아도 다니기가 무척 편하다.

도시의 가장 남쪽, 바다와 면해 있는 '시사이드 디스트릭트' 그리고 그 위쪽의 '디자인 디스트릭트' 그리고 조금 더 올라가면 있는 중심부와 그 북동쪽의 '그린 디스트릭트' 등 여행자들이 가볼 만한 구역들이 트램으로 친절하게 연결되어 있는 데다 또 그 각각의 구역 내에서 가볼 만한 장소들이 모두 가까이에 있다.

헬싱키를 여행하다 보면, 어떻게 여행해도 중심부는 어차피 하루 한 번은 지나게 되어 있다. 상당한 길치인 나 같은 사람조차도, 며칠 다니다 보면 내가 서 있는 곳이 어딘지 '알 것 같은 느낌'을 주는 간명함. 그런데도 이곳이 대도시라는 점. 내가 헬싱키를 사랑하는 여러 이유 중 하나였다.

주 이동수단이 트램이라는 점도 빼놓을 수 없다. 지하로 다시 지상으로 오르락내리락할 필요 없이 그저 탔다가 내리기만 하면 되고, 교통 체증 없이 정확히 예정된 시간에 도착하고, 근사한 창밖의 풍경을 둘러볼 수 있어서 이동 자체가 관광의 일부인 점 등을 생각하면 말이다. 트램은 일주일권을 끊으면 내내 마음껏 이용할 수 있었다.

내가 잡은 디자인 디스트릭트의 에어비앤비 숙소도 코앞에 트램 정류장이 있었다. 숙박료는 중심부 호텔의 3분의 1 수준이었다. 가격도 가격이지만 디자인 디스트릭트 자체가 볼거리가 많은 관광명소이기도 하고, 이곳의 에어비앤비 숙소를 잡으면 간단하게 음식을 사서 오븐에 데워 먹을 수도 있어서 요즘 유행하는 '보름 살기' '한 달 살기' 느낌으로 '현지인 기분'을 낼 수도 있다.

이번 숙소는 내가 혼자 정하고 예약했다. 휴직 후 예진이는 두 아이 육아에 바빠서 내 메시지에 답장을 바로바로 해주지 못했다. 차라리 회사에서 일할 때 답장을 더 빨리 해주는 편이었다. 육아휴직 후 정말 심할 때는 일주일 뒤에 답장이 올 때도 있었다.

—어머, 내 정신 좀 봐. 내가 답장을 안 했었나?

숙소를 예약하던 그날도 내가 보낸 링크와 메시지에 예진이가 대답을 해주지 못했다. 우리가 정해둔 날짜 범위 내에서 헬싱키에서는 6박 연박을 해야 했는데 눈

여겨보던 이 숙소가 이미 헬싱키에서 시작하는 일정으로는 연박이 불가능해진 상황이었다. 헬싱키 일정을 뒤로 빼고 나니 겨우 연박이 가능해져서 마음이 급했다.

이번 여행을 준비하는 동안 모든 걸 서로에게 미리 물어본 다음 확인받고 진행했지만 이것만큼은 내가 판단해서 결정하는 게 낫겠다 생각해서 냅다 예약을 하고 통보했다.

—숙소는 나 믿어, 아무리 봐도 헬싱키에서 이 가격에 이만큼 좋은 숙소 절대 못 구해.

큰소리를 땅땅 치긴 했지만 사실상 나 역시 가본 적은 없는 집. 하지만 에어비앤비를 수도 없이 뒤진 결과, 정말로 이만한 곳이 없어 보였다. 침대 두 개짜리 집을 구하려면 방이 별도로 딸린 곳이어야 하는데 그러면 같은 디자인 디스트릭트여도 가격이 훌쩍 뛰었다. 내가 예약한 숙소는 방이 따로 없는 스튜디오 형태였는데도 그 공간 안에 싱글 침대 두 개, 소파, 소파 테이블, TV가 있는 거실 구역과 부엌과 화장실 구역이 적절하게 나뉘어 있었다. 허투루 쓰는 공간이 없고 시설도 부족함이 없어 보였다. 8년이라는 호스트의 경력과 아늑하면서도 세련된 분위기의 인테리어도 마음에 들었다.

트램 정류장에서 얼마간 걷자 숙소가 바로 보였다. 4, 5층 높이의 건물이었고 연노란색이 도는 외벽에 하얀 양개형 격자창이 있는 아름다운 건물이었다.

"여기다! 내가 채팅 보내볼게."

문 앞에서 에어비앤비 앱의 채팅 기능으로 호스트에게 메시지를 보냈다.

—우리 도착해서 문 앞에 있어.

"안녕."

"아, 깜짝이야!"

정말 갑작스럽게 호스트가 다가와 인사를 건넸다. 뭐지 이건? 앱의 AI 자동응답이 인간의 탈을 쓰고 나타난 건가? 메시지를 보낸 지 불과 1분도 안 된 것 같았다. 마치 길 건너편에서 우리를 보고 기다리고 있다가 바로 튀어나온 게 아닌가 싶을 정도로 금방이었다.

짧은 금발머리를 삐죽 세운, 엄청나게 길쭉하면서 동시에 엄청나게 홀쭉한 사람이 우리 곁에 서 있었다. 키가 얼마나 큰지 얼굴을 보려니 고개를 한참이나 들어야 했고 목도 길고 팔도 길고 허리도 길고 다리도 길고 모든 것이 다 길었다.

이 길쭉한 호스트의 이름은 아리였다. 우리는 반갑게 인사했고 아리가 열쇠 세 개가 주렁주렁 달린 꾸러

미에서 첫 번째 열쇠를 잡은 채로 내게 건넸다.

"헬싱키에 온 걸 환영해. 이게 바로 이 문을 여는 열쇠야."

첫 번째 열쇠로 출입구 문을 열자 곧바로 길지 않은 통로가 나왔고 얼마간 들어가니 중정이 나왔다. 나는 그 점이 꽤나 마음에 들었다. 중정에서 본 안쪽의 벽면에는 담쟁이넝쿨이 그림처럼 덮여 있었는데 그 건물이 우리가 예약한 곳인 것 같았다. 두 번째 열쇠로 다시 안쪽 출입구의 문을 열어주면서 아리가 내게 물었다.

"방은 4층인데 엘리베이터가 없어. 짐 들고 올라가기 힘들 텐데, 내가 들어줘도 될까?"

"그래주면 너무 고맙지."

아리가 입을 떼기도 전에 예진이가 말했다.

"내 건 내가 들게."

예진이가 먼저 캐리어와 그 위에 얹은 커다란 보스톤백까지 한 번에 들고 나선형 계단을 성큼성큼 올라가기 시작했고 아리가 내 캐리어를 들고 그 뒤를 따랐다. 아리는 겉보기엔 중간 사이즈였던 내 캐리어가 그렇게까지 무거울 거라고 생각 못했는지 들자마자 조금 놀란 듯했고 한 층만 올라갔는데도 얼굴이 아주 벌게졌다. 하얀 반바지 아래로 뻗은 아리의 길고 가느다란

다리가 후들후들 떨렸고 나는 그 모습을 뒤에서 보면서 너무 미안해져 캐리어의 바퀴 부분을 양손으로 받치면서 물었다.

"미안, 꽤 무겁지? 같이 들까?"

"아니야, 괜찮아. 손 놓아도 돼."

아리의 발걸음이 점점 느려졌다. 반면 예진이는 가방 두 개를 들고도 빠르게 올라가서 더는 안 보일 정도였다. 그냥 예진이 보고 도와달라고 할걸 그랬나? 차라리 나랑 같이 들어달라고 할걸 그랬나? 안쓰러울 정도로 파들거리는 아리의 긴 팔다리를 볼수록 너무도 미안해졌다.

마침내 아리와 나도 겨우 4층에 도착해서 세 번째 열쇠로 문을 열었다. 문이 열리는 순간, 예진이와 나는 누가 먼저랄 것도 없이 감탄사를 내뱉을 수밖에 없었다. 아리의 공간은 사진으로 미리 보고 기대를 많이 했음에도 그 이상으로 좋았다.

"와우! 너무 멋지다."

우리는 앞다투어 서로를 불러댔다.

"류진아, 이것 좀 봐봐. 너무 좋다."

"예진아, 이거 봐봐. 너무 예쁘지."

이사를 준비하면서 인테리어 사례 사진을 너무 많이 봤던 우리는 아리가 어디를 어떻게 신경 써서 꾸몄는지 알아볼 수 있었다.

“집이 너무 마음에 들어. 네가 직접 디자인한 거니?”

짐을 드느라 힘들어 땀을 뻘뻘 흘리는 와중에도 무표정에 가깝던 아리의 표정이 미묘하게 밝아지는 것이 느껴졌다. 아리가 푸른 눈동자를 반짝 빛내며 말했다.

“다 내가 직접 디자인했어.”

“세상에. 스위치나 콘센트 하나하나, 저 작은 매립 조명 하나하나 다 네가 고른 거야?”

“물론이지. 이거 다 고치는 데 1년 걸렸어.”

상기된 얼굴 옆으로 당당하게 들어올린 검지손가락. 나는 아리의 자부심을 읽을 수 있었다. 집도 너무 마음에 들겠다, 아리도 좋아하겠다, 예진이와 나는 마음속 깊은 곳에서부터 진심으로 우러나는 칭찬 세례를 멈출 수 없었다.

“세상에, 이 거울 좀 봐봐. 이런 거울은 처음 봐. 너무 예쁜걸.”

“이 수납장은 저 가구랑 끊기지 않게 라인을 맞춘 거잖아. 그리고 이 아래 공간을 활용할 수 있게 한 거지? 진짜 세심하다.”

"집이 어쩜 이렇게 깨끗한 거야? 청소를 정말 신경 써서 하나봐."

"난 네가 조명을 쓰는 방식이 마음에 들어."

"어떻게 이런 색의 타일을 쓸 생각을 했어? 어떻게 이렇게 감각적이니?"

"뭐랄까, 화장실이 좁은데 좁지 않아. 공간 설계를 기가 막히게 했어. 너 정말 스마트하다. 천재 아니야? 혹시 실내 디자인을 전공했니?"

구체적이고 정확한 칭찬 세례에 아리는 거의 울 것 같았다.

"맞아, 맞아."

"어떻게 알았어?"

"그럼, 당연하지."

"알아봐주니 기쁘다."

나는 알 수 있었다. 여전히 표정 변화가 많지는 않았지만 그래도 아리가 우리에게 더 잘해주고 싶어 한다는 사실을. 아리가 물었다.

"헬싱키는 처음이니?"

나는 5년 전 여름에 와본 적 있고, 예진이는 처음이라고 말했다. 아리가 자부심 넘치는 목소리로 말했다.

"5년 전의 헬싱키도 물론 좋았겠지만, 지금은 또 다

를 거야. 맛집이 정말 많이 생겼어."

아리의 눈빛이 여태까지 중 가장 반짝, 빛났다. 인테리어 감각에 대한 칭찬을 받을 때보다 더.

"오, 그래?"

"응, 내가 몸은 이래도."

아리가 양손으로 자신의 마르고 긴 몸을 훑는 시늉을 하며 말했다.

"보기와는 달리 먹는 거, 맛있는 거, 음식에 진심이야."

"우리도 알려줘."

"내 맛집 리스트를 공유해줄게."

아리가 곧바로 리스트를 채팅으로 보내줬다. 아침 식사, 다이닝, 술집 등 종류도 다양했고 덧붙인 설명까지 구체적이었다. 남은 일정 동안 이 리스트에서 알려준 대로만 다녀도 될 것 같다는 생각이 들었다.

"헬싱키에 온 걸 환영해. 난 평생 헬싱키에 살았어. 이 집에 관한 거든, 헬싱키에 관한 거든 궁금한 게 있으면 뭐든 언제든 물어봐."

아리가 쫄딱 젖은 우리의 몰골을 살피더니 말했다.

"오늘 저녁 너희가 다소 언럭키해서 비를 맞은 건 유감이야. 하지만 내 생각에 앞으로는 그럴 일 없을 거라고 봐. 7월의 헬싱키 날씨는 정말 믿을 수 없을 정도로 완벽하게 아름다워."

아리가 돌아간 후, 부엌과 거실 겸 침실을 잇는 통로에 놓인 2인용 테이블에 앉아 조금 쉬었다. 오늘도 많은 거리를 이동했고 마지막엔 비를 좀 맞아 피곤했다. 그때 배에서 꼬르륵 소리가 우렁차게 났다. 나는 얼른 캐리어를 펴서 뒤적거렸다.

"이거 안 가져왔으면 어쩔 뻔했어?"

"그래, 지금이다. 물 끓일게."

여행 오기 전 짐을 싸고 있을 무렵, 오랜만에 유럽 출장을 다녀온 남편이 내게 꼭 컵라면을 가져가라고 신신당부했었다. 처음에는 코웃음을 쳤다.

"에이, 무슨 컵라면이야. 촌스럽게."

남편은 내 말을 듣고도 내 캐리어에 신라면 작은 컵 두 개를 욱여넣었다.

"일단 가져가봐. 거기 가서 언젠가는 지금 이 순간을 돌이키게 될 거야. 아마 내가 눈물 나게 고마워질 거다."

나는 남편의 혜안에 뒤늦게 감탄하고 있었다. 예진이가 뿌듯한 미소를 지으며 말했다.

"드디어 이걸 개봉할 때가 되었구만."

그건 핀에어에서 기내식으로 나왔던 포장김치였다. 아주 작은 플라스틱 통에 위쪽은 포일로 밀봉되어 있는. 우리는 비행기 안에서는 그걸 하나만 까서 나누어 먹고 나중에 필요한 순간이 있을 거라며 남은 하나를 일회용 커피잔에 담아 가지고 다녔다.

긴 이동 시간에 상할 것 같기도 하고 터지거나 냄새가 나면 어떡하나 걱정하기도 했는데 일단 가능한 데까지는 가지고 다녀보자며 그걸 포기하지 않고 내내 가지고 다닌 예진이의 의지가 대단했다.

뜨거운 물을 컵라면에 붓고 난 뒤 예진이가 손바닥만 한 앞접시 두 개를 찬장에서 꺼내는 걸 보고 내가 말했다.

"앞접시 필요 없을 것 같은데? 그냥 들고 먹자."

"아니, 덜어 먹으려는 건 아니고……."

그 뒤에 이어지는 말은 나를 깜짝 놀라게 만들었다.

"이거 익는 동안 뚜껑 위에 덮어두려는 건데?"

나는 그 말이 내 입에서 나온 말이 아니라는 사실을 믿을 수가 없었다. 그건 내가 컵라면을 먹을 때마다 하는 생각과 행동이었기 때문에.

"진심이야? 왜 이렇게까지 나랑 하는 짓이 똑같은

거야?"

"너도야?"

나는 컵라면을 먹을 때 절대로 그 위에 나무젓가락만을 얹어두는 법이 없었다. 절대로. 반드시 뚜껑보다 더 넓은 면적의 무언가를 위에 누르듯 덮어주어야 직성이 풀렸다.

젓가락만 올리면 완전히 밀폐되지 않아 틈이 생길 테고, 그 틈새로 열기가 날아갈 것이고 그러면 라면이 제대로 익지 않을까 봐 걱정되기 때문에. 최적의 상태로 잘 익은 면발을 먹고 싶기 때문에. 컵라면 하나라도 허투루 먹고 싶지 않기 때문에. 할 수 있는 한 가장 맛있게 먹고 싶기 때문에. 내가 컵라면을 먹을 때 위에 올릴 접시를 가지러 가면 남편은 항상 이렇게 말하며 나를 놀리곤 했다.

"에이, 꼭 그렇게까지 안 해도 돼."

"괜찮아, 그냥 젓가락으로 고정해도 똑같아."

"이걸로 하나 그걸로 하나 그게 그거야."

고작 컵라면 하나에 왜 이리 유난이냐는 식으로. 그때마다 나는 외쳤다.

"아, 내 마음이야!"

내 마음, 남편이 몰라주는 그 마음을 딱 알아주는 예

진이가 있었던 것이다. 그래, 컵라면은 위를 꼭 제대로 눌러야 해. 그게 어려운 일도 아니잖아?

"너랑 있으니까 내가 정상 같아."

"우리가 맞지. 제대로 안 누르면 이 틈새로 열손실이 일어나잖아."

너무나 흡족한 대답이었다. 그럼에도 불구하고 앞접시는 필요 없을 것 같았다.

"근데 접시는 없어도 될 것 같아. 안 그래도 이 책으로 누르려고 꺼내놨어. 작은 컵이라 두 개 다 눌러질 것 같아."

나는 예진이가 챙겨온 『일의 기쁨과 슬픔』을 흔들어 보였다. 예진이가 그걸 보고 순간 머뭇거렸다.

"아 근데……. 그럼 책 울까 봐. 그건 또 싫어서."

아이고, 나보다 더한 애가 여기 있네.

"괜찮아, 나 이걸로 컵라면 많이 덮어봤어. 책을 잘 만들어서 튼튼해. 절대 안 울더라고."

예진이는 앞접시를 양손에 하나씩 들고 계속 갸웃거렸다.

"안 울더라도 열 때문에 표지 색깔 변할까 봐……."

"괜찮아, 내가 해봤는데 색 안 변해."

잠시 갈등하듯 생각에 잠겼던 예진이가 쓰읍, 소리

를 내더니 결심하듯 말했다.

"아니야! 그래도 혹시 몰라. 그거 초판 1쇄 사인본이고, 나한테 소중한 거거든. 그리고 오늘 탐페레 공항까지 찍고 온 거라 더 레어템이거든."

나는 내 남편이 나를 보듯 어쩐지 빙글빙글 웃으며 예진이를 바라보게 됐다. 구체적으로 어떤 느낌인지 정의하기는 어려웠지만 남편이 나를 볼 때 이런 느낌이었을 것 같다는 생각이 어렴풋이 들었다. 그리고 남편이 나의 유난함을 놀릴 때 조금은 덜 약올라해야지, 생각했다.

나보다 예진이가 내 책을 더 소중히 대해주는 것도 고마웠다. 나는 컵라면 덮개로 쓰려고 했던 책을 다시 곱게 내려두고 접시를 들고 있는 예진이 쪽으로 손을 내밀었다.

"그래! 그냥 접시로 덮자."

컵라면이 익어가는 동안 나는 방에 도착하자마자 냉동실에 미리 넣어둔, 흑곰이 그려진 카르후 캔맥주를 꺼냈다. 미니 포장김치 위 포일 포장을 뜯었더니, 오리지널 북유럽 인테리어 그 자체인 아리 하우스에 약 사흘간 숙성된 김치 냄새가 진동했다.

예진이가 먼저 작은 조각을 꺼내 한입 먹어보았다.

"와, 제대로 잘 익었어!"

우리는 열손실을 최소화해서 꼬들꼬들하게 잘 익은 노란 면발 위에 김치를 한 조각씩 얹어 후루룩후루룩 소리를 내가며 먹었다. 뜨끈하고 얼큰한 국물에 시원한 맥주 한 잔.

테이블 옆 창밖으로 보이는 맞은편 건물들 사이로 짙은 보라색의 하늘이 보였다. 비가 내려서 그런지 핀란드에 온 뒤 처음으로 본 다소 어두운 하늘이었지만 그마저도 그림처럼 아름다웠다.

Helsinki

헬싱키

— 이야기가 걸어나가자,

그 자리에 햇살이 깃들었다

✶ × ✶ × ✶ × ✶ × ✶ × ✶ × ✶

헬싱키에서의 첫 아침식사로 고른 곳은 아리의 맛집 리스트에 있던 브런치 카페 르베인이었다. 출입문을 열고 들어가자 전면으로 길게 홀이 뻗어 있었고 저 멀리 끝에 커피를 내리는 모습이 보였다. 천장이 살짝 낮게 느껴졌는데 왼쪽에 철제 계단이 놓인 것으로 보아 우리의 머리 위쪽이 2층인 것 같았다.

오른쪽 복도를 따라 난 긴 통창 너머로는 빵을 굽는 모습이 보였다. 층층의 트레이 위로 갓 나온 빵들이 차곡차곡 쌓여가고 있었다. 빵 굽는 냄새와 커피 향이 기분 좋게 어우러졌다. 그 모습을 구경하며 몇 발짝 더 걷다 보니 비로소 머리 위쪽이 확 트이면서 메인 홀이 나왔다. 자작나무 선반이 2층 높이의 천장까지 쭉 이어져 시원하게 뻗어 있었다. 밝은 목재 위에 하얀 글씨로 적어 낸 메뉴판 아래 예쁜 접시와 잔들이 진열되어 있었고 군데군데 파스텔톤의 드라이플라워가 꽂힌 유리병도 놓여 있었는데 그 모든 것들의 조화가 무척 자연스러웠다. 배관과 전선 등을 모두 하얀 페인트로 칠한 노출 천장으로부터는 동그란 구 형태의 보름달처럼 생긴 펜던트 조명이 규칙적인 간격을 두고 매달려 있었고 높은 천장까지 한 번에 길쭉하게 뻗어 있는 커다란 창문에서는 은은하게 따스한 햇살이 스미듯 들어오고 있었다. 르베인은 들어서는 순간부터 사람을 기분 좋아지게 하는 공간이었다.

우리는 각자의 커피와 함께 샌드위치를 하나씩 시켰다. 내가 주문한 에그 샌드위치는 알맞게 구워진 동그란 번 안에 푸딩처럼 탱글하면서도 촉촉한 계란이 마치 수제버거의 패티처럼 두툼하게 들어가 있었는데 갓 구워낸 계란의 열기 때문에 그 위에 놓인 꾸덕한 체더 치즈가 적당한 점도로 녹아 흐르고 있었다. 계란 안에는 시금치, 베이컨, 버섯 중 원하는 토핑을 골라 넣을 수 있었는데 나는 버섯을 골랐다. 한입 베어 물었더니 번과 치즈, 계란과 버섯이 한데 어우러졌고 입안에서 순간 액체가 되어 팡, 하고 터지는 것만 같았다. 단 재료는 없어 보였는데 번 때문인지 고소함과 단맛이 동시에 느껴졌다. 문자 그대로 꿀맛이 났다. 나는 탁자 아래 발을 동동 구르며 말했다.

"너무 맛있어. 빨리 한입 먹어봐."

예진이도 에그 샌드위치를 한입 베어 물고 눈이 휘둥그레졌다. 나는 비로소 인정할 수 밖에 없었다. 아리의 말이 맞았다. 헬싱키는 맛있어졌다. 포슬포슬 구워낸 통밀빵 위 부드러운 아보카도 퓌레를 생크림처럼 나선형으로 예쁘게 올리고 검은 깨와 노란 깨를 섞어 뿌린 다음 갓 따낸 듯 여린 잎의 버터헤드와 루콜라를 얹은 예진이의 오픈 샌드위치도 기가 막혔다. 누구나 자랑해 마지않는 핀란드 커피의 맛도 깊고 근사했다. 예진이가 말했다.

"성수동에 생기면 줄 서서 먹겠다."

내가 이어받았다.

"주말 아침에 가면 대기 번호 127번 받을 거 같아."

"예상 대기 시간 한 시간이라 다른 카페 가서 시간 보내야 되고."

"그러다가 호출했는데 바로 입장 안 했다고 취소당할 것 같아."

"테이블도 이런 널찍한 간격은 상상할 수도 없지."

"당연하지. 사이에 두 줄은 더 놔야지."

"귓가에 '바글바글' 소리가 계속 들릴 것 같아."

"창문 밖으로 줄 서 있는 사람들이 보일 것 같아. 그래서 빨리 먹고 일어나야 한다는 압박을 느낄 것 같아."

하지만 이곳은 핀란드의 수도 헬싱키. 절대 붐비지 않는다. 아무도, 어디에서도 줄을 서지 않는다. 그 누구도 재촉하지 않는다. 소비마저 열심히 경쟁적으로 해야 할 필요가 전혀 없다. 5년 전에 왔을 때도, 이번 여행에서도 헬싱키에서는 그 어디에서도 줄 서는 것을 본 적이 없었다.

의외로 더 한적한 쿠오피오에서는 딱 한 번 있었다. 마지막 밤, 미꼬와 저녁을 먹고 루오토로 2차를 가기 전 항구 앞에서였다. 창고 같이 생긴 낡은 목조 건물 앞에 의문의 줄이 길게 늘어서 있기에 미꼬에게 여긴 뭐 하는 데냐고 물어봤더니 돌아온 대답이 정말 의외였다. 그 허름한 건물은 창고가 아니라 나이트클럽이며 그날 아주 유명한 아이스하키 선수가 오기로 되어 있다는 거였다. 아이스하키는 핀란드 사람들이 가장 좋아하는 인기 스포츠 중 하나였다.

'한국의 손흥민 같은 존재야?'하고 물었더니 은퇴했

기 때문에 박지성 같은 존재란다. 그러니까 박지성 선수가 소도시의 나이트클럽 행사에 나타나는 정도의 일이 벌어지지 않는 이상은, 줄을 설 필요가 없는 곳이 핀란드였다. 그래서 친구를 만나 밥을 먹고 커피를 마시는 평범한 일을 해도 서울에 비해 훨씬 여유로운 느낌이 드는 거였다. 뭔가를 열심히 하고 있지 않으면 손해를 보는 것만 같은, 일상의 은은하고 이상한 압박감도 없어졌다.

우리는 가만히 앉아서 카페 안팎의 사람들을 천천히 구경했다. 헬싱키 여행에서 처음 들른 곳이었을 뿐인데 이 공간의 모든 것이 너무 좋아서 선뜻 나가고 싶지가 않았다. 우리는 다소 건조하지만 왠지 건강해 보이는 표정의 사람들을 한참 바라보았다.

*

영원히 앉아 있고 싶었던 르베인에서 겨우 빠져나와 트램을 타고 에스플라나디 공원으로 향했다. 에스플라나디 공원은 헬싱키의 구도심 한가운데 위치한 상징적인 공원이다. 폭은 70미터 정도, 길이가 약 350미터가량 되는 좁고 길쭉한 형태인데 뉴욕의 센트럴파크나 런던의 하이드파크처럼 압도적으로 광활한 느낌은 없지만 나름의 아기자기하고 특별한 매력이 있어 내가 무척 좋아하는 공원이다.

구도심의 중심부를 말 그대로 관통하고 있는 독특한 형태 때문에 공원이 길의 일부처럼 보이기도 하고 길이 공원의 일부처럼 보이기도 했다. 길쭉한 방향을 따라 양옆으로는 벤치가 줄지어 있고, 벤치와 도로 사이에는 잔디밭이 마련되어 있어서 날 좋은 여름에는 누워서 일광욕을 즐기는 시민들도 만나볼 수 있었다.

공원 내부에는 아이스크림과 커피를 파는 카페가 있었고, 작은 무대에서 라이브 재즈 음악이 흘러나오고 있었다. 공원의 중앙에는 민족 시인이라 불리는 루네베리의 동상이 있는데, 볼 때마다 항상 머리의 가운데, 그러니까 머리카락이 없는 부분에 갈매기가 착, 두 발을 얹고 있었다.

"우리가 15년 전에 왔을 때에도 이 동상 위에 갈매기가 있었는데."

헬싱키는 바다와 인접한 도시라 갈매기가 많은 편인데, 여태껏 에스플라나디 공원을 여러 번 와봤지만 루네베리 동상 위에 갈매기가 없었던 적을 본 적은 단 한 번도 없었다. 시인 동상과 그 머리 위 갈매기까지가 이

에스플라나디 공원의 일부이자 헬싱키의 랜드마크라는 생각이 들었다.

우리는 공원을 길게 한 바퀴 둘러본 후 다시 갈매기를 얹은 루네베리 동상 앞 벤치에 앉았다. 팔다리를 반대 방향으로 쭉 뻗고 기지개를 펴면서 눈을 지그시 감았다가 떴다. 기분 좋은 파란 하늘이 보였다. 나도 모르게 머릿속에 이 단어가 새하얀 구름처럼 둥실, 떠올랐다.

'완벽한 날씨.'

아리의 말이 맞았다. 전날 밤의 우리가 조금 '언럭키' 했을 뿐, 아침이 밝아오자 헬싱키의 날씨는 다시 우리가, 핀란드 사람들이, 아니 그 어느 누구도 사랑해 마지않을 전형적인 '핀란드 여름 날씨'로 돌아왔다. 작은 따옴표를 친 이유는 이 시기에 이곳에서만 느낄 수 있는 고유한 날씨라고 생각했기 때문이다.

덥지도, 춥지도 않고 화창한 날씨에 쾌청한 공기.

아침의 기분 좋은 햇살이 아무런 방해 물질 없는 대기를 통과해 도시의 풍경 위로 고스란히 내려앉아 있었고 그 덕에 눈앞에 보이는 식물들, 건축물, 지나다니는 사람들까지 모든 것들의 윤곽선이 선명하게 반짝거렸다.

"예진아, 이게 말이 되니? 여기도 반짝, 저기도 반짝 반짝."

"세상이 너무 눈부시게 반짝거려서 황홀해."

"네가 제일 좋아하는 거다."

예진이가 '그게 뭐야?' 라는 눈빛으로 날 바라봤다.

"너 제일 좋아하는 영단어가 'dazzling'이잖아."

"어? 맞아! 어떻게 알았어?"

"15년 전에 이메일 주소를 교환하면서 네가 얘기해 줬었어."

"너 진짜 별걸 다 기억하는구나!"

"그때 속으로 그 생각을 했거든. 어쩜, 딱 자기 같은 걸 좋아하냐고."

예진이는 자기 이름 앞에 그런 수식어를 붙이고 다녔던 자신의 어린 시절을 다소 민망해했지만, 나는 그 해맑음이 좋았다. '내가 제일 좋아하는 영단어가 다즐링이거든'이라고 말하면서 내 다이어리에 꾹꾹 눌러 이메일 주소를 적어 내려가던 어린 예진이의 반짝이던 모습이 선명하게 기억났다. 그 모습은 쿠오피오 대학교의 사빌라흐티 호수의 반짝이는 풍경처럼 오랜 시간이 지나도 잊히지 않을 모습일 거라고 생각했다.

우리는 황홀하고 완벽한 날씨가 선사한 반짝임을 만

끽하며 헬싱키 대성당이 있는 원로원 광장 쪽으로 천천히 걸어갔다.

헬싱키 대성당은 헬싱키의 랜드마크 그 자체였다. 원로원 광장에 서서 근사하기 그지없는 헬싱키 대성당을 바라보고 있으면 '내가 또 핀란드에 왔구나!' 하는 익숙한 감각에 마음이 편안해지곤 한다. 몹시 잘 아는 곳에 온 것처럼. 마치 고향에라도 온 것처럼. 실상은 관광으로 단 며칠씩 와본 것에 불과한데 말이다. 겨우 세 번 와본 것뿐인데도 이 풍경에 대해 일방적인 내적 친밀감을 품고 있는 나의 감정적 과잉이 조금 웃겼다.

헬싱키 대성당이 가장 크게 차별화되는 점, 그래서 신비로운 점은 간결하면서 동시에 웅장하다는 사실이었다. 분명 서로 반대되는 감각인데 신기하게 한꺼번에 느껴졌다. 군더더기 없는 절제된 장식의 하얀 벽면과 기둥이 장엄한 분위기를 더하고 오묘한 에메랄드빛 지붕이 숭고함을 자아낸다. 헬싱키 대성당은 겨울의 흐린 잿빛 하늘에도, 청명한 여름의 푸른 하늘에도 이곳과 어김없이 잘 어울렸다.

예진이와 15년 전 이곳에서 여행 아닌 여행을 했을 때 둘러봤던 곳이 바로 이 에스플라나디 공원과 헬싱키 대성당 앞 원로원 광장이었다.

새벽 시간에 헬싱키에 떨어져 아무 곳에도 입장할 수 없었던 여행자가 기차를 기다리며 단 네 시간만을 보낼 곳을 선택해야 한다면 당연히 여기였다. 우리는 '헬싱키에 그래도 발을 디뎠다!'라고 느끼기 위해서 이 두 랜드마크 주변을 하염없이 걸어다녔었다.

"어떻게 저가 항공 타느라 밤을 새우고 또 새벽에 네 시간을 바깥에서 걸어다녔을까?"

"그때랑 지금이랑 비교하면 어쩜 그랬을까, 싶은 게 한두 개야?"

"우리 그때 종이 지도 들고 여행했잖아."

"맞아. 정확히 어느 골목, 어느 간판에서 꺾어야 한다, 이런 걸 유스호스텔 공용 컴퓨터로 유랑 카페 접속해서 공부했잖아. 캡처해서 갖고 다닐 스마트폰도 없으니까 그 이미지를 막 머릿속으로 외우고."

"여행 책도 들고 다녔잖아."

"맞아. 너무 무거우니까 도시별로 조금씩 칼로 썰어서 들고 다녔잖아."

"서로 연락도 못하다가 서로가 한 약속만 믿고 만나기도 했잖아. 우리 중간에 헤어졌다가 마드리드에서 다시 만나기로 했을 때, 기억나?"

"몇 월 며칠 몇 시에 마드리드 기차역 시계 아래서 만나자고."

"그 날짜, 시간 잊을까 봐 다이어리에 별표 쳐 두고 얼마나 들여다봤나 몰라."

우리는 그 후로도 한참 옛날 얘기를 하면서 15년 전 걸었던 헬싱키 구도심을 다시 걸어서 돌아다녔다. 십수 년 전 이야기를 하고 있자니 정말 옛날 사람이 된 것 같았다. 그 해에 아이폰이 처음 나왔잖아, 우리가 1년만 늦었어도 그런 아날로그 여행은 못 했을 거야, 어릴 때 어른들이 '나 때는' 이런 말할 때 참 듣기 싫었는데 지금 우리가 그러고 있는 게 갑자기 징그럽다, 우리끼리니까 괜찮고 다른 사람들 앞에서는 하지 말자, 그런 얘기들을 하면서.

그때와 다른 점은 스마트폰과 구글맵뿐만이 아니었다. 우리에게는 한정된 시간이 아닌 여러 좋은 날들이 여유 있게 남아 있었고, 텅 비어 쓸쓸한 도시가 아니라 활기차고 반짝이는 도시를 만끽할 수 있다는 점이었다.

우리는 헬싱키 대성당 내부를 둘러보고 원로원 광장 근처의 소품숍들을 구경한 다음 다시 에스플라나디 공원 쪽으로 향했다.

에스플라나디 공원과 접해 있는 양옆의 길을 '에스플라나디 거리'라고 하는데 이곳에는 다양한 파인 다이닝 레스토랑들이 있다. 우리가 예약해둔 레스토랑 브론다도 이 공원의 남쪽 거리에 면해 있었다. 헬싱키에서 요즘 가장 핫한 셰프 듀오의 다섯 번째 레스토랑이라고 들었다. 이곳도 아침에 갔던 르베인처럼 2층 층고의 높이였는데 르베인과는 또 다른 느낌의 인테리어였다. 르베인이 따뜻하고 단정한 느낌이라면 브론다는 시원하고 정갈한 느낌. 달을 그물에 달아 매단 듯한 조명이 특히 인상적이었다. 헬싱키에서는 어느 곳에 가서 무얼 먹더라도, 입으로만 먹는 게 아니라 눈으로도 먹게 된다는 생각이 들었다.

입과 눈으로 즐겁게 간단한 런치 코스를 먹고 난 우리는 다시 에스플라나디 거리로 나왔다. 헬싱키를 여행하다 보면 누구나 여길 하루에 몇 번이고 지나게 된다. 이 거리에는 아르텍, 이딸라, 아라비아, 아리카, 마리메꼬 등 유명한 핀란드 디자인 브랜드의 플래그십 스토어가 자리하고 있어서 우리는 발길 닿는 대로 한 군데씩 들어가 구경하기 시작했다.

번화가의 매장을 구경하는 것뿐인데 박물관이나 미

술관을 구경하고 있는 것만 같은 느낌이 들었다. 이딸라 매장 한편의 모니터에서 반복적으로 재생되고 있는, 유리 장인이 직접 입으로 불어 화병을 만드는 과정을 담은 영상은 그 섬세한 기록 자체가 시각 예술이었다. 이딸라의 예쁜 유리 제품들을 넋 놓고 구경한 뒤 건물 내부로 이어지는 아라비아 매장으로 넘어가 이번에는 세라믹 제품들을 한참이나 즐겁게 구경했다.

세라믹, 이라는 단어를 생각하니 갑자기 예진이와 교환학생을 마치고 돌아오는 비행기 안에서 나눈 대화가 떠오른다. 돌아가면 졸업 학점을 채우고 취직 준비를 해야 한다는 이야기를 하다가 예진이에게 물어봤었다.

"너는 세라믹 공학과잖아. 근데, 세라믹이 정확히 뭐야?"

"무기 재료 중에 금속이 아닌 건 다 세라믹이라고 해."

그때 귀국하는 비행기에서 길고 긴 비행 시간 내내 별의별 걸 다 물어봤던 기억이 난다. 근데, 비행기는 어떻게 이렇게 무거운 걸 싣고 하늘을 나는 거야? 근데, 빌딩은 대체 어떻게 안 무너지고 서 있을 수 있는 거야? 내 질문 폭격에도 까끌거리는 입으로 열심히 대답해주던 똑똑한 공대생 예진이. 그때마다 나는 깨달음을 얻었다.

"아하!"

때로는 예진이가 이렇게 물어보기도 했다.

"그럼, 사회학은 정확히 뭐야?"

예진이의 설명이 느낌표로 돌아와준 것과는 달리 내 설명은 어쩐지 물음표가 될 수밖에 없었다.

"사회학은 세상을 바라보는 매직아이 같은 거야."

"응?"

"미안. 사실 나도 잘 몰라……."

*

세라믹 제품을 파는 아라비아 매장에서 우리의 눈길을 가장 많이 끈 건 역시 무민이었다.

매년 그 해에만 출시되는 무민 라인 머그컵이 있는데 올해의 테마는 호랑이었다. 노란 호랑이의 등 위에 무민마마가 올라타고 있는 일러스트가 무척 귀여웠다.

"올해는 왜 호랑이가 나왔을까?"

"글쎄, 호랑이의 해는 작년이었는데."

"이미 무민 머그컵이 집에 너무 많은데, 내가 호랑이

떠니까 괜히 이것도 사야 할 것만 같아."

우리는 무민 가족과 호랑이가 그려진 머그컵과 접시를 살까 말까 고민하며 만지작거렸다.

대체, 무민은 왜 이렇게 좋을까?

무민을 처음 좋아하게 된 건 물론 무민의 하얗고 둥글넓적한, 특유의 귀여운 생김새 때문이었지만 원작을 읽고 나서 더 걷잡을 수 없이 무민에 빠져들었고 결국은 꽤 큰돈을 들여 『무민 코믹 스트립 완전판』 전권을 장만하게 되었다. 집 안에 마련해둔 내 작업실은 책상과 책장을 각각 평행한 벽에 붙여두었는데, 책장을 등지고 일하는 셈인 나는 그 이야기가 내 등 뒤에 있다는 생각을 하면 그렇게 든든할 수가 없다. 마음이 지치고 허할 때면 「무민 코믹 스트립」을 손 가는 대로 집어 보약처럼 펼쳐보곤 한다.

무민, 무민마마, 무민파파, 리틀 미이 등 무민 골짜기의 캐릭터들은 이미 유명하지만 그 외에 잘 알려지지 않은 캐릭터들도 많다. 악당 중의 악당 스팅키, 외로움을 싫어하는 사교적인 녀석들인 니블링 같은 캐릭터들 말이다. 겨울 스포츠 중독자인 브리스크, 정신과 의사인 닥터해터 같은 캐릭터도 있고 이름이 따로 없는 그냥 시인, 독재자, 고양이, 호랑이, 경찰서장, 등대지

기도 있다. 침묵을 사랑한 헤물렌, 편집증과 피해망상이 있는 우울한 아이 미자벨, 수줍음을 너무 많이 타서 보이지 않게 된 뾰족뒤쥐들, 아이를 좋아하지 않는 쌀쌀맞은 친척에게 자라 보이지 않게 된 아이 닌니. 버려진 기분에 자신을 달래줄 강하고 다정한 사람을 찾는 미플 같은 캐릭터들을 주인공으로 하는 에피소드도 많다. 무심코 지나칠 수도 있는 소외된 존재들에게까지 작가의 시선이 깊숙이 닿는다는 점. 무민 이야기의 정수이자 내가 무민을 좋아하는 이유가 나는 바로 여기에 있다고 생각한다.

결국은 무민 머그를 사지 않고 윈도 쇼핑을 마친 우리는 또다시 걷기 시작했다. 헬싱키의 구도심은 모두 걸어서 이동할 수 있다는 게 큰 장점이었다. 불과 3분 거리에 다음 목적지가 있었다.

'아카데미아 서점'이라는 이름으로 잘 알려진 아카테미넨 서점은 핀란드를 대표하는 디자이너이자 건축가 알바 알토가 설계한 서점으로, 스토크만 백화점 별관에 위치하고 있다. 나는 아카테미넨 서점이 스토크만 백화점 안에 있다는 사실을 이번 여행에서 처음 깨닫고 엄청 놀랐다. 5년 전 이곳을 방문했을 때 서점이 하나의 독립된 예술작품 같다는 인상을 받았기 때문이었다. 그런데 상업시설의 '끝판왕'이라 볼 수 있는 백화점에 입점된 서점이었다니. 어떤 환경 속에서도 자기만의 것을 만들어내는 사람이 다름 아닌 예술가구나, 라는 생각이 들었다. 백화점 외벽에 걸린 아카테미넨이라는 글씨를 발견할 때부터, 어느 누가 와도 편안하게 팔을 들어 문을 열 수 있도록 똑같은 디자인의 문손잡이가 서로 다른 높이로 연달아 세 개가 달린 문을 여는 순간부터, 알바 알토의 섬세한 설계를 느낄 수 있었다.

내부는 빙산의 끄트머리를 떠올리게 하는 입체적이면서도 기하학적인 채광창이 천장을 대신하고 있었고, 3층 높이지만 가운데가 비어 있는 회랑 구조로 되어 있어서 자연광이 1층까지 바로 도달해 새하얀 대리석으로 둘러싸인 서점 내부를 가득 채우고 있었다. 그 때문인지 이곳은 책등을 훑거나, 꺼내 들어 읽어보고 구매하는 그 모든 일련의 경험을 한결 근사하게 만들어주는 것 같았다. 입체적이고 투명한 채광창을 통과한 빛 속에서 책을 읽거나 사고 있는 사람들을 보면서 새삼, 건축이란 정말 특별한 예술이라는 생각이 들었다. 유리벽 너머 손대지 못하게 전시된 것이 아니라 사람들이 매일 드나들고 밟고 다닐 수 있다는 점에서. 그것까지 고려하며 설계하고 만들어낸다는 점에서.

나는 여행하면서 서점을 구경하는 일을 좋아하는데 비록 읽을 수 없는 언어더라도 소설 코너와 사회학 코너를 살펴보곤 한다. 그리고 그 나라의 언어로 된 책 한 권을 산다. 뜻을 모른다 하더라도 그 나라의 언어와 문장이 들어 있는 좋은 기념품이 된다고 생각하기 때문이다. 이번에는 뭘 살까 고민하다 『핀란드인의 악몽』 새 시리즈를 하나 샀다. 이번 시리즈는 내향형 핀란드인을 보여주는 핀란드 속담을 다룬 책이었다. 예진이는 아이들에게 줄 어린이용 무민 그림책을 샀다.

1층을 둘러본 후에는 우리가 좋아하는 영화 〈카모메 식당〉에 나왔던 2층의 카페 알토로 갔다. 〈카모메 식당〉의 팬이라면 꼭 들르는 성지 코스 중 한 곳이다. 건축가이면서 가구, 조명 디자이너이기도 했던 알바 알토가 디자인한 아름다운 골든벨 조명이 자리마다 하나씩 드리워져 있었다.

그곳에 앉아 차를 주문하고 기다리는 동안 문득, 깨달은 게 있었다. 사실 아카테미넨 서점에 들어설 때부터 5년 전 여행했을 때와는 느낌이 조금 다른 것 같다는 생각을 하고 있던 중이었다. 뭐랄까, 여전히 너무나 근사하다는 점은 변함이 없었지만 그때보다 왠지 약간 가라앉은 분위기의 느낌이랄까. 이미 한 번 와본 곳이어서 감흥이 덜한 것인가 싶었는데 마찬가지로 이미 가본 적이 있던 에스플라나디 공원과 헬싱키 대성당을 방문했을 때에는 그러지 않았기 때문에 조금 이상하게 느껴졌다. 하지만 이번이 첫 방문인 예진이의 감흥을 깎아내고 싶지 않아서 그저 속으로만 생각하고 있던 거였다. 그런데 2층 카페 알토에서 전체 서점을 조망하던 바로 그 순간, 나는 그 이유를 알 것만 같은 기분에 사로잡혔다.

"예진아, 잠시만."

나는 자리에서 일어나 회랑의 난간 쪽으로 다가가 아래를 내려다보았다.

"아, 어쩐지!"

서점은 부분적으로 공사 중이었다. 위에서 내려다보니 노란색과 검은색이 교차된 테이프가 둘러진 곳이 몇 군데 있어 금방 알아볼 수 있었다. 책장 한 면의 책이 모두 빠져 있는 곳도 꽤 있었다.

"사실 아까부터 '이상하다, 왜 예전보다 감동이 덜하지?' 하는 생각이 계속 들었거든."

"아, 그랬어? 난 몰랐네."

"여기저기 보수 중이라 책이 없는 책장이 너무 많은

거야."

"역시. 알바 알토 선생님께서는 책이 있을 때 가장 아름다운 공간을 설계하셨구나."

"정말 그런가 봐."

우리는 차를 다 마시고 또다시 에스플라나디 거리로 나와 한 명품 매장 앞에 놓인 공공 벤치에 앉았다. 주변으로 핀란드 특유의 자연스럽고 들꽃 같은 조경이 더해져 그저 길가의 벤치일 뿐인데 특별한 야외 카페에라도 온 것 같았다. 우리가 앉은 S 자 모양의 벤치는 각자 S자의 둥글게 막힌 부분을 등받이 삼아 앉는 형태여서 서로 등을 맞대듯이 앉아도 얼굴을 보면서 이야기할 수 있는 신기한 구조였다. 우리는 잠시 거기 앉아 햇살을 만끽하기로 했다. 생각의 흐름흐름마다 이 생각이 끼어들었다.

'완벽한 날씨.'

다른 이야기, 다른 생각을 하다가도 또 이 생각이 침투했다.

'날씨가 너무 좋다.'

습하지도 않고 건조하지도 않은 상쾌한 공기. 미세먼지 따위는 한 톨도 없는 맑은 하늘을 통과해 따사로

우면서도 선선하게 내리쬐어 피부에 닿는 볕까지.

특히 이 볕의 느낌을 뭐에 비유하면 더 좋을까? 가끔 집에서 토스터로 빵을 굽거나 데운 다음에는 표면의 열기만 한 김 식혀내고 싶어 냉동실에 30초 정도 넣었다가 꺼내서 먹곤 하는데, 마치 그런 감각과 비슷했다. 따사로운 볕을 갓 구운 빵이라고 생각하고 잠깐 냉동실에 넣었다 꺼낸 것 같은 같은 느낌이랄까. 나는 바로 이 순간 내가 느끼고 있는 이 완벽한 날씨를 내 감각의 아카이브에 저장해두고 언제든 꺼내볼 수 있기를 바라며 온몸으로 날씨를 기억해두려고 애썼다.

아무것도 안 하고 길거리의 이 S자 벤치에 그저 앉아 있기만 해도 오감이 호사를 누리는 것만 같았다. 예진이도 같은 생각이었는지 먼저 말을 꺼냈다.

"여름휴가 시즌에 유럽 여행을 가면 보통 서유럽을 많이 가잖아. 근데, 나는 여름에는 꼭 북유럽을 와야 한다고 생각해."

"내 말이 그 말이야."

"아니, 서유럽을 왜 가? 파리를 왜 가? 여름에는 무조건 핀란드야!"

내내 이렇게 말하고 다닌 것이 머쓱하게, 사실 나는

그 바로 다음 해에 파리를 두 번이나 가게 되었다.

나는 파리에, 그 도시를 장악하고 있는 아름다움에 순식간에 반해버리고 말했다. 또, 많은 여행자들에게 최고의 도시로 손꼽히는 뉴욕도, 런던도 가본 적이 있다. 역시 많은 사람들이 입을 모아 선호하는 곳은 다 이유가 있었다. 각각의 도시가 고유의 역사와 문화, 그로부터 비롯된 대체불가한 매력을 지니고 있었다.

여행지로서의 도시를 친구에 비유한다면, 파리, 런던, 뉴욕은 누구나 좋아해 마지않는 친구 같다는 생각이 들었다. 누가 봐도 화려하고, 아름답고, 오로지 자신만이 뿜어낼 수 있는 고유한 분위기까지 가지고 있어 매력적인 친구. 늘 주변에 친구들이 넘쳐나고, 나 역시 자꾸 힐끔힐끔 올려다보게 되는 그런 친구. 하지만 동시에 저 친구에게 내가 어떻게 보일지 자꾸만 신경 쓰고 의식하게 만드는 친구. 과연 그 친구는 나를 '친구'라고 생각해줄지, 문득 의심 들게 만드는 친구. 나를 긴장하게 만드는 친구.

헬싱키는 그와 반대로 긴장을 풀게 만들어주는 친구라는 생각이 들었다. 물론 매력적이지만 누구에게나 그 매력이 다 알려지지는 않은 친구. 다만 소리 없이 내 곁에 있어주는 친구. 그렇게 옆에서 가만가만 오래오래 들여다보면 비로소 반짝이는 친구. 내가 이 친구에게 어떻게 보일지 신경 써본 적 없는 친구. 친구라는 걸 의심하게 만들지 않는 친구. 언제 만나도 편하게, 자연스럽게 서로를 대하게 되는 그런 친구. 손을 뻗으면 닿는 곳에 항상 있어줄 거라는 안정감과 신뢰를 주는, 그야말로 '진정한 내 친구' 같은 느낌을 주는 도시가, 내게는 바로 헬싱키라는 생각이 들었다.

*

저녁 시간이었지만 해가 지지 않았고 앞으로도 지지 않을 예정이었기에 우리는 '그린 디스트릭트' 쪽으로 이동해보기로 했다.

우리의 목적지는 〈핀란디아〉의 작곡가 시벨리우스를 기념하는 시벨리우스 기념 공원이었다. 이름은 공원이지만 그저 공원이라기보다는 바다에 면해 있는 커다란 숲이라고 표현하는 쪽이 더 어울렸다. 이 기념 공원의 정체성인 시벨리우스 기념비는 실제로 보면 생각한 것보다 작다고 느낀다지만, 결코 실망스럽다거나 초라하다는 느낌은 아니었다. 육백 개가 넘는 강철 파이프를 이어붙인 기념비가 마치 오르간을 연상시키는

모습으로 숲속에서 조용히 번뜩이며 자리하고 있었다. 단단하고 알찬, 전설 속 보물 버섯 같은 모양새였다.

기념비를 지나 안쪽으로 걸어 들어갈수록 녹음이 더 짙고 울창해졌다. 아주 거대한 통나무가 벤치처럼 이쪽에서 저쪽으로 가로질러 놓여 있어 우리는 그곳에 잠시 앉아 숲의 소리와 그 너머에 있을 바다의 소리에 귀 기울였다. 나뭇잎과 나뭇가지가 스치는 소리, 서로 다른 높이로 우는 새소리가 음악처럼 어우러졌다. 육백 개의 강철 파이프에서 음악이 흘러나오기라도 하는 것처럼.

나는 시야를 돌려 높게 뻗어 있는 나무를 그루터기에서부터 꼭대기까지 길게 쭉 올려다보았다. 서로 닿을 듯 닿지 않게 뻗어 있는 나뭇잎들 사이로 햇살이 쏟아져 내렸다. 몇 시간 전 머물렀던 아카테미넨 서점의 천장 조명으로부터 들어온 자연광이 서고의 책들을 비추던 장면과 겹쳐졌다. 그러자 머릿속에 이런 문장이 슬며시 떠올랐다. '핀란드는 호수의 나라이기도 하지만, 숲의 나라이기도 하다.'

핀란드의 신뢰사회를 상징하는 '만인의 권리' 역시 '숲을 누릴 수 있는 권리'로부터 파생된 것이니까. 알바 알토의 디자인도, 마리메꼬의 패턴도, 무민의 이야기도 결국은 다 이 숲에서 시작된 것이 아닐까?

무민의 원작자인 토베 얀손은 친구에게 보낸 편지에서 "어느 날 부드럽고 하얀 눈이 나무 그루터기에 두텁게 쌓여 있는 한겨울 숲을 바라보다가 '커다랗고 둥그런 흰 코'처럼 늘어져 있는 그루터기들을 발견했다"고 썼고, 이것이 바로 원래는 검고 날카로웠던 무민의 생김새가 지금처럼 하얗고 둥글넓적하게 변화하게 된 일화로 잘 알려져 있기도 하다.[3]

숲의 정취를 배부르게 들이마신 우리는 바다를 향해 걷기 시작했다.

아주 경쾌하게 생긴—얼굴은 하얗고 목은 까맣고 등은 회색에 배는 새하얀—오리떼 수백 마리가 우리가 가려는 길을 막고 뒤뚱뒤뚱 횡단해 지나가는 것을 오래 기쁘게 기다려주었다.

우리는 거칠게 지어진 작은 오두막 카페 레가타로 들어가 창가 자리에 자리잡았다. 해안선이 매우 올록볼록해서 이 지역의 바다는 호수처럼 보였다. 따뜻한

3 『토베 얀손, 일과 사랑』, 툴라 카르얄라이넨 지음, 허형은 옮김, 문학동네, 2017

커피에 리하피라카는 너무나 잘 어울리는 조합이었다. 곁들여 나온 에그 버터를 리하피라카 위에 두텁게 발라 먹으면서 길고 긴 하루를 기분 좋게 마무리할 수 있었다.

"이제, 집에 갈까?"

"응, 집에 가자."

나는 우리가 잠시 빌린 '아리 하우스'를 '집'이라고 부르는 것이, 하루를 마치고 '집에 가자'라고 말하는 것이 좋았다. 그리고 바로 그 집에 가는 길이 새하얗게 밝은 것도 좋았다.

나는 이 밝은 밤이 너무도 좋았다.

*

여행을 떠난 이후 매일 아침 그랬듯 내가 먼저 일어나 머리를 감고 말리는 동안 예진이가 어머니와 아이들과 함께 영상통화로 대화를 나누었다. 중간중간 예진이의 아이들과 어머님이 나를 궁금해했고 그때마다 나는 화면 속에 끼어들어 얼굴을 잠깐씩 비췄다. 그리고 이내 화면에서 빠져나와 다시 고개를 숙이고 머리를 말렸다. 침대 끄트머리에 걸터앉아 고개를 앞으로

완전히 푹 숙인 채로…… 돌돌 만 수건으로 머리를 탈탈 털면서……. 예진이와 어머니의 통화 소리를 배경음처럼 흘려들으면서……. 그러다 갑자기,

천장을 향해 있는 내 뒷통수를 누가 한 대 세게 내리치는 것 같은 느낌이 번뜩 들었다. 재빠르게 젖은 머리카락을 털어내던 팔놀림이 나도 모르게 멈췄다.

머릿속에 떠오른 아주 거대한 문장, 거대한 느낌표. 그게 머리에서부터 가슴께까지 한 번에 통과하듯 쿵, 내려앉았다.

'15년 전이랑 똑같잖아.'

그 순간 어쩐지 목덜미가 서늘해졌다.

교환학생 시절, 우리 둘은 똑같은 기종의 휴대폰을 가지고 있었다. 통화와 문자메시지만 겨우 되는 손톱만 한 흑백 액정 화면의 바 형 휴대폰이었다. 시중의 노키아 제품 중에 가장 저렴한 모델이었고, 파란색 메탈로 마감된 디자인까지 완전히 똑같았다. 그러나 전화기가 울리는 빈도와 쓰임새는 완전히 달랐다. 예진이의 휴대폰으로는 국제전화가 자주 걸려왔고 예진이는 어머니 아버지와 곧잘 통화하며 핀란드에서의 일상을 전하곤 했다. 예진이의 부모님은 딸의 핀란드 생활을

늘 궁금해하셨고 그 생활의 일부인 나도 같이 궁금해해주셨다.

나는 예진이와 부모님의 통화를 옆에서 나눠 듣는 시간을 무척이나 좋아했다. 학교 안에서도 밖에서도, 늘 예진이와 붙어 다니던 나는 예진이의 노키아 휴대폰으로 전화가 걸려올 때마다 주위를 맴돌며 그 따뜻하고 다정한 분위기를 간접적으로나마 느끼려 귀를 쫑긋 세웠다. 때로는 옆에서 수화기 쪽으로 가까이 다가가 "안녕하세요오!" 하고 큰 소리로 인사를 하기도 했다. 일부러 그런 게 아니라, 나도 모르게 그렇게 하고 있었다. 계산된 것이 아니라 다분히 본능적이었다.

그때의 나는 아마도, 환하고 커다란 온기가 뿜어져 나오는 쪽으로 슬쩍 손바닥을 내밀고 곁불이라도 쬐어 보고자 하는 마음이었을지도 모른다.

그 당시에는 그저 내가 그냥 그 시간, 흘러넘친 다정을 얻어 줍는 시간을 좋아한다고만 여겼다. 내 인생의 가장 큰 문제, 그 전조 증상이 15년 전 그때 그 장면부터 잠복해 있었을 줄은 미처 모르고 있었다. 그걸 마침내 깨달았던 그날 아침, 그때 그 순간이 잊히지 않는다.

군데군데 뭉쳐 젖은 머리카락들이 거꾸로 뒤집혀 내

시야를 커튼처럼 가리고 있고 고드름처럼 아래로 뾰족해진 머리카락 끝으로 물방울이 동그랗게 맺혔다가 점점 부풀어 오르며 커지고 무거워지다가 이내 똑, 하고 바닥으로 떨어지길 반복했다.

똑…… 똑…… 똑…….

나는 원가족들과 연락을 끊었다. 아주 어릴 때부터 내 인생에는 풀리지 않는 미스터리가 하나 있었다. 다른 사람들이 응당 자신의 가족들에 대해 품게 된다는 한없이 편안하고 한없이 따뜻하고 한없이 애틋하다는 감정을 그때그때 흉내만 내고 진심으로는 제대로 느껴보지 못했던 것. 오히려 반대로 가족들과 있을 때면 한없이 불편하고 긴장되는 감정만 느꼈던 것. 동시에 그에 대해 자책하며 알 수 없는 곳을 향한 죄책감을 느껴왔던 것. 남들이 가족에게 응당 느낀다는 그런 근본적인 안정과 신뢰의 감정 비슷한 걸 느낄 때도 분명 몇 번이나 있었지만 그 대상이 부모와 비슷한 나이대의 다른 아저씨나 아주머니 등 완전히 엉뚱한 사람이었던 일들. 스물셋에 갑자기 독립하게 된 후부터 쭉, 원가족들과 시간을 보내고 난 뒤면 극도의 긴장감과 스트레스 때문에 항상 원인을 알 수 없는 여러 가지 신체화 증상을 겼었던 것. 결국 응급실에 실려가는 일을 몇 번이나 겪고, 각종 검사를 거치고, 내과적으로는 치료할 수 있는 방법이 없음을 확인받고 나서야 나는 인정할 수 있었다. 애써 피하고 미뤄왔던 그 일을 이제는 해야 할 때가 왔구나.

그건 바로 '상담'이었다.

뭐가 첫 계기였는지는 모르겠는데, 나는 어릴 때부터 자기연민을 극도로 싫어했다. 자기연민에 휩싸인 사람을 싫어했고, 그래서 당연히 나 자신이 자기연민에 침잠되는 것 또한 싫어했다. 지금 생각해보면 우습지만 대학생 때 '자기연민을 하지 말자'라고 다이어리 맨 앞 페이지에 주문처럼 적어두고 다닌 적도 있었다. 그랬기 때문에 무려 삼십대 중반에, 이제 곧 마흔을 바라볼 나이에 '흑흑 어릴 적 상처 때문에…….' 같은 말을 하는 나 자신을 도저히 용납할 수 없었다. 그건 정말이지 내가 가장 되고 싶지 않은 종류의 인간이었다. 그래서 원가족들과의 관계가 무언가 단단히 비틀려 있다고, 그게 견디기 어려울 정도로 무척 힘들다고, 내겐 상담이 필요한 것 같다고 어렴풋이 느꼈으면서도 애써 마음의 소리를 무시하다가 상담실을 너무 늦게 찾게 된 것도 있었다. 하지만 상담을 통해 가장 먼저 깨닫게 된 건 그렇게 자기연민을 하지 않으려고 너무 애쓰는 것 또한 지나친 강박이라고, 살면서 한 번은 하고 넘어가는 시기도 필요하다는 사실이었다.

"스스로에게 더 관대해지셔도 됩니다. 미워할 사람은 더 미워하셔도 됩니다."

상담사와 나 사이에는 항상 크리넥스 티슈 한 통이 놓여 있었다.

그걸 바라보고 있으면 직육면체 종이상자 위로 정체를 알 수 없는 새하얀 풀 한 포기가 피어난 것처럼 느껴지곤 했다. 그게 아무에게도 말할 수 없었던 비밀을 이곳에서는 다 말해도 된다는 자연의 신호처럼 여겨졌다.

상담을 받기 시작하던 무렵 우연히 오래된 메일함을 보게 된 일이 있었다. 2008년 교환학생 시절 원가족들과 오갔던 메일도 거기 그대로 남아 있었다. 4인 가족이었으니까 나를 제외한 가족 3인과 각각 주고받은 메일이었다. 전부 다 해봤자 열 통 남짓이었고, 그것이 내가 교환학생 기간 동안 가족들과 소통한 전부였다. 15년 전 메일이기에 무슨 내용이 오갔었는지 전혀 기억나지 않아 처음에는 호기심에 메일을 열어 읽기 시작했다. 그러나 메일을 한 편 한 편 읽어내려갈 때마다, 나는 정말이지 입을 딱 벌릴 정도로 놀랄 수밖에 없었다. 내가 지금 각각의 가족 구성원들에게 느끼는 불편함의 근본적인 원인이 마치 샘플처럼 정확하게 들어 있었다. 현재의 문제점들이 15년 전 과거의 이메일에서 소름끼치게 똑같은 패턴으로, 대표적인 예시만 쏙쏙 발라, 너무나도 친절하게 나열되어 있었다. 이런 표현이 조금 웃길 수는 있지만 그때 그 메일들의 한 문장 한 단어가 샘플로서 '버릴 것 하나 없었다'. 겉보기엔 평범한 이메일처럼 보이지만 문제의 패러다임을 알고 나니 조금만 행간을 읽으면 다 읽혔다. 그때는, 그 문제의 한복판에 있을 때는 미처 몰랐지만.

내 인생의 미스터리들.

여기선 차마 다 밝힐 수 없는 원가족들과의 이상한 경험들. 돌이켜보면 정말이지 이상했던 대화, 이상했던 장면, 이상했던 상황, 이상했던 대우, 이상한 자랑과 이상한 비난, 정말 이상했던 위압과 더 이상했던 침묵, 이상한 규칙 혹은 무규칙. 이상했던 집안의 기류와 이상했던 내 유년의 기억들. 나 빼고 아무도 기억나지 않는다는 나만의 상처들. 내가 받아온 이상한 조롱과 이상한 기대들. 짓이겨져 이제는 도무지 펴지지 않는 마음들.

목에 담이 들 정도로 수많은 질문에 답하며 OMR 카드에 수많은 까만 점을 채워 넣고 문장 완성 검사지에 수많은 문장을 적어내고 수많은 시간과 정말이지 수많은 금액을 들여 내 뇌리에 남아 있는 수많은 이상한 기억들을 크리넥스 수십 통을 적셔가며 상담사 앞에서 풀어놓은 끝에, 나는 내가 겪은 그 '이상함'들이 그저 '이상하다'는 형용사로 뭉뚱그려질 게 아니라 구체적인 상담학적 개념으로 설명 가능하다는 사실을 깨달았다.

세상에, 그런 것들을 표현하는 단어가 따로 있었구나. 많은 전문가와 연구자들이 오랜 세월에 걸쳐 다 분석하고 분류해두었구나. 순기능가정과 역기능가정. 안정애착과 불안정애착. 외현적 나르시시스트와 내현적 나르시시스트……. 상담을 통해 상담학, 임상심리학, 정신분석학 용어와 개념들을 하나씩 공부하고 배워나가면서 나는 내가 아픈 게 내 잘못이 아니었다는 당연한 사실을 뒤늦게나마 깨달을 수 있었다.

내가 느끼는 불편한 감정과 내가 겪어온 이상한 사건들이 거의 상담학 교과서에 나오는 예시나 다름없이 알맞게 들어맞는다는 걸 알아차리고 나자, 정말 아이러니하게도 비로소 마음이 편안해졌다. 오래 묵은 난제의 정답을 맞춰낸 기분. 있던 일이 없던 일이 되지는 않기에 마음의 상흔은 그대로였지만, 그래도 나는 이제 더 이상 흐린 눈을 하지 않고 그 상처를, 과거의 흔적을 똑바로 마주할 수 있었다. 인생의 거대한 미스터리를 풀어내고 나니 더는 찝찝할 것도 켕길 것도 없었고 남은 인생을 개운한 발걸음으로 걸어나가야겠다는 다짐을 할 수 있었다.

상담사가 내게 그간 자라오면서 대인 관계나 교우 관계에 문제가 있지는 않았었냐고 물었던 적이 있다.

다행히도 그런 면으로는 드러날 만한 문제까지는 없었고 오히려 겉보기에 교우 관계가 좋은 편이었지만, 학창 시절 늘 까다로운 사람의 마음에 들고 싶어 했으며, 친구든 선생님이든 누군가가 너무 좋아지면 그 사람이 '어느 날 갑자기' 나를 싫어하게 되는 일이 일어날지도 모른다는 막연한 불안을 품었고, 그 때문에 늘 힘들어 했다고 고백했다. 또한 항상—먼저 다가갔다가 막상 다가오면 다시 멀어지려 하고 그래서 멀어지면 또 언짢아하는—고약한 연애 감정에 휩싸여 있었고 그 때문에 십대 시절 내내 그리고 이십대 초반까지 감정

소모와 스트레스가 무척 심했다고도 고백했다. 그런데 놀랍게도, 그러한 연애 감정 또한 나와 비슷한 유년 시절을 보낸 사람들이 공통적으로 겪는 전형적인 패턴 그 자체였다. 교과서적 예시였다. 원인에 따른 결과, 인풋에 따른 아웃풋. 규칙적으로 반복되는 패턴의 무작위적 일부. 그게 나였다.

나는 내가 그저 공식처럼 흔한 인간이라는 사실에 차라리 안도했다. 아무에게도 말 못 한 원가족들과의 불가해한 경험을 처음 보는 상담사 앞에서 하나씩 하나씩 꺼내놓을 때마다, 결국에는 티슈를 뽑을 기운까지 우는 데 죄다 써버린 채로, 크리넥스 티슈 통 위에 손만 얹은 상태로 겨우 물었다.

"선생님, 이런 것도 트라우마라고 할 수 있나요."

나는 대답을 들었다.

"그런 게 트라우마예요."

상담사가 이어 말했다.

"그럼에도 불구하고 류진 님이 현명한 사람이라 그걸 이렇게 잘 극복하고 이렇게나 훌륭한 인격을 가진 어른으로 성장하신 거예요. 그건 다른 누구의 돌봄과 지원이 아닌, 다름 아닌 류진 님의 내면의 힘으로, 스스로 하신 일이에요. 정말 대단하신 거예요. 그동안 너무 잘해오신 거예요."

똑…… 똑…… 똑…….

젖은 머리카락 끝에서 조금씩 부풀어 오르던 물방울이 계속 한 방울씩 바닥으로 떨어져 내리고 있었다. 나는 머리를 세차게 한 번 흔든 다음 다시 수건으로 물기를 닦아내기 시작했다.

*

정해둔 스케줄은 사우나뿐인 날이었다. 사우나는 우리가 헬싱키에서 가장 기대하던 이벤트였기 때문에 하루 일정을 모두 비워두었다.

아침식사는 아리가 추천한 곳 중 하나인 라토레파지오네의 2층 창가 자리에서 조식 세트를 먹었다. 창문 밖으로 트램이 지나다니는 게 잘 보이는 자리였다. 신기하게 창문 위 'La Torrefazione' 글씨 위로, 트램이 마치 형광펜으로 줄을 긋는 것처럼 지나갔다. 우리는 그 때마다 "오오!" 하면서 매번 신기해했다.

원래는 아침만 먹고 나와서 곧바로 사우나에 가려고 했는데, 같은 건물 아래층에 마리메꼬 매장이 있었다.

전날도 에스플라나디 거리에서 마리메꼬 매장을 구경하긴 했지만, 매장의 규모가 더 커 보였고 쇼윈도 너머로 보이는 상품들도 달라 보였다. 이곳엔 리빙 용품보다 의류가 더 많은 것 같았다. 그리고 결정적으로, 세일이라는 글씨가 쇼윈도의 이쪽 끝에서 저쪽 대각선 끝까지 연속적으로 붙어 있었다. 예진이와 눈이 마주쳤다.

"구경만 할까?"

"그래, 사우나 갈 거니까 구경만 하자."

하지만 나는 결국 마리메꼬의 시그니처 패턴인 커다란 우니꼬가 그려진 하늘색 플리츠 스커트를 사고 말았다. 탈의실 앞에 스커트를 입고 선 날 보고, 예진이가 "히익!" 소리가 나도록 숨을 크게 들이마신 뒤에 이렇게 말했기 때문이었다.

"네 거다."

뒤이어 휴대폰을 두드리면서 할인과 면세를 적용한 가격과 한국 매장가를 세심하게 비교한 다음, 단호하게 말했다.

"사."

그 외에도 여러 가지 아이템들을 세일이니까, 면세도 되니까, 하면서 구매했다. 결국 한 손에는 목욕가방,

다른 한 손에는 마리메꼬 쇼핑백을 주렁주렁 들고 사우나로 향했다. 공교롭게도 내 목욕가방 또한 5년 전 헬싱키에 왔을 때 샀던, 우니꼬 패턴의 마리메꼬 에코백이었다.

트램에서 내려 사우나까지 걷는 길은 바다에 면해 있었다. 걷는 방향의 왼편으로 발틱해가 역동적으로 움직이고 있었다. 넘실거리는 파랗고 하얀 파도의 물결 위로 아침의 햇살이 쏟아져 내리며 반짝거렸다.

오른편에는 잔디밭 위로 사람들이 라켓 경기를 하는 모습이 보였다. 라인이 정갈하게 그려진 코트의 사방으로 유리벽이 높게 쳐져 있었고 맨 윗부분은 철망으로 되어 있어서 바다를 보면서도 바닷바람에 방해받지 않고 경기를 할 수 있을 것 같았다. 그런데, 무슨 스포츠일까? 궁금해 다가가 유리벽 위의 글씨를 읽어보니 이곳은 빠델 경기장이었다. 코트를 예약할 수 있는 홈페이지 주소와 큐알 코드도 붙어 있었다.

반짝이는 발틱해를 보며 빠델을 치면 기분이 어떨까?

어느새 나는 저 유리벽 너머 코트 안에서 빠델을 치고 있는 내 모습을 상상하고 있었다. 주말 아침 느지막이 일어나 앱에 접속해 코트를 예약하겠지, 그리고 먼저 맛있는 브런치를 먹으러 시장에 갈 거야. 유리벽 안에서 빠델을 치고 있는 어떤 사람은 헬싱키에 살고 있는 버전의 나, 다른 유니버스의 나 자신이다. 이 유니버스에서 나는 한국에 살며 소설을 쓰는 사람이 아니라 핀란드의 헬싱키의 헤르네사리 공업지구에 살고 있는 유학생이다. 아니, 이주민이다. 아니, 이 유니버스의 나는 핀란드 사람으로 태어났다.

그렇게 여러 버전의 나를 만들어내다 보면 점점 더 나로부터는 멀어지는 경험을 하게 된다. 멀어지고 또 멀어져, 종내엔 생김새도 성격도 사상도 가치관도 나와는 전부 다르지만 내가 생각해냈기 때문에 내가 잘 알고 있다고 굳게 믿게 되는 한 인물이 보이게 된다. 그 사람은 헬싱키에 살고 있고, 정기적으로 빠델을 치며, 경기가 끝나고는 꼭 사우나를 즐기지……. 그 사람의 직업은 뭘까? 아주 루틴한 일을 할 거야, 원래 매주 같은 시간에 빠델을 함께 치던 파트너가 있는데, 그날 갑자기 다른 사람이 대신 나타나는 거야. 그럼 그 사람은 누굴까? 아주 사소한 상상들이 가지에 가지를 뻗어나갔다.

*

여기서 밝히는 내 소설 쓰기의 비밀 하나.

이른바 '조금씩 나가는 상상' 방법론이다. 평소의 나는 MBTI 'N형'답게 쓸데없거나, 쓸데없어 보이는 상상을 많이 하는 편인데 때로는 이런 무의식적이고 습관적인 상상으로부터 소설의 발상을 얻기도 한다.

이 대화에서 다른 대답을 했다면, 이 상황에서 다른 사람이 들어와 참여한다면, 상황이 어떻게 다르게 흘러갔을까? 그렇다면 그 사람은 과연 어떤 사람일까? 그 사람의 마음의 모양은 어떻게 생겼을까? 어떻게 변해갈까?

엄청나게 참신한 설정이나 대단한 세계관이 아니라 현실의 상황에서 아주 조금, 딱 한 발짝 나아가는 상상을 하는 것이다. 그 한 발짝, 한 발짝이 계속 모이면 처음 발상과는 아주 멀어지게 되고 또 달라지게 된다. 그렇게 멀어지고 달라진 장면들이 파편처럼 머릿속에 마구잡이로 저장되어 있다가 이쪽에 있던 파편과 저쪽에 있던 파편이 어느 순간 자석의 서로 다른 극끼리 끌려와 붙듯이 착, 붙을 때가 있다. 그렇게 이어진 덩어리로부터 또 조금씩 상상을 더하면서 구조를 짜다가 '하나의 이야기'가 되겠다는 확신이 들면 그때부터 소설을 쓰기 시작한다.

이런 과정을 거쳐 소설을 쓰는 내게, 여행은 의도하지 않아도 엄청나게 많은 이야기의 씨앗을 준다. 「나의 후쿠오카 가이드」라는 소설도 소설가로 데뷔하기 전에 갔던 후쿠오카 여행으로부터 시작되었다. 그때 후쿠오카 오호리 공원의 벤치에 앉아 너른 호수를 바라보고 있는데 호수를 돌며 조깅을 하는 사람들과 개를 산책시키는 사람들을 보면서 이런 생각을 하게 되었다.

'저 사람들은 나와는 다른 입장이네. 관광객이 아니라 이곳에 사는 사람들일 테니까.'

뒤이어 후쿠오카는 여행하기도 좋지만 살기에도 참 좋은 곳이라는 생각이 더해졌고, 그렇게 또 다른 유니버스와 상상이 더해지다 갑자기 이곳에 살고 있는 내 나이 또래의 어떤 한국 국적의 여자를 떠올리게 됐다. 그 여자는 결혼을 했을까, 안 했을까. 결혼은 했는데 남편은 없는 여자인 거야. 그래, 남편이 죽은 거지! 얼마나 슬플까. 그래서 갑자기 한국을 떠나 후쿠오카에 살게 된 거야. 그런데 외국에 나가 살면 자국의 친구를 초대하기도 하잖아. 자리 잡고 나서는 누군가 이곳을 방문하게 될 거야. 근데 그 방문객은 그럼 누구일까. 여자일까, 아님 남자일까. 설마, 그 여자를 좋아하던 남자? 그렇게 여행지에서 한 발짝씩 나가는 작은 상상 끝에 쓰게 된 소설이 「나의 후쿠오카 가이드」였다.

*

혹시나 어쩌면 소설로 자랄지도 모르는 0.1퍼센트의 가능성을 품은 씨앗 같은 빠델 코트를 마음속에 품은 채로, 정박된 요트가 늘어선 항구를 지나 얼마간 더 걷다 보니 기하학적 형태의 목조 건물이 보이기 시작했다. 우리의 목적지인 로일리 사우나였다. 구름을 통과해 은은하게 퍼져 있는 햇살을 받고 서 있는 자태가 무척 근사했다.

이곳은 2016년에 지어진 신식 건물임에도 불구하고 단층이었는데, 그래서 바로 뒤편의 바다 풍경과 잘 어우러졌고 인근 주택가에서 바다를 조망할 때도 걸리는 부분이 없을 것 같았다. 이 낮은 목조건물은 처음에는 바위섬처럼 보였고, 좀 더 가까이 다가가니 나무로 된 이글루처럼 보이기도 했고, 왜인지 신성한 교회처럼 보이기도 했다. 굴뚝에서는 사우나를 데우고 난 열기의 증거인 하얀 연기가 퐁퐁 솟아오르고 있었다.

우리는 사우나 입구로 들어가 미리 예약한 바우처를 꺼내 보여주었고 커다란 보디타월과 페이스타월 그리고 사물함 숫자가 음각되어 있는 동그란 나무판이 하얗고 두꺼운 고무줄에 매달린 열쇠도 받았다. 안쪽으로 입장하니 무려 '사천 개가 넘는 열처리된 소나무 널빤지로 지은 사우나 복합 건물'이라는 말이 비로소 실감이 났다. 정말 이곳은 천장도, 벽도, 바닥도, 샤워실도, 사물함도, 하물며 사물함 열쇠조차도 모든 것이 다 나무, 나무였다.

숨 쉴 때마다 은은하게 젖은 나무 향이 코끝에 감돌았고, 어쩐지 '피톤치드'라는 단어가 연상되는 풋풋하고 싱그러운 감각에 벌써부터 머리가 맑아지는 기분이었다. 우리는 먼저 탈의실로 들어가 작은 나무 사물함에 목욕가방과 쇼핑백을 욱여넣은 다음 역시나 사방이 나무로 된 샤워실에서 씻고 나와 수영복으로 갈아입었다.

"자, 이제 어디부터 갈까?"

사우나 애호가로서 너무나도 행복한 고민이었다. 예습해온 바, 로일리에는 총 세 개의 사우나가 있다고 들었다. 우리는 샤워실 가장 가까이에 위치한 큰 사우나로 먼저 가보기로 했다.

사우나 앞 휴게 공간 한편에는 나무 땔감이 쪼개진 채로 잔뜩 쌓여 있었고 북극곰처럼 생긴 아주 커다란 흰 개가 바닥에 엎드려 잠자고 있었다. 나는 거대하고 순한 개의 새하얀 털을 조금 쓰다듬은 다음 사우나 안으로 들어갔다. 우리보다 먼저 입장한 사람들이 땀을 뻘뻘 흘리며 사우나를 즐기고 있었고 우리도 빈자리에 수건을 깔고 자리 잡았다.

달궈진 돌 무더기가 쌓인 화덕 옆으로 물이 채워진 나무 버킷이 놓여 있었는데 마침 가장 가까이 앉아 있던 한 사람이 물 한 바가지를 떠올리면서 사우나 안을 쓱 한번 둘러보았다. 사우나 안을 한 번 더 증기로 데워도 되겠냐고 양해를 구하는 신호였다. 나를 포함해 모두가 긍정의 눈빛을 보냈고 아주 뜨겁게 달궈진 게 분명한 돌 위로 물 한 바가지가 시원하게 끼얹어졌다. 치지직, 하는 물이 증발하는 소리와 함께 순식간에 사우나가 새하얀 증기와 엄청난 열기로 가득해졌다. 위쪽부터 뜨거워지기 시작해 귀 끝, 몸통, 이내 발끝까지 순서대로 증기가 몸을 감쌌다. 그간의 노곤과 여독이 다 풀어지는 듯했다. 나는 5년 만, 예진이는 15년 만의 핀란드 사우나였다. 예진이는 좋아서 거의 흐느꼈고, 내 입에서 역시 한숨인지 감탄사인지 모를 알 수 없는 소리들이 나직하게 흘러나왔다.

동네 목욕탕에서 다져진 사우나 내공으로 우리는 충분히 더 버틸 수 있었지만 아직 못 가본 나머지 두 개의 사우나가 너무도 궁금해 일찍 엉덩이를 뗐다. 밖으로 향하는 걸음걸음마다 땀이 주륵주륵 흘러 우리는 땀을 닦으면서 나가야 했다.

샤워를 하고 들어간 두 번째 사우나는 전통 스모크 사우나였다. 창문이 없었기 때문에 등 뒤에서 문이 닫히는 순간부터 눈앞에 아무것도 보이지 않았다. 사우나 안이 훈연으로 가득해서 처음에는 숨도 잘 쉬어지지 않는 느낌이었다. 대충 손을 더듬어 빈자리를 찾아 앉았고 몇 분 뒤 암적응이 서서히 되고 나서야 앉아 있는 사람들이 눈에 들어오기 시작했다. 우리는 사우나 안의 조용한 분위기에 방해되지 않게 이따금씩 서로의 귀에 대고 "여기도 대박이지" "너무 좋다" 하고 속삭였다. 같은 핀란드 사우나이지만 느껴지는 열기가 미묘하게 조금씩 달랐다. 전기식 사우나도 스모크 사우나도 한끗 다르지만 각자의 매력이 있었다.

전통식 사우나답게 말린 자작나무 가지도 비치되어 있었다. 내가 그걸 집어 들자 한 노부부와 눈이 마주쳤다. 확실하지는 않지만 핀란드인처럼 느껴졌다. 우리에게 머뭇머뭇 뭔가를 알려주고 싶어 하는 것 같은데 막상 알려주지는 않았기 때문이었다.

나는 나뭇가지를 들어 맨살 이곳저곳을 내리쳤다. 그러자 노부부가 '오호, 너희 뭘 좀 아는 애들이구나?' 하는 눈으로 쳐다봤다. 내가 등짝을 내리치며 그들을 보고 활짝 웃자 그들도 나를 보고 안심한 듯 웃었다. 사우나에서 자작나무로 피부를 살짝 때리는 건 찬 바다나 호수에 뛰어드는 것과 함께 핀란드 사람들이 사우나에서 건강을 얻는 대표적인 방법이다. 예진이와 나는 자작나무로 서로의 등을 쳐주기도 하면서 스모크 사우나를 만끽했다.

다음은 대망의 세 번째, 가장 작지만 기대되는 사우나였다. 사우나를 하면서 바다를 볼 수 있다는 이야기를 들었기 때문이었다.

"여기다!"

우리는 그 사우나를 발견하자마자 정말 헉, 하고 숨소리를 낼 수밖에 없었다.

바다 바로 앞 해안선을 따라 만들어진 데크 위에 작은 나무 큐브가 있었다. 놀란 이유는 바다를 향한 한 면이 전부 유리였는데 김 하나 서려 있지 않고 투명해서 거기 사람들이 옹기종기 앉아 땀을 빼고 있는 모습이 너무 잘 보였기 때문이었다. 마치 인간 쇼케이스같이 느껴져서 웃기기도 했다.

우리는 마지막 사우나로 입장했다. 방금 전까지는 바다를 등지고 유리 큐브 안의 사람들을 바라보고 있었지만 이제는 우리가 그 안에 들어가 있었다. 사우나 전면이 투명한 유리였고 마치 바다 위에 떠 있기라도 하듯 눈앞이 모두 바다였다.

우리는 들어서자마자 말했다.

"우리 여기,"

"한 번 더 오자."

"내가 그 말 하려고 했어."

더없는 수다쟁이지만 한편으로는 더없는 사우나 애호가이기도 한 우리는 간만에 말없이 땀을 줄줄 흘렸다. 사우나에서만큼은 대화를 자제하게 됐다. 물론 사우나 안에서 크게 떠드는 것은 예의가 아니기도 하지만 그것을 차치하고서라도 뭐랄까, 너무 완벽해서 말을 더하고 싶지가 않은 느낌이었다. 우리는 바다를 바라보며 고요히 땀을 흘리고, 또 땀을 닦았다.

유니폼을 입은 로일리 직원이 들어와 물이 가득 찬 새 버킷으로 교체해주고 나갔다. 이번에는 내가 버킷 안 작은 물바가지를 집어 들었다. 사우나에서 일일이 모두의 동의를 얻을 필요까지는 없지만 암묵적으로 물바가지를 들 때 천천히 들어야 한다. 원하지 않는 사람은 이때 내게 말을 할 것이다. 보통은 그런 일이 잘 없긴 하지만. 사우나를 즐기는 사람들의 생각은 거의 비슷하기 때문에 '지금이다' 싶은 타이밍은 보통 일치하는 편이다. 내가 물바가지로 물을 뜨고 사람들을 둘러보자 모두가 눈으로 대답했다. '난 괜찮아. 부어도 돼'

나는 물을 끼얹었다. 치이이익 하는 소리와 함께 김이 났고 천장에서부터 뜨거운 열기가 느껴지면서 점차 아래쪽으로 내려왔다. 이때 순간적으로 위쪽이 굉장히 뜨거워지기 때문에 아래로 미리 내려와 앉아 있거나 가장 뜨거운 부분인 귀를 감싸곤 한다. 나는 고개를 푹 숙여 머리를 두 무릎 사이에 묻고 귀를 감싸는 편을 택했다. 온몸을 감싸는 나무 냄새, 솔방울 냄새, 따뜻하고 뜨거운 열기. 온갖 자율신경계가 팽팽 돌아가는 기분 좋은 느낌. 평소 저혈압이 심한 편인 나는 이런 느낌이 너무나도 좋았다.

"바닷물에 들어가보자."

생각해보니 핀란드에서 사우나를 꽤 여러 번 경험해봤지만 호수에 뛰어들거나, 눈밭을 구르거나, 그도 아니면 눈 덮인 얼음 호수에 뛰어든 적은 있어도 바닷물에 뛰어든 적은 한 번도 없었다. 그 사실을 깨닫고 더 신이 나 발걸음이 빨라지기 시작했다.

나는 기다란 나무데크를 따라 종종종 뛰어갔다. 그리고 사다리를 잡고 바닷물에 몸을 쑥 담갔다.

"으아아악!"

물이 너무 말도 안 되게 차가워서 들어가자마자 잡은 사다리의 손잡이를 놓지도 않고 되감기 하듯이 그대로 다시 올라왔다.

"예진아, 나는…… 이 정도만 하면 될 것 같아."

내 난리법석에 사우나에서 갓 나와 바다로 들어가려던 사람들이 모두 걱정스런 눈빛이 되었다.

"많이 차갑나요?"

"네, 방금 보신 대로요."

걱정스러워 하는 눈빛을 보니 외국인인 듯했다.

"몇 도 정도 되는 것 같아요?"

아니, 내가 온도계도 아니고 그걸 어떻게 아나? 질문이 엉뚱하기도 하고 얼마나 무서웠으면 그랬을까 싶기도 해서 웃음이 터졌다. 나는 이를 덜덜 부딪쳐가며 말했다.

"모르겠어요……. 그냥 얼어 죽을 것 같아요."

내가 올라와 수건을 덮고 있는 동안 방금 들어갔던 외국인들의 비명이 화음처럼 들려왔다.

"꺄아아악!"

"이건 너무해!"

나는 수건으로 몸을 감싸고 잔뜩 움츠렸다.

"제 말이 맞죠?"

다들 추워하긴 했지만 그래도 나처럼 들어가자마자 곧바로 나오는 사람은 없었다. 나는 '역시 내가 제일 엄살이군' 하는 생각을 했다. 그리고 시선을 돌려 조금 먼 곳에서 헤엄치는 노란 수영복을 응시했다. 예진이는 놀랍게도 그 차디찬 바다에서 거의 5분째 수영하고 있었다.

쟤는 어쩜 저리 늘 씩씩한 걸까.

만약 내게 딸이 있다면 예진이 같은 사람으로 자라길 바랄 것 같았다. 예진이는 앞으로 헤엄쳐 나갔다가 이내 다시 몸을 뒤집어서 하늘을 보고 둥둥, 휘적휘적, 떠다녔다. 배영과 평영을 결합한 영법으로. 너무나 평화로워 보였다.

나는 얼른 사물함으로 뛰어가 휴대폰을 가져왔고 바다에 누워 떠다니는 예진이를 영상으로 담았다.

"예진아!"

누워서 떠 있던 예진이가 몸을 앞으로 뒤집었다. 내가 다시 외쳤다.

"여기 봐봐. 안 추워?"

"추워!"

예진이가 이어 말했다.

"근데 있다 보면 괜찮아! 시원해!"

강한 예진이. 튼튼한 예진이. 겁이 없는 예진이. 물리적인 고통을 잘 견디는 예진이. 15년 전과 한결 같았다. 단체로 사우나에 갔을 때도 예진이는 얼음 호수와 눈밭에 가장 오래 머물던 친구였다. 내가 자전거를 끌고 걸어서 오르막을 올라갈 때, 예진이는 내리지 않고 끝까지 페달을 밟고 올라가곤 했다. 내가 라플란드 스키장의 충격적인 봉 리프트(의자가 없고 봉만 달려 있어서 스키나 보드를 신은 채로 봉을 잡고 올라가야 한다)에 적응 못하고 핀란드 영유아들과 초급 코스에 머물러 있을 때, 예진이는 나와 똑같은 초보였음에도 봉을 잡고 중급 코스로 올라가 보드로 신나게 낙엽처럼 지그재그 궤적을 그리며 내려왔다. 내가 쿠오피오의 시립 수영장에서 3미터 타이빙대에서 겨우 뛰어내릴 때, 예진이는 겁도 없이 10미터 다이빙대에 올라가 양팔을 열십자로 쫙 벌린 채로 뛰어내렸고, 물 표면과의 마찰로 양팔 안쪽에 피멍이 들었을 때도 이렇게 말했다.

"와, 수압 때문에 물속에서 수영복이 벗겨지는 바람에 필사적으로 입으면서 올라오느라 아픈지도 몰랐어."

그로부터 15년이 지난 지금 여전히, 내가 발틱해의 차디찬 바다에 몸을 담그자마자 소리를 지르며 올라와 다른 사람들에게까지 겁을 주는 동안, 예진이는 그야말로 물 만난 물고기처럼 수영하고 있었다.

예진이를 기다렸다가 다시 바다가 보이는 큐브 사우나로 들어갔다. 남은 시간은 계속 이 사우나만 이용할 것 같았다. 그 정도로 좋았다.

"우리 여기 한 번 더 오자."

"너무 좋아."

"내일 올래?"

"난 진짜 그래도 돼. 가기 전까지 매일 와도 돼."

우리는 말없이 땀을 빼고 차가운 바다에 몸을 담그길 반복했다. 나도 바닷물 속에 머물러 있는 시간이 몇 초씩이나마 길어졌다. 몸이 점점 단련되는 기분이었다. 너무 뜨거워서 못 견디겠다 싶을 때, 이번에는 혼자 나와서 데크를 따라 걸어갔다. 바다로 들어가려고 사다리에 발을 내디뎠다가 멈칫했다. 그리고 다시 큐브 사우나 쪽으로 향했다. 유리창 너머로 사람들이 앉아 땀 빼고 있는 모습이 보였다. 예진이와 금방 눈이 마주쳤고, 나는 예진이에게 나와보라고 까딱까딱 손짓했다. 예진이가 깔고 앉았던 수건을 들고 땀을 닦으며 나왔다.

"왜 다시 왔어? 사진 찍어줄까?"

"아니, 그게 아니라. 그…… (내가 갑작스런 온도 변화에 심장마비가 와서 즉사하거나, 다리에 쥐가 나서 발버둥조차 못 치고 가라앉아 익사하거나, 갑자기 예상치 못한 파도가 밀려와 속절없이 휩쓸리거나 그 밖에 다양한 재해로 위기에 처할 수 있고 그걸 아무도 인지하지 못해 끝없이 펼쳐진 이 망망대해에 떠내려가 차디찬 발틱해의 물귀신이 될 수 있으니) ……나 들어가는 거 봐줘."

예진이는 괄호 안의 생략된 말을 다 이해하고 알아챈 듯 말했다.

"응, 가자!"

나는 예진이가 보는 앞에서 바다에 들어갔다. 여태까지는 사다리를 잡은 상태로 몸만 담갔다가 올라왔는데 예진이가 봐주고 있어서 처음으로 몸을 돌려 헤엄쳐 나아갔다. 왜 여태까지 이 멋있는 바다에 등만 보이고 있었을까? 사우나에서 데운 몸은 불덩이 같은데 발틱해의 바다는 얼음장 같았다. 나는 고개를 물 밖으로 내밀고 발장구 치며 이 뜨겁고도 차가운 순간을 잘 간직해야지, 생각했고 동시에 여행이 끝나도 이 장면을 잊지 못하겠구나, 하는 사실을 미리 알아차렸다.

"우리 예약 시간 다 돼가."

"연장?"

나는 당연하다는 듯 말없이 고개를 끄덕였다. 우리는 바로 지갑을 챙기러 발목에 걸었던 열쇠를 빼고 탈의실로 다시 들어갔다. 사우나에 하루를 다 바쳐도 아깝지가 않았다. 두 번째 예약 시간이 끝나갈 무렵에는 맥주를 한 잔씩 사 왔다. 맥주가 내가 원하는 만큼 충분히 차갑지는 않은 것이 조금 아쉬웠다. 바닷물이 워낙 차가워서 캔맥주를 10분만 담가두어도 금방 차가워질 텐데, 하는 생각을 했고, 예진이도 같은 생각을 하고 있었다. 차가운 건 제대로 차갑게, 뜨거운 건 제대로 뜨겁게 먹고 싶어 하는 성향이 똑같은 우리였다.

"다음에 오면 그물에 캔맥주를 넣어서 바다에 담가 놓자."

온종일 사우나를 하고 바다 수영까지 했더니 무척

허기가 졌다. 하지만 멀리 갈 필요가 없었다. 로일리 건물 내에 넓은 테라스의 레스토랑이 있었다. 우리는 둘 다 연어 수프를 시켰다. 기름기가 둥둥 떠 있는 크리미한 연어 수프를 한 스푼 떠 먹자 온몸이 나른해졌다.

뜨끈한 국물은 왜 이렇게 좋을까. 짧은 소설 「치유의 감자」를 쓸 수 있게 만들었던 플랫메이트 루시아의 치킨 수프처럼. 우리는 한국인답게 국물맛에 감동해 미간을 잔뜩 찌푸렸다. 예진이가 말했다.

"아, 이거 네 소설에 나오는 그 수프 맛 같다."

나는 이번 여행에서 수없이 반복한 그 대사를 또 하게 됐다.

"진짜? 나도 그 생각하고 있었는데."

우리는 연어 수프를 후루룩 떠먹으면서 한동안 말없이 바다를 바라봤다. 모든 것이 완벽했고 평화로웠다. 그리고 그때 '내게 있어 핀란드는 완벽한 휴양지다'라는 문장으로 시작하는 에세이를 써보면 어떨까? 하는 생각이 들었다.

*

사우나를 마치고 뽀송한 상태로 숙소에 도착했는데

네덜란드 친구인 밀라로부터 인스타그램 다이렉트 메시지가 와 있었다. 내가 예진이와 쿠오피오를 방문한 사진을 올렸더니 거기에 답장을 한 것이었다.

쿠오피오에 갔구나! 나도 거기 함께 있었다면 얼마나 좋았을까. 마침 얼마 전에 너희들 생각을 했는데. 집 정리를 하다가 이 사진을 발견했거든. 그립다! 너희들도, 쿠오피오도.

이어서 15년 전 교환학생들끼리 모여 찍은 단체 사진이 도착해 있었다. 내가 아는 사진이었다. 두텁게 쌓인 새하얀 눈밭 위로 알록달록 겨울옷을 꽁꽁 껴입은 여러 인종의 친구들. 내가 예전에 페이스북에서 수없이 봤던 그 사진.

나는 이 사진을 알아. 아주 잘 알아. 마음이 밑도 끝도 없이 가라앉았다.

그 단체 사진에는 내가 없었다.

당시 쿠오피오 대학교의 학생회에서는 아주 저렴한 가격으로 학생들에게 단체 여행을 보내줬다. 탈린 당일치기 40유로, 스톡홀름 1박 2일 80유로, 라플란드 3박 4일 160유로, 이런 식으로 말도 안 되는 저렴한 가격이었다. 그 사진은 예진이와 내가 자주 떠올리고 이야기했던 라플란드 여행 중에 찍은 사진이었다.

교통비와 숙박비 그리고 일부 식비까지 모두 포함된 라플란드 3박 4일 여행비는 물론 굉장히 저렴했지만 번외로, 추가적인 활동을 하려면 요금을 더 내야 하는 시스템이었다. 그걸 모르고 갔는데 자꾸 일정마다 체험 활동이 추가되었다. 그때마다 초조해졌다. 설원 ATV를 체험하러 갈 사람을 모집하는데 차마 손을 들 수가 없었다.

"난 안 갈래. 좀 피곤한 것 같아서."

그건 진심이 아니었다. 속으로는 당연히 참여하고 싶었다. 그날 체험에 참여하지 않겠다고 한 사람은 전체 학생들 중에 나밖에 없었다.

2008년은 글로벌 금융 위기가 터졌던 해였다. 그때는 그 여파가 우리 집까지 덮쳐 가세를 본격적으로 끌어내리기 전이었지만, 영향을 미치고는 있었다. 시간이 지날수록 점점 상황이 안 좋아지고 있었다. 직접적으로는 듣지 못했지만 뭔가 분위기가 심상치 않다는 걸 눈치챌 수밖에 없었다. 한국 언론사의 인터넷 경제 뉴스 기사를 틈틈이 확인했고, 뭔가 잘못되어가고 있다는 사실, 뒤이어 내게도 영향을 미칠 것이란 사실을 본능적으로 예감하고 있었다. 그 예감은 한국으로 돌아가고 나서 어김없이 현실로 바뀌게 되었고.

내가 핀란드에 나와 있는 동안 원가족들과 소통한 전부였던 그 열 통 남짓의 이메일에도, 시간이 지날수록 그 여파가 드리워지고 있음을 알 수 있었다.

어느 순간부터는 메일은 이런 내용을 주고받기 위한 수단밖에 되지 않았다. 플랫 월세를 내야 하는데 돈이 안 들어왔다. 언제 보내줄 수 있는지 알려 달라. 보내겠다. 보냈다고 하더라. 아직 안 들어왔다. 조금만 더 기다려봐라. 보냈다. 이런 내용들. 아마 그 당시 그것이 실제 위기였건 아니었건 나는 분명 눈치를 봤을 것이다. 외국에 나와 돈을 벌지는 못하고 내내 쓰고만 있는 주제에 또 추가 활동 요금까지 내서는 안 된다고 생각했을 것이다. 실제로 생활비가 늘 빠듯하기도 했고.

설원 ATV체험은 정말로 재밌었던 모양이었다. 나를 제외한 모든 교환학생들이 그 후로 학기가 끝날 때까지, 모일 때마다 “그때 라플란드에서 ATV 타러 갔을 때 말이야”로 시작되는 이야기를 자주 꺼내곤 했다. 떠들기 좋아하던 나는 그 이야기만 나오면 할말이 없어져 그저 빙긋이 웃으며 가만히 듣고만 있었다.

내가 못 갔다는 사실, 그때 거기에 내가 없었다는 사

실을 기억해주는 사람이 이상하게 별로 없었다. '코리안 걸즈'로 기억되다 보니 예진이가 있었으니 당연히 나도 있었을 거라고 여겨졌던 것 같다. 물론 그 친구들은 그것과는 별개로 좋은 친구들이었지만. 예진이는 그런 순간이 찾아올 때마다 슬그머니 대화 주제를 다시 다른 이야기로 돌리곤 해주었다.

그 무렵의 나는 세계 경제가, 우리나라 경제가, 그리고 결정적으로 우리 집의 경제 상황이 악화하고 있다는 사실을 체감하고 있었기 때문에 매일같이 숨 쉬듯 죄책감을 느꼈다. 그 때문에 어떻게든 내 힘으로 돈을 더 벌어보려고 했다. 한국이었으면 아르바이트라도 찾아서 할 수 있는데, 쿠오피오에서는 그게 안 되는 상황이니 너무 답답했다. 나는 핀란드어를 못해도 영어를 할 줄 아는 것만으로도 채용해주는 자리가 있는지 매일 수소문하고 다녔지만 쿠오피오에서 핀란드어를 못하는 알바생을 채용해주는 곳은 없었다. 한참을 찾다가 중국인이 운영하는 한 스시집에서 영어 구사 능력만 보고 따로 핀란드어는 요구하지 않는다는 소문을 듣고 희망을 가져보았는데 직접 찾아가 문의해보니 그곳에서도 핀란드어 구사 능력을 함께 원했다. 그야말로 아무것도 할 수 없는 상황에 마음 한구석이 항상 답답했다.

그때의 나는 그런 시절을 통과하고 있었다. 몇 달 뒤 한국으로 돌아가면 어떤 먹구름이 닥칠지 본능적으로 예감하지만 그것이 얼마나 암담할지는 꿈에도 모른 채로. 머릿속에는 늘 '돈, 돈, 돈!' 돈 생각뿐이었지만 그러면서도 친구들과 저렴한 단체 여행을 가고, 캠프파이어를 하고, H&M에서 값싸고 화려한 옷을 사 입고 금요일이면 패션에 가서 아무 걱정 없는 애처럼 춤을 췄다. 그리고 그런 사진들을 페이스북과 싸이월드에 올렸다. 예진이 말대로 기승전결, 스토리텔링을 가득 담아 끝내주는 문장력으로 캡션도 재밌게 써가면서.

한국에 있는 친구들은 그 아래 댓글을 달았다. 재밌었겠다! 좋아 보인다! 네가 너무 부러워! 거기에 내가 렌트 걱정을 하고 돈을 아끼느라 단체 활동에 참여하지 못했다는 말 같은 건 끼어들 틈이 없었다.

나는 그때의 내게 이렇게 외치고 싶어졌다. 야, 그거 체험비가 뭐, 20유로나 하니? 그러면 3만 원인가? 그게 얼마라고 아껴. 나는 그 돈 한 끼에도 쓴단 말이야. 내가 내줄게. 그냥 친구들이랑 같이 가. 하지만 그 말을 들어야 할 나는 단체 사진 속에 없었다.

나는 밀라가 보내준, 내가 없는 단체 사진 속 교환학

생 친구들의 웃는 얼굴들을 한참이나 들여다보았다. 그리고 거기 없는, 혼자 앉아 친구들을 기다리고 있던 스물한 살의 내 얼굴을 떠올리려고 노력해보았다. 이상하게도 전혀 떠오르지 않았다. 그때 내가 어디에 있었더라? 그것도 이상하게 아예 떠오르지가 않았다.

그날 ATV를 타고 설원을 누비던 친구들의 모습은 페이스북에서 수도 없이 보고 이야기도 하도 많이 들어서, 마치 가보기라도 한 듯 눈에 훤한데 친구들이 그걸 타는 동안 내가 어디에서 어떤 모습으로 무얼 하고 있었는지가 이상하게 전혀, 아무것도 기억나지 않았다. '아직도 멀었나?' 하염없이 기다리던 감정만 어제처럼 생생할 뿐.

*

아리 하우스를 나가기 직전, 한국으로부터 전화가 걸려왔다. 출판사에서 걸려온 전화였다.

"한창 여행 중이신데 죄송해요"라고 말문을 여시길래 무슨 큰일이라도 있나 싶어 심장이 미묘하게 덜커덩거렸다. 여긴 이른 아침이고 이제 막 숙소에서 나가려던 참이라 괜찮다고 말하면서 '무슨 일이기에?'라는 궁금증이 목구멍까지 올라오던 차, "너무 좋은 소식이라 한국 들어오실 때까지 기다릴 수가 없었어요"라는 말에 나도 모르게 심장이 빠르게 뛰었다.

"『일의 기쁨과 슬픔』 그리고 『달까지 가자』 두 책 모두 영국 블룸스버리 출판사에서 출간 오퍼가 들어왔어요."

소름이 돋았다. 영어판라니. 영국이라니. 근데 잠깐. 뭐라고? 블룸스버리라고?

"설마…… 그 『해리 포터』 출판사 말씀하시는 거예요?"

예진이가 눈을 동그랗게 뜨고 옆에서 입 모양만으로 '진짜야?'라고 벙긋거렸다.

"네, 영국 『해리 포터』 시리즈를 발굴, 출간한 그 블룸스버리 맞아요."

세상에, 이게 무슨 일이야. 좋은 소식이 계속 흘러나왔다.

"담당 편집자가 『달까지 가자』 영역본을 읽고 무척 기대하고 있어요. 아시아뿐만 아니라 그곳 사람들에게도 분명 의미 있을 작품이라고 애정을 가득 담고 있더라고요. 앞으로도 계속 작가님과 일하고 싶다고 해요."

이미 독일과 네덜란드 등 다른 유럽어권 출판사 여

러 군데에서도 관심을 보이고 있어서 이쪽도 계속 추진 중이라는 말까지 듣고, 한국에 오면 더 이야기하자는 말과 함께 통화가 마무리되었다.

내 전화에 귀를 바싹 대고 통화 내용을 듣던 예진이가 더 들떠서 말했다.

"내 말이 맞지? 장 작가 폼 너무 좋다고. 유럽 진출 시간 문제라고 했잖아!"

우리는 곧바로 도착한 이메일도 머리를 맞대고 함께 읽었다. 자세한 계약 조건들이 적혀 있었고 출간 후 배포 지역이 A부터 Z까지, 그러니까 앵귈라와 안티구아부터 잠비아와 짐바브웨까지 몇 줄에 걸쳐 나열되어 있었다. 그걸 보고 예진이가 외쳤다.

"내 친구 완전히 월드 클래스잖아?"

"말씀 중에 죄송합니다. 절대 월드 클래스 아닙니다……."

그 와중에 밈을 써먹고 싶은 나. 좋은 소식을 들었을 때 나와 같은 마음으로 기뻐해줄 수 있는 친구와 함께 있다는 사실이 아주 행복했다.

왜 이런 소식을 들으면 뺨에 쥐가 나는 느낌이 드는 걸까? 신인상 공모전에 당선되었다는 소식을 들었을 때도 그랬는데. 양 볼이 뜨겁고 간질간질해지다가 이내

뺨 전체가 가볍게 마비되는 것 같은 기분. 내가 얼떨떨한 감각을 느끼고 있는 동안 예진이가 신나서 말했다.

"오늘 마침 파인 다이닝 예약해둔 날이잖아. 어쩜 이렇게 타이밍이 딱 맞을까? 우리 저녁 때 축배를 들자!"

하지만 그때까지만 해도 우리가 불과 두 시간 뒤, 아침 10시부터 샴페인에 취해 있을 줄은 몰랐다.

*

우리는 아침 일찍 나가 시내의 올드 마켓 홀, 반하카우파할리로 향했다. 헬싱키를 둘러보면 둘러볼수록 핀란드가 건축과 디자인의 나라라는 걸 상기할 수밖에 없었는데 심지어 134년 된 전통 시장을 둘러볼 때 또한 그랬다. 네오 르네상스풍에 붉은 벽돌로 이루어진 이 건물은 정면에서 보면 유서 깊은 뮤지엄 같았다. 핀란드는 음식도 디자인도 건축도 모두 단순하고, 실용적이고, 장식과 가공을 덜어내고, 자연스러움을 최고의 가치로 친다는 공통점이 있었다. 밖에서도 그 조형미에 감탄했는데 안은 또 얼마나 아름답고 깨끗하고 쾌적하던지. 한편 내가 느낀 진지한 감흥에 비해 정작 현장에서 입을 통해 나오는 대사는 왜 이토록 한없이 속

될 뿐인지.

"야, 왜 핀란드 시장은 냄새도 안 나냐?"

브런치 카페 스토리는 시장 내부에 위치한 카페라 오픈 시간이 빨라서 하루를 일찍 시작한 여행자들이 들르기에 더없이 좋은 아침 식사 장소였다.

우리는 오픈 샌드위치 두 개와 커피 두 잔을 주문했다. 바싹 익힌 통밀빵 위로 연어, 수란이 차례로 얹어져 있고 마지막으로 홀랜다이즈 소스를 끼얹은 샌드위치는 예진이 것, 신선한 토마토, 아보카도, 부라타 치즈와 루콜라를 차례로 쌓아올리고 발사믹 소스를 가볍게 토핑한 샌드위치가 내 몫이었다. 둘 다 너무 맛있어서 다른 메뉴도 더 먹어보고 싶었다. 배는 불렀지만 우리는 요거트 볼도 추가로 시켜 먹었다. 꾸덕한 요거트와 바삭하게 구워진 그래놀라 위로 숭덩숭덩 썰어낸 정체모를 채소 알맹이가 그대로 보이는 새빨갛고 반투명한 잼이 정말 별미였다. 너무 궁금해 급기야는 주방으로 가서 물어보기까지 했다. 알고 보니 그건 루바브 잼이었다. 루바브를 본 것도, 먹어본 것도 처음이었다. 숟가락을 깊이 넣고 한 번에 떠서 입에 넣자 크리미한 요거트와 바삭한 그래놀라 그리고 설탕에 절인 루바브가 아삭하게 씹히면서 입안에 끈적한 달콤함이 기분 좋게 가득찼다.

배부르게 브런치를 먹고 나서는 시장을 한 바퀴 돌며 구경했다. 생선, 조개류, 육류를 비롯해 야채와 과일, 꿀과 커피, 향신료 가게 등 다양한 점포가 열려 있는데 각각의 매장이 놀랍도록 정갈하게 정리되어 있었다. 사이사이에 기념품점도 몇 군데 있었다. 핀란드를 상징하는 것들인 숲, 호수, 순록, 사우나, 헬싱키 대성당 등이 그려진 리넨 재질의 에코백도 샀고 그것들을 경쾌한 색감의 일러스트로 각각 담아낸 엽서도 잔뜩 담았다. 정말이지 이 시장에서 이 엽서를 지나치기란 쉽지 않은 일이다. 가장 저렴하면서 동시에 가장 강력한 기념품이었다. 소장할 것 하나, 써 보낼 것 하나씩 해서 같은 걸 모두 두 장씩 담았다. 자작나무로 만든 작은 접시도 눈에 띄었다. 가볍고, 친환경적이고, 패턴과 컬러감이 무척 세련되어 나도 모르게 손이 갔다. 마음 같아서는 종류별로 다 사고 싶었지만 돌아갈 때 짐의 부피를 고려해 두 개만 담았는데 예진이는 서너 개를 더 샀다.

"애들 봐주고 있는 동네 엄마들 하나씩 주려고."

그렇게 소소한 기념품 쇼핑을 마치고 다음 코너를

돌던 중, 뜻밖의 영업 멘트를 들어버리고 말았다.

"캐비아 먹어보지 않을래요?"

얼마나 깜짝 놀랐던지.

이 평범한 한마디에 우리가 놀란 이유는 여기가 다름 아닌 헬싱키의 반하 카우파할리였기 때문이다. 그러니까 만약 이곳이 서울의 광장시장이거나, 런던의 버러 마켓이거나, 이스탄불의 그랜드 바자르였다면 그렇게까지 놀라지는 않았을 것이다. 하지만 이곳은 차분하고, 고요하고, 스몰 토크를 지양하는 사람들이 살고 있는 핀란드. 15년 전에도, 5년 전에도, 이번 여행에서도, 핀란드에서는 소리 높여 외치는 직접적인 호객 행위를 들은 적이 단 한 번도 없었다. 그런데 처음이자 마지막으로 전통 시장의 캐비아 가게 앞에서 이 한마디를 들은 것이다. 이조차도 큰 소리로 외친 것이 아니라 은근히 다가와 조용히 한마디를 건넨 것이지만.

"우리 캐비아, 엄청 맛있답니다."

그럼에도 불구하고 우리는 선뜻 먹어보겠노라고 대답하지는 못했다. 방금 전까지 스토리에서 욕심내서 메뉴를 두 개씩 시켜 먹어 배가 너무 부르기도 했고 이곳 올드 마켓 홀의 캐비아가 유명하다는 말을 듣긴 했지만 둘 다 캐비아에 대해 잘 모르기도 하고 특별히 관심이 없었기 때문이었다.

우리가 선뜻 사겠다고 하지 않고 머뭇거리기만 하자 온화한 미소를 머금은 풍성한 금발의 그녀가 검지와 엄지를 맞닿게 하고 그걸로 허공에 일자를 그어 보이며 한마디를 더 보탰다.

"샴페인이랑 먹으면 환상적이랍니다."

그녀의 입에서 그 단어, 샴페인이라는 말이 흘러나오자마자 예진이와 눈이 마주쳤다. 우리 둘 다 갑자기 눈에서 생기가 돌기 시작했다. 호객 행위에 흔쾌히 넘어가줘야 할 이유가 생겼다. 우리는 아침에 들었던 뜻밖의 기쁜 소식에 대한 축배를 최대한 빨리 들고 싶었다. 샴페인 소리에 나도 모르게 지갑이 자동문처럼 활짝 열렸다.

한입 거리로 갓 구워낸 따끈따끈한 팬케이크 위에 두텁게 썰어낸 버터 한 조각, 그 위에 또 윤기 나는 캐비아를 한 스푼 듬뿍 얹은 환상의 삼합 두 점을 종이 접시에 받았다. 샴페인은 원하는 데서 주문하면 된다기에 우리는 다시 스토리로 갔고 아침 식사를 했던 바로 그 자리에 다시 앉아 샴페인 두 잔을 주문했다. 서버가 길쭉한 샴페인 잔에 샴페인을 넉넉히 따라주었다. 샴페인이 좁은 병목에서 잔으로 꼴꼴꼴 넘어가는 소리,

기포가 공기와 만나 쏴 하고 퍼지는 소리가 파도 소리처럼 들렸다. 기분 좋게 마음을 간지럽히는 소리였다.

우리는 먼저 미니 캐비아 팬케이크를 반으로 잘라 입에 넣었다. 부드러움과 달콤함과 고소함과 톡톡 터지는 식감이 파도 소리와 함께 입안에서 휘몰아쳤다. 그 황홀한 짜릿함이 다 가시기 전에 얼른 샴페인을 한 모금 들이켰다. 우리가 건물 밖에서부터 감탄해 마지않았던 아치형의 금속 격자창으로 눈부신 태양빛이 쏟아졌다. 그 빛이 기포가 보글보글 올라오는 샴페인을 황금빛으로 보이게 만들었다.

"하나 더 시킬까?"

우리는 미니 팬케이크와 샴페인 두 잔을 연달아 세 번이나 주문했다.

"이럴 거면 처음부터 한 병으로 시킬 걸……."

웬만한 레스토랑에 갈 만한 금액을 써버리고 말았지만 아침부터 들려온 기쁜 소식에 자제력을 잃고 말았다. 배도 부르고, 예상보다 돈도 많이 썼기에 우리는 대신 점심 식사는 거르기로 합의했다.

우리는 새 잔에 새 술을 받을 때마다 처음 축하하는 사람처럼 새로이 잔을 부딪쳤다. 보글보글. 톡톡. 축하해. 고마워.

*

헬싱키에 오면 안 가볼 수 없는 교회 두 군데를 가보기로 했다. 우리는 먼저 '침묵교회'라는 이름으로 더 잘 알려진 캄피 교회로 향했다. 그곳은 여태껏 가본 교회 중 가장 독특한 모습을 하고 있었다. 일단 위치한 장소부터 특이했다. 장거리 버스 터미널과 대형 쇼핑몰, 나이트클럽과 영화관, 볼링장과 스포츠센터가 둘러싸고 있는 번화가의 광장 한복판에 뜬금없이 아무 장식 없는 목조건물이 우뚝 서 있었기 때문이다. 서 있는 위치도 범상치 않지만 그 생김새 역시 평범하지 않아 복잡한 도심의 광장 한가운데서 마주쳤을 때 그 기묘함이 배가된다. 창문 하나 없는 벽면 전체가 모두 곡선인데, 그조차 정형화되어 있지 않아 원기둥이라거나 반구형이라거나 하는 식으로는 묘사하기 어려웠다. 무언가에 빗대어 설명을 해야 하는데…… 길이가 매우 짧은 잠수정처럼 생겼다고 하면 어떨까? 오래된 와인을 보관하는 거대한 오크통 같기도 하고, 어쩌면 화분 같기도 하고, 꿀단지 같기도 하고, 잘못 빚어낸 머그잔 같기도 했다.

어쨌거나 어떻게 봐도 건물이라고 한눈에 알아보기는 어려운데, 더구나 교회처럼 보이지는 않았다. 그러나 이 희한한 건물의 유일한 통로인 출입구를 통해 그 안쪽으로 들어서는 순간, 그게 누구든 갑자기 다른 세계 속으로 빨려 들어가는 거짓말 같은 경험을 하게 된다.

불과 몇 발짝만 나가면 들리던 복잡한 번화가의 소음이 일순간 잦아들고 순식간에 사위가 침묵 속에 잠겼다. 마치 바다 위 잠수정이 수면 아래로 푹 잠겨 들어가는 순간 맞이할 적막처럼. 로비에 비치된 브로셔에서는 반가운 궁서체의 한글을 만날 수 있었다. 이곳의 정체성을 한 문장으로 나타내는 문장과 함께.

'누구든 이 예배당에서 평화와 고요를 누릴 수 있습니다.'

아주 짧은 로비를 지나 캄피 교회의 메인 공간인 예배당으로 들어가니 한층 더 깊어진 고요를 경험할 수 있었다. 이번에는 잠수정이 심해로 들어간 느낌. 처음 입장한 순간에는 모든 소음이 제거된 침묵에 압도되었지만 뒤이어 모든 장식이 제거된 시각적 이미지에 더 크게 압도되었다. 그것은 어떠한 '존재'에 압도되는 것이 아니라 존재하지 않음, '무'로부터 압도되는 흔하지 않은 경험이었다.

응당 교회 건물은 신을 모시기 위해 만들어졌기 때문에 장식에 섬세하게 공을 들이고 그것이 인류의 미술과 건축의 역사에 큰 기여를 해온 것도 사실이다. 하지만 이곳에서는 장식을 더하기보다는 빼는 방식, 절제미의 극단을 경험할 수 있었다. 예배당이라는 목적에 가장 필요한 구성만을 해두었다. 모든 군더더기가 제거되어 있고 장식 요소라 하면 제단 위 은 십자가, 그리고 계절마다 1년에 딱 네 번 바뀌는 제단 앞으로 드리워진 비단 장식, 제단포뿐이었다. 각각 은 세공인과 직물 예술가가 제작한 수공예 작품인데, 그마저도 화려하지 않고 핀란드 특유의 단순함, 자연을 닮은 색감, 절제된 균형미를 담고 있었다.

간결하기 그지없는 제단의 면면들을 바라보고 있다가 문득, 새삼 신기하게 느껴지는 점이 있었다. 창문이 없는데도, 바깥과 완전히 단절되었는데도, 왜 아직 어딘가에서는 분명 연결되어 있을 거라는 느낌이 드는 걸까? 나는 제단 위 작고 단단한 은 십자가를 내리쬐고 있는 빛이 향하는 쪽으로 고개를 들어올렸다. 비정형적 곡선의 나무 벽체와 천장이 만나는 모서리를 따라 얇은 선 모양의 창이 둘러져 있었다.

예배당 안에서는 대화가 금지되어 있기 때문에 나는 놀란 눈으로 예진이를 바라본 다음 손가락으로 천장을 가리켰고 이내 예진이가 가느다란 링 형태의 천장으로부터 쏟아져 내리는 빛을 감상하는 장면을 침묵 속에 바라보다가, 나도 다시 천장을 바라보았다. 위쪽에서 내려오는 빛을 올려다보고 있으니 정말로 물속에 잠겨 있는 것만 같은 기분이 들었다. '침묵에 잠기다'라는 말이란 얼마나 적절한 표현인가, 하는 생각도 함께 들었다. 바깥에서 예배당의 외형을 보고 연상된 것들 중 잠수함이 가장 먼저 떠오른 이유도 이 때문일지 몰랐다. 아주 깊은 물속에 잠겨 있는 것만 같은 기분. 그래서 그런지 이상하게 이곳에서는 울어도 될 것만 같았다.

5년 전 이곳에 남편과 처음 와봤을 때 강렬한 기억이 남아 있다. 그때 역시 나는 헬싱키에 살고 있는 다른 세계의 내 모습을 상상했었다. 이곳에서 살면, 마음이 휘몰아치는 날에 먼 길을 가지 않아도 이런 곳에 올 수 있겠구나. 그런 삶은 어떨까? 하는 생각이 들었던 것이다. 종교가 있든 없든, 가진 게 많든 적든, 이곳에 언제든 들어와 앉아서 침묵과 적막을 배부르게 향유하거나, 숨죽여 울거나 혹은 언제든 그렇게 할 수 있다는 가능성만으로도 마음 한편이 든든하겠구나.

생각은 또 한 발짝씩 옮겨갔고 그렇게 점차로 조금씩 멀어져 다른 세계의 나, 거기서 더 멀어져 내가 잘 안다고 생각하는 한 타인으로 옮겨갔다. 가장 사랑하는 단 한 사람을 갑작스레 잃고도 일상을 살아가야 하는 사람. 잠을 자고 밥을 먹고 출근을 해서 노동을 하는 와중에 문득 무너져 내리는 날이면 이곳에 와서 침묵 속에 눈물을 흘릴지도 모르는 어떤 사람에 대해 생각하게 되었다. 이곳에 다시 오니 5년 동안 잊고 있던 그 인물을 다시 마주친 것 같은 느낌이 들었다.

가문비나무, 오리나무, 물푸레나무만을 썼다고 했던가. 은은하게 코끝에 계속 맴도는 나무 향을 맡으며 예진이와 나는 서로 다른 의자에 멀찍이 떨어져 앉아 있었다. 마치 우리의 첫 만남, 작은 강의실의 끝과 끝에 앉았던 때처럼. 고개를 돌리자 예진이와 눈이 마주쳤다. 예진이가 내게 입 모양만으로 물었다.

'이제 나갈래?'

'응, 3분만.'

예진이가 고개를 끄덕였고, 나는 마지막으로 캄피 예배당의 침묵을 더 온전히 느껴보고 싶어 눈을 감았다. 피곤했던 모양인지 아주 잠깐 잠이 들어버렸다.

꿈속에서 나는 파도가 철썩이는 바닷가를 바라보고 있었다. 커다란 회색 바위 위에 어떤 사람이 누워 있는 실루엣이 슬쩍 보였다. 처음 보는 사람 같기도 했고, 아주 잘 아는 사람 같기도 했다. 파도가 칠 때마다 그와 나의 옷깃이 조금씩 젖어들어가는 것이 느껴졌다.

눈이 번쩍 떠졌고, 다시 예배당 안으로 돌아왔다. 눈앞에 보이지 않던 것이 보였다. 맨들맨들한 돌, 혹은 바위 모양의 쿠션이 층층이 쌓여 있었다. 만듦새가 한눈에 보기에도 좋아 보였는데 그게 5년 전에도 있었는지 그사이에 생긴 것인지 기억이 전혀 나지 않았다. 심지어 예배당에 들어왔을 때 이런 것이 여기 있었다는 사실을 인지하지 못했었다. 여태 예배당 안에 머무르는 동안, 은 십자가와 제단포, 작은 화분과 양초 하나씩을 제외하고 장식적인 요소는 아무것도 없다고 생각했는데. 극단의 절제미 속에 바위 모양의 폭신한 쿠션이라니. 안 어울리는 듯, 어울리는 듯 묘한 분위기를 풍겼다.

다음은 쿠션이 아닌 진짜 돌로 된 곳으로 향할 차례였다. '암석교회'라는 별칭으로 더 유명한 템펠리아우키오 교회였다. 앞서 캄피 교회를 설명할 때 내가 여태까지 본 교회 중 가장 특이한 형태의 교회라고 했는데,

몇 페이지만에 바로 말을 바꾸어야 할지도 모르겠다. 위치한 맥락과 생김새로 보면 캄피 교회가 가장 특이하지만 건축 방식으로만 따지자면 암석교회보다 더 특이할 수는 없었다. 바로 거대한 암반의 내부를 파서 만든 교회이기 때문이다. 겉에서 보면 낮은 언덕 정도 되는 높이의 단단한 바위산에 납작한 접시를 엎어놓은 것 같은 형상인데, 그 암석 안으로 들어가면 또 다른 경이로운 내부 양식에 감탄하게 된다. 돔 천장은 얇은 구리를 촘촘히 원형으로 모아 만들어졌는데 올려다보는 각도에 따라 조금씩 변하는 오묘한 색감이 무척 아름다웠다. 이 구리 돔 천장과 돌벽을 잇는 채광창이 또 정말 근사했다. 아주 가늘고 얇은 빗살로 된 천장으로 들어오는 자연광이 돌덩어리로 둘러싸인 서늘한 교회 내부를 자연스럽고 따뜻하게 밝혀주고 있었다.

교회 내부의 벽면은 벽돌이 아닌, 다듬어지지 않은 돌들을 차곡차곡 쌓은 이글루 같은 형태였는데 이는 암반을 파낼 때 생긴 돌들을 쌓아 만든 것이라고 했다. 이를 배경으로 한쪽에 자리하고 있는 황동색 파이프오르간이 빗살 채광창 아래 은은하게 빛나고 있었다.

그에 비해 중앙의 제단은 바닥과의 단차도 거의 없고 가장 심플한 형태로 자리하고 있었는데 그 뒷부분의 벽만 작은 돌을 쌓아올리지 않고 암석 한 면이 그대로 노출되어 있었다. 그걸 보자 우리가 발을 딛고 선 이곳이 아주 커다란 바위 속이라는 사실을 새삼 실감할 수 있었다.

교회 밖으로 나온 우리는 암석 위로 올라가보기로 했다. 교회 안에서 올려다보던 구리 돔 천장과 채광창이 발아래 접시처럼 엎어져 있었다. 저 멀리 젊은 여성 둘이 돗자리를 펴고 앉아 직접 싸 온 샌드위치를 먹고 있는 모습이 보였다.

"저 친구들, 왠지 교환학생이 아닐까 생각이 들어."

"맞아. 나도 이상하게 교환학생 같다는 느낌이 들었어."

"너무 우리 경험에 비추어 생각해서 그런가."

"교환학생은 아닐 수 있지만 확실히 학생은 맞는 것 같아."

헬싱키 같은 큰 도시로 교환학생을 왔어도 재밌었겠다는 생각이 들었다.

"여기서 교환학생 했어도 되게 재밌었을 것 같아."

"어? 나도 그 생각하고 있었어."

"또? 거짓말 아니야?"

"진짜야."

내가 쿠오피오가 아닌 헬싱키로 교환학생을 가는 유니버스도 존재할까? 거기에서는 내 인생이 어떻게 다르게 흘러갔을까? 아니면 결국 지금과 비슷하게 흘러갔을까? 예진이도 나랑 비슷한 생각을 한 것 같았다.

"다시 돌아간다면 헬싱키대에 지원해볼 수도?"

"난 다시 가래도 쿠오피오 대학교를 선택할래. 헬싱키 대학교에는 네가 없었을 거 아냐."

"엥? 난 너랑 같이 헬싱키로 온 상황을 가정한 거야."

"아, 따로 가는 건 아예 상상의 범위에 없었구나?"

"당연하지. 따로 간다고 생각한 거야? 어떻게 그런 생각을?"

우리는 기분 좋게 티격태격하다가 얼른 다음 목적지를 향해 갔다. 다음 목적지는 한 번도 가본 적 없는 곳이었다. 내가 왔었던 5년 전만 해도 없던 곳이고 핀란드 여행 책자에도 나와 있지 않은 곳. 바로 헬싱키 중앙도서관인 오디 도서관이었다.

*

'오디'는 '국가가 국민을 위해 준비한 100살 생일 선물'로 불린다고 했다. 세상에, 나는 이 수식어만으로도 벌써 오디에 반해버릴 것만 같았다. 이러한 별명이 붙은 이유는 오디가 핀란드 독립 100주년 기념사업으로 설립된 도심 한복판의 공공 도서관이기 때문이다. 러시아의 식민 지배로부터 독립한 지 100주년이 되는 날의 딱 하루 전날인 2018년 12월 5일 개관한 이 도서관은 '모든 사람에게 열려 있고, 모든 사람에게 안전하고, 모두가 무료로 이용할 수 있는 도심 속 공간'을 모토로 건축 디자인 및 설계부터 이름까지 모두 시민 공모를 통해 만들어졌다고 한다.

헬싱키에 도서관이 부족했던 건 아니었다고 한다. 인구가 60만밖에 안 되는 헬싱키에 오디 이전에도 이미 서른일곱 개나 되는 공공 도서관이 네트워크화되어 있었다지만 100주년 독립 기념일의 핵심 사업으로 또 도서관을 만든 이유를, 경험해보니 알 것 같았다. 오디는 새로운 시대가 필요로 하는 도서관이었다.

이곳을 둘러보면서 '세상의 모든 도서관이 궁극적으로 지향해야 하는 바가 바로 이 오디가 아닐까' 하는 생각이 들었다. 이렇게 써놓고 보니 호들갑을 떠는 것 같아 다소 민망하지만 오디에 가보면 절대 호들갑이 아니라는 사실을 누구나 어렵지 않게 느낄 수 있다. 가문

비나무로 만들어졌다는 오디를 멀리서 발견하고 나는 예진이에게 이렇게 말했다.

"저거, 바다 같지 않아?"

"바다? 바다 위의 배가 아니라?"

"응, 파도가 치고 있는 순간의 바다를 길게 한 토막 잘라둔 것처럼 보이지 않아?"

바다를 닮은 오디는 테라스를 포함한 3층 건물이었는데 각 층의 정체성이 명확했다.

극장과 레스토랑이 자리하고 있는 1층은 시민들의 만남의 광장이었다. 사람들이 모여앉아 커피를 마시며 담소를 나누고 있었고 마련된 체스판에서 체스를 하는 사람들도 많았다. 이곳만 보면 도서관이라는 생각이 들지 않았다. 우리는 체스를 두는 사람들을 조금은 부러운 마음으로 구경하다 1층 한복판에 놓인 아름다운 나선형의 계단을 따라 2층으로 올라가보았다. 그리고 그곳에서 뜻밖의 역동적인 광경을 마주하게 되었다.

2층은 이른바 '메이커 스페이스'라고 불리는 곳이었다. 사람들이 모두 무언가를 창작하는 데 몰두해 있었다. 열심히 만들거나, 표현하거나, 머리를 맞대고 논의하고 있었다. 무엇인가가 피어오르고 있구나, 하는 감각이 가득한 곳이었다. 3D 프린터에서는 처음 보는 제품들이 끝없이 차곡차곡 제조되고 있었고, 재봉틀로 옷이거나 옷이 아닌 무언가를 만들고 있는 사람들도 많았다. 게임룸에서 게임을 만들 수도, 플레이할 수도, VR 체험 부스에서 가상 현실을 체험할 수도, 주방에서 음식을 만들 수도 있었다. 팟캐스트 키트가 마련된 레코드룸에서 방송을 할 수도 있었고, 직접 연주하는 음악을 녹음할 수 있는 합주실뿐 아니라 각각의 악기나 장비도 대여할 수 있었다. 다종다양한 일렉기타들이 벽에 잔뜩 걸려 있는 곳에서 악기와 장비 대여를 담당하는 직원은 머리끝부터 발끝까지 전형적인 '고스 메탈' 스타일을 하고 있어서 왜인지 기분 좋은 웃음이 나왔다. 물론 그의 얼굴에는 미소가 없었지만 말이다.

누구나 이곳에서 원하는 걸 만들어낼 수 있었다. 모든 시설이 제약 없이 무료였고 심지어 태블릿 같은 경우 왼손잡이용 패드는 룸이 별도로 마련되어 있는 것을 보고 '아무도 소외되지 않는' 공간을 만든다고 이야기하려면 이렇게 해야 하는 거구나, 하는 생각을 했다. 2층의 메이커 스페이스는, 도서관이 더 이상 책을 보유하고 빌려주는 장소가 아니라 많은 정보와 지식을 토대로 또 새로운 것을 창조해내는 공간이라는 생각을 가지고 설계하고 구현한 듯했다.

부러워하며 마지막 3층으로 올라가자 한 번 더 입이 딱 벌어질 정도로 놀라운 광경이 펼쳐졌다. 나는 본능적으로 '책의 바다'라는 단어를 다시 한번 떠올렸다. 그리고 바깥에서 바다를 한 조각 잘라낸 것 같다고 생각했던 감각이 안쪽에서도 다른 방식으로 구현되고 있다는 사실을 깨달았다.

밝은 목재로 된 바닥이 길고 긴 도서관의 이쪽 끝에서 저쪽 끝까지 단절 없이 이어져 있었는데, 색다른 점은 마치 파도가 치듯 서로 다른 높낮이로 이어져 있다는 점이었다. 그것이 계단이 아닌 곡선으로 이루어져, 마치 도서관 전체가 물결 같았다. 테라스와 연결된 유리벽에는 서로 크기가 다른 동그라미들이 기포처럼 그려져 있어 '정말 내가 책의 바다에 들어와 있는 것이 아닌가' '1층은 짙은 심해, 2층은 물고기들이 헤엄치는 푸른 바다, 꼭대기인 3층은 하얀 기포가 있는 파도 부분인 건가?' 하는 즐거운 상상을 하게 해주었다. 천장에 비정형적으로 뚫린 원형 채광창에서 자연광이 조명을 대신해 서고를 비춰주고 있었고 새하얀 서고와 곳곳의 푸른 식물들이 그 빛을 받아 따사롭게 빛나고 있었다.

서고는 책장의 높이가 네 칸밖에 되지 않아서 누구나 책을 쉽게 꺼내볼 수 있는 데다 끊임없이 이어진 물결 같은 공간을 어디서든 막힘없이 조망할 수 있게 해주었다. 앉아서 쉬거나 책을 볼 수 있는 디자인 체어가 이곳저곳에 놓여 있었는데 바닥이 곡선으로 되어 있는 부분의 의자는 마치 물에 떠 있는 튜브 같았다.

유모차 주차장에는 유모차가 줄지어 서 있었고, 한편에는 카펫이 깔려 있어 아이들이 바닥을 기어다니며 놀고 있었다. 그 곁에는 조금 더 큰 아이들을 위한 놀이기구도 있었다. 나는 그곳에서 예진이의 아이들을 떠올렸는데 아니나 다를까 예진이가 아쉬워했다.

"우리 애들이랑 오면 너무 좋아할 텐데."

레인보우 섹션의 책등에는 청구기호의 아래위로 무지개가 둘러져 있어서 그 서고 전체가 아주 길고 긴 무지개로 이어져 있는 것 같았다. 무지개가 둘러진 책을 읽는 사람들이 곳곳에 보였다.

오디는 동시대 핀란드를 축소해서 보여주는 공간 같았다. 헬싱키의 랜드마크는 헬싱키 대성당이지만, 문화적 랜드마크는 이곳 오디가 아닐까. 시민들의 만남의 광장이자, 지식을 보관하고 공유하는 공간이자, 누구에게나 열려 있고 창조해낼 수 있는 공간. '만인의 권리' 아래 모든 것이 가능하고, 모두가 존중받고, 어떤 제약도 없는 세상.

레인보우 섹션을 지나 영어 소설 섹션을 둘러보던 예진이가 말했다.

"다음에 올 땐 여기 영어로 된 『달까지 가자』랑 『일의 기쁨과 슬픔』이 꽂혀 있는 건가? 그사이에 『연수』도 영어로 번역이 되면 좋겠다!"

"여기 장서 10만 권으로 한정한다는데, 그 안에 들 수 있을까?"

"들어야지! 넌 핀란드를 배경으로 한 소설을 쓴 작가잖아."

쿠오피오 도서관에서는 예진이의 말이 그저 망상 같은 것이라 생각했는데 불과 며칠 만에 정말로 일어날 수도 있는 현실적인 상상이 되어버린 것이 신기하고 기뻤다.

예약해둔 레스토랑에 가기 직전, 우리는 헬싱키 중앙우체국인 포스티에 가기로 했다. 가는 도중 갑자기 부슬비가 내려서 우리는 손으로 차양을 만들어 뛰어가다가 건물의 처마 밑에 잠시 서 있다가 살짝 잦아들면 다시 뛰어가기를 반복하면서 약간 축축해진 상태로 포스티에 도착했다.

"아니, 우산이 세 개나 있는데 결국 한 번도 써보질 못하네."

우리는 여기서 비가 그치기를, 젖은 옷이 마르기를 기다리면서 무민 엽서를 또 잔뜩 샀다. 역시나 연신 이렇게 통속적으로 말해가면서.

"아니, 핀란드는 무슨 우체국까지 이렇게 예쁘냐. 인테리어 쇼룸 아니냐."

비가 그치고 나서 우리는 예정대로 예약해둔 파인다이닝 레스토랑에서 축배를 들기로 했다. 우리가 예약한 테이블에 샛노란 장미 한 송이가 꽂혀 있었다. 원재료의 식감과 향이 그대로 살아있는 핀란드식 터치를 가미한 창의적인 코스 요리에 와인을 계속 페어링해 먹다 보니 둘 다 만취해버리고 말았다. 속이 좋지 않은 채로 숙소에 도착하자마자 내가 한국에서부터 혹시나, 싶어 챙겨온 젤리형 숙취해소제를 꺼내 한 포씩 나누어 먹었다. 예진이도 혹시나, 싶어 챙겨왔다는 효소를 두 포 꺼냈다. 나는 효소라는 걸 처음 봐서 예진에게 물었다.

"이런 건 어디에서 사는 거야?"

"인스타그램에서 인플루언서 언니한테 샀지."

순간 웃음이 터졌다. 인플루언서들이 효소로 돈을 많이 번다는 이야기를 듣곤 대체 누가 그렇게 사주는 건가 싶었는데, 그게 바로 내 친구였던 것이다. 그러나 웃은 게 머쓱하게도 효소는 정말로 효과가 좋았다. 단단히 체한 것 같았는데 금방 속이 괜찮아져서 자기 전 모로 누워 그날 찍은 사진을 서로 주고받으며 들여다봤고 출판사에서 보내온 메일도 괜히 한 번 더 읽어봤다. 그리고 오늘을 정말 못 잊을 거야, 하고 속으로 생각했다. 황금빛 샴페인으로 시작해 노란 장미가 꽂힌 레스토랑에서 마무리된 노란색의 날. 모두가 나를 축하해주는 날인 것만 같았다.

*

"뭐……해?"

아침부터 내가 마리메꼬 쇼핑백을 거꾸로 들고 낑낑대고 있는 모습을 보고 예진이가 물었다.

"이거 면세 스티커로 막아놨는데, 어떻게 쏙 뺄 수 없나?"

"오늘 입으려고?"

"응, 갑자기 오늘 입고 싶어졌어."

나는 쇼핑백을 거꾸로 들고 틈새로 안을 들여다보다가 단단하게 붙어 있던 스티커를 붙잡고 세게 뜯어내 버렸다.

"에이, 면세가 중요한 게 아냐. 그냥 세금 낼래."

"그래, 그 옷은 여기서 입는 게 더 중요하지."

예진이가 동조해줬고, 하늘색 스커트에 매치할 상의를 신나게 코디하기 시작했다. 준비를 마치고 밖으로 나가려는데 예진이가 갑자기 머뭇거렸다.

"그거 챙겼나? 아, 잠시만."

"왜?"

"보조배터리 충전시켜놓고 챙기는 걸 깜빡했어."

예진이와 꽤 오래 여행하고 있다 보니 숙소를 나가기 직전 예진이의 반복적인 패턴이 있음을 알게 됐다.

"이제 나가자……. 아, 미안, 미안. 나 혹시 모르니까 화장실 좀 갔다 갈게."

"잠깐만! 나 밤에 목이 추울 것 같아서 스카프를 해야겠어."

"가만있어 보자, 내가 핸드크림을 챙겼었나? 미안, 미안. 어딨지? 아, 여기 있네."

“근데 우리 열쇠는? 챙겼나? 안 챙겼네. 어제 어디다 뒀지? 저기다 뒀었나?”

현관문 앞에 섰다가, 신발까지 신었다가, 다시 방 안으로 들어가길 반복하며 허둥지둥거리는 예진이. 맙소사……. 너무도 익숙했다. 계속 추가되는 할 일, 산만한 동작과 표정, 정신 사납게 반복되는 한마디 한마디 전부 다! 그건 완전히 내 모습이었다. 남편과 외출하기 전 현관문 앞에선 나, 그 자체였다. 이게 바로 거울 치료? 나도 모르게 헛웃음이 났다.

물론 예진이의 눈에도 나의 그런 면이 보였을 것이다. 하지만 자기 객관화가 덜 되었는지 몰라도 그날만큼은 예진이가 나보다 한 수 위라는 생각이 들었다. 이걸 본 예진이가 ‘아냐, 네가 더 심해’라고 할 수도 있겠지만 말이다.

나는 예진이가 현관 앞에서 허둥지둥댈 때마다 우리 남편이 내게 자주 해주는 말, 거의 매일같이 하는 말, 내가 너무나 듣기 좋아하는 바로 그 말들을 연속으로 들려줬다.

“괜찮아, 예진아.”

“천천히 해.”

*

우리 숙소, 아리 하우스가 위치해 있는 '디자인 디스트릭트'는 유네스코가 세계 디자인 수도로 지정한 헬싱키에서 절대 놓치고 지나가서는 안 되는 곳이다. 그야말로 '핀란드 디자인의 보고寶庫'라는 말이 가장 어울리는 곳이라고 생각한다. 영어로 된 안내문에서도 'gems'라는 비유를 사용하고 있으니 말이다.

오전에는 이 디자인 디스트릭트를 무작정 돌아다니기로 했다. 걷는 내내 핀란드 특유의 조용한 활기를 느낄 수 있었다. 공예, 가구, 패션, 갤러리뿐만 아니라 서점, 소품 숍, 앤티크 숍까지 분야를 막론한 다양한 디자인 상점들이 즐비해 있어서 이곳의 골목을 그저 발길 따라 걷는 것만으로도 '내 눈이 이런 호사를 누려도 되나?' 하는 생각이 저절로 들었다.

걸을 때마다 찰랑거리는 새 치마의 감촉이 걸음을 더 경쾌하게 만들어주는 것 같았다. 핀란드에서 구매한 옷을 핀란드에서 입는다는 감각도 괜히 좋았다. 역시 몇 유로 안 되는 면세 금액은 포기하고 당장 꺼내서 입길 잘했다는 생각이 들었다. 그래, 이건 여기서 입어야 해.

내가 산 치마는 플리츠 스타일로 발목까지 내려오는 하늘색 롱스커트였는데 채도가 조금 더 낮은 하늘색으로 커다란 꽃 '우니꼬'가 그려져 있었다.

마리메꼬에는 여러 유명한 패턴이 있지만 그 중에서도 시그니처라고 할 수 있는 패턴은 역시 우니꼬였다. 마리메꼬의 창립자인 아르미 라티아는 실제 꽃의 진정한 본질을 인쇄물로는 충실하게 담아낼 수 없다고 믿었고 그 정신을 담아 디자이너인 마이야 이솔라가 꽃의 사실적인 표현보다는 꽃의 감각을 추상화해서 개발한 디자인이 바로 우니꼬라고 했다.

나 역시 이 우니꼬 패턴을 좋아해왔다. 옷을 산 건 이번이 처음이지만 지난 여행에서 에코백을 샀었고 그 외에도 여러 접시, 컵, 앞치마 등의 주방용품에 우니꼬가 그려진 것을 사용하고 있었다.

우니꼬가 대체 왜 이렇게 좋을까?

핀란드 사람들은 대체로 무표정한 편이지만, 그 대신 내게는 우니꼬가 아주 크게 웃는 표정처럼 느껴진다. 우니꼬는 주로 밝고 경쾌하고 눈에 띄는 컬러를 쓰곤 하는데 때로는 채도를 쫙 뺀 톤 다운된 컬러일 때도 있다. 하지만 그럴 때에도 역시나 비대칭적으로 활짝 펴진 그 꽃 이파리들이 각기 다른 크기를 하고 늘어선 특유의 패턴을 보고 있노라면, 여러 사람들이 와글와글 모여 저항 없이 와하하하! 소리를 내며 아주 크게 웃고 있는 소리가 들리는 것만 같다.

예진이와 내가 계속 "이건 여기에서 입어야 한다"라는 말을 한 이유는, 이 도시에서 우니꼬로 대표되는 마리메꼬를 입은 사람들을 정말 많이 볼 수 있어서였다. 여행을 하다 보면 아주 적게 잡아도 최소 하루 다섯 명은 보게 된다. 그렇다고 해서 모두의 패션이 비슷하고 획일적이라는 건 절대 아니다. 오히려 그 반대에 가까웠다. 이 도시에서 자국의 브랜드가 다루어지는 양상이 무척이나 특이했다.

마리메꼬는 강렬한 패턴과 컬러를 사용하기 때문에 '조용한 브랜드'는 결코 아니다. 마리메꼬를 입으면 누가 봐도 '나 마리메꼬를 걸쳤다!' 티가 나게 되는 것이다. 가격이 합리적이지도 않다. 내가 산 롱 스커트도 할인을 받지 않은 정가는 50만 원 가까이 되고 소매 없는 면 원피스가 60만 원 정도로 비싸다. 가방 중에는 100만 원에 가까운 것도 있었다. 럭셔리 명품까지는 아니지만 상당히 고가에 속하는 브랜드인 것이다.

이 두 가지 치명적인 요소—패턴이 눈에 띔, 비

쌈—에도 불구하고, 헬싱키에서는 정말 많은 사람들이 마리메꼬를 걸친 모습을 볼 수 있는데, 여기서 또 재미있는 점은 특정 연령대, 성별, 계층의 사람들이 입는 브랜드가 아니라는 것이다. 구경하다 보면 마리메꼬를 입고 다니는 사람들이 면면이 놀라울 정도로 가지각색이라는 점이 정말 특이하고 재미있게 느껴지곤 했다.

백발이 하얗게 센 할머니도 우니꼬 원피스에 카디건을 걸치고 다니지만 누가 봐도 Emo 장르에 심취한 틴에이저와 얼굴과 혀에 구멍을 도합 열 개쯤은 뚫은 젊은이도 'marimekko'라고 크게 쓰인 검은색 가죽 가방을 메고 다녔다. 생머리에 생로랑 선글라스를 얹고 르메르 셔츠를 입은 힙한 언니도 포인트로 마리메꼬 스카프를 메는 한편, 수수한 차림을 하고 맨 얼굴로 도서관에서 나오던 소녀도 마리메꼬 에코백을 메고 마리메꼬 스니커즈를 신고 있었다. 헬스장에서 '3대 500'은 거뜬히 치고도 남을 것 같은 근육맨도 우니꼬 패턴의 블루종을 입었고 같은 옷을 전혀 다른 이미지의 창백하고 샤프한 청년이 입기도 했다. 미취학 꼬마들이나 유모차에 타서 걷지도 못하는 아기들도 우니꼬가 그려진 티셔츠와 반바지 셋업을 입고 있었다. 이날은 나 역시 우니꼬가 아주 커다랗게 프린트된 하늘색 플리츠 스커트를 입고 있었고, '이 도시에 마리메꼬를 입는 아시아인 관광객 포션을 추가했군' 하는 생각에 다소 비합리적인 뿌듯함이 일었다.

오묘한 뿌듯함을 마음속에 비밀처럼 간직한 채로, 치마를 찰랑이면서, 디자인 디스트릭트를 구석구석 돌아다녔다. 그러다 한 편집숍에서 전날 시장에서 샀던 자작나무 접시를 또 발견했다. 같은 제품이었는데 크기가 더 다양했고, 새로운 디자인도 많았다.

"더 예쁜 게 많네?"

"여기서 살 걸 그랬다."

우리는 어쩔 수 없지, 하며 다른 디자인의 자작나무 접시를 몇 개 더 계산했다. 그 후로도 종이로 된 소품만 파는 페이퍼숍, 어린이 장난감 가게, 아주 오래된 고서점 등을 돌아다니면서 손에 자꾸 자잘한 쇼핑백이 늘어갔다. 그러다가 예진이가 어느 작은 서점 앞, 벤치와 함께 놓인 작은 입간판을 가리키며 외쳤다.

"류진아! 이거 봐봐."

예진이의 손가락이 가리키는 곳에는 굵직한 대문자로 이렇게 쓰여 있었다. 입간판의 폭이 좁아 한 문장에

줄바꿈이 세 번이나 된 채로.

"WITHOUT

LITERATURE

LIFE IS

HELL."

C. BUKOWSKI

예진이가 신나서 내게 말했다.

"여기는 너를 위한 공간이네."

"오, 그런가……?"

부정도 긍정도 하지 못한 채, 나는 문제의 그 입간판을 내려다보았다.

"문학 없는 삶은 지옥이다."

— 찰스 부코스키

문학 없는 삶이 내게 지옥일까? 그 전에, 문학이란 대체 뭘까? 그리고 내게 있어 문학이란 뭘까?

'문학'이라는 단어 앞에선 언제나 잘 모르겠다는 기분에 사로잡히곤 한다. 어려워서 미처 답지를 다 채우지 못한 숙제를 검사 받기 직전의 심정이 된다.

내가 쓴 소설은 '문학상'을 받으며 세상에 나왔고 고등학교 '문학' 교과서에 실려 있지만, 한 온라인 서점에는 이 소설이 다름 아닌 '문학' 카테고리에 있다는 사실에 몹시 격노하는 한줄평이 여럿 올라와 있다. 동시에 그 책이 어느 카테고리에서 어떻게 호명되는지에는 관심 없고 그저 그 이야기를 좋아해주셨던 분들 덕에 베스트셀러가 되었다.

상황이 이렇다 보니 매번 '문학'이라는 단어 앞에선 딱히 잘못한 것도 없으면서 매번 이러지도 못하고 저러지도 못하고 어쩔 줄 모르겠는 사람이 되어버리고 마는 것이다. 이런 내 속을 아는지 모르는지 예진이가 흥분해 연신 말했다.

"이거 네 이야기잖아. 여기서 사진 찍자."

나는 입을 다문 채로, 마음속으로만 대답했다.

'예진아. 나는…… 내 삶은, 문학을 빼도 지옥은 아닐 거야. 좀 별로일 순 있겠지만…… 아마 부코스키 선생님만큼은 아닐 거야. 그리고 부디 그러길 바랄 뿐이야. 물론 빼보지 않고는 모르는 일이지만……'이라고 생각하다가 '또 그래도 이왕이면 빼고 싶진 않네……' 하는 마음으로 머릿속이 엄청나게 복잡해졌다.

나는 예진이가 시키는 대로 입간판이 놓여 있는 서점 앞 벤치에 앉았다. 예진이가 나를 예쁘게 찍어주기 위해 허리를 구부정하게 굽히고 휴대폰 화면을 들여다보면서 외쳤다.

"치마를 좀 더 펼쳐봐!"

예진이가 시키는 대로 치마를 활짝 펼쳤다. 그때 마침 하늘 위의 구름이 조금 이동하면서 빛이 얼굴 쪽으로 바로 비추는 것이 느껴졌다. 예진이가 그 새를 놓치지 않고 셔터를 누르며 해맑게 소리쳤다.

"와, 엄청 잘 나온다!"

"그래? 어디 한번 봐봐."

나는 앉은 채로 휴대폰을 건네받았다. 예진이가 찍어준 사진 속 나는 아주 활짝 웃고 있었다. 마치 내 치마 위의 커다랗고 기우뚱한 우니꼬처럼.

*

하절기의 알토 하우스 투어는 하루 세 타임이 있었다. 집 투어가 먼저, 오피스 투어가 그 다음 순서였다.

우리는 투어 시작 시간보다 조금 일찍 도착했다. 도착하자마자 갑자기 비가 조금 내렸고 우리는 알토 하우스 처마 밑에서 잠시 비를 피해야 했다. 뒤뜰 쪽 건물 외벽에 단단히 붙어 있는 작은 나무 벤치에 앉아 처마 밑에서 똑, 똑 떨어지는 빗줄기를 바라보면서 오픈 시간을 기다렸다. 내 옆에 한 관광객이 신발을 벗고 가부좌를 튼 채 명상을 하고 있었다. 나도 가부좌까지는 틀지 않았지만 조용히 눈을 감고 팔과 어깨에 힘을 빼고 명상을 해보려 했다. 요가원에서 배운 방법으로 숨을 내쉬는 박자에 맞추어 숫자를 60까지 세려고 했지만 잘 되지 않았다. 그래도 옆 사람의 집중하는 기운과 맑은 공기, 그리고 조용한 빗소리와 알토가 세심하게 설계했을 뒤뜰의 차분한 정조에 조금은 명상을 하는 기분이라도 낼 수 있었다. 눈을 한참 감았다가 떴더니 어느새 내 옆의 관광객은 사라져 있었다.

그때 예진이의 휴대전화가 울렸고, 예진이는 어머니와 아이들과 영상통화를 하기 위해 건물을 돌아서 출입구 쪽으로 다시 나갔다. 예진이의 목소리, 예진이 어머니의 목소리, 그리고 아이들의 목소리가 점점 희미하게 멀어졌다.

그때 문득, 나도 내 가족들과 영상통화를 해야겠다는 생각이 들었다. 여태 남편과는 메시지나 음성통화로만 연락했던 것이다. 남편에게 메시지를 보냈다.

— 뭐해? 영상통화 지금 돼?

곧바로 영상통화가 걸려왔다.

오랜만에 마주한, 여전히 내 눈에는 너무 잘생긴, 내가 세상에서 제일 사랑하는 얼굴.

그리고 그 아래 딱 붙어 있는 심드렁한 고양이의 얼굴. 보고 싶다. 나도 보고 싶어. 지금 어디야? 알바 알토의 집 투어 왔어. 좋겠다, 어때? 아직 안 들어갔는데 정원만 봐도 이미 너무 예뻐. 남편이 흰 양말을 신은 것 같은 고양이의 손, 아니 앞발을 잡고 흔들면서 말했다. 엄마 보고 싶어요. 아니, 하나도 안 보고 싶은 표정인데? 지금 밥 생각밖에 없어. 그러게, 밥 시간이겠네. 밥 주려다가 전화 건 거야. 화가 많이 났겠네, 얼른 줘. 안약은 넣었어? 당연하지, 걱정하지 말고 편하게 놀다 와. 근데, 나 안 보고 싶어 해? 응, 내가 더 좋은가봐. 아니야, 엄마 봐봐, 여기 봐봐.

고양이는 화면 속 내게 별로 관심이 없어 보였다. 진득이 안겨 있는 걸 못하는 고양이는 남편의 품을 벗어나 도망가기 바빴다. 그 모습이 너무나 내가 잘 아는 모습이라 사랑스러웠다. 도망간 고양이를 남편이 다시 안아왔다. 그리고 발바닥 냄새를 맡았다. 고양이 발바닥을 코에 갖다 대면 발바닥 젤리 두 개와 콧구멍이 기가 막히게 딱 들어맞는다. 그곳엔 없지만 그 고소하고 향긋한 발바닥 냄새가 나는 것만 같았다. 남편은 내가 없으니 잠이 잘 안온다고 했다. 늘 하는 말이었다. 평소에도 내가 침실로 늦게 들어가면 내가 올 때까지 기다리곤 한다. 그리고 외친다. 왜 안 와? 오늘은 먼저 자. 아니야 혼자서는 잠이 안 와, 빨리 와. 알겠어, 금방 갈게.

화면 속에 나의 사랑이 가득 들어 있었다. 내 유일한 연인이자 반려자 그리고 반려 고양이. 나는 내가 선택한 내 가족을 똑바로 응시했다. 그리고 생각했다.

'아, 행복해. 이렇게까지 행복해도 되나.'

단언컨대 인생에서 요즘보다 행복한 시기가 없었다. 물론 업무적으로, 경제적으로, 신체적으로 여러 소소한 걱정거리들이 생겼다 없어지고 또 생기길 반복하지만 내가 지금 느끼는 안정과 행복에 비하면 그것들은 아무것도 아니었다. 정말이지 아무것도. 내가 선택한 내 가족과 함께 집에서 시간을 보내고 있으면 별것 없어도, 아무것도 하지 않아도—평생에 걸쳐 내가 제일 사랑하고 제일 귀여워하는, 평생에 걸쳐 나를 제일 사랑하고 제일 귀여워해주는—존재가 눈앞에서 그저 왔다갔다 하는 것만으로도, 한없이 행복할 뿐이다.

하지만 평소의 나는 내가 이렇게까지 행복하다는 사실을 대외적으로 내보이지 않는다.

문득문득 찾아오는, 미치도록 짜릿한 행복과 극한의 편안하고 안정된 느낌을 공개적으로 자랑해본 적이 한 번도 없다. 별로 자랑하고 싶지도 않다. 오히려 숨기게 되는 것 같다. 행여나 새어나오지 않을까 걱정한다든지 하는 그런 느낌은 아닌데 뭐랄까, 굳이 일부러 내보이지는 않으려 한다.

대다수에 의해 당연하게 가족이라고 받아들여지는 '일반적인' 구성의 가족은 늘 '가족과 함께 있을 때 가장 행복하다' '가족을 꾸린 일이 세상에서 가장 잘한 일이다'라고 흔하게 말해지고, 그렇게 말해도 아무도 딴지를 걸지 않는다. 그러나 우리 가족 같은 왠지 조금은 '특이한' 구성의 가족이 '행복하다'라는 표현을 하면 그건 곧바로 의심의 대상이 된다. '너 그거 진짜로 행복한 건 아닐걸? 넌 나중에 불행해질 거야'라는 식. 더 나아가 '아니, 꼭 불행해져야만 해.'라는 식의 시선이 분명 있다. 심지어는 내 면전에서 직접 이야기하기도 한다. 왜인지 화가 잔뜩 난 채로. 나는 그런 적개와 의심을 너무나도 많이 받아보았다.

그런데 사실 그런 이야기를 아무리 반복해 들어도

'앗, 정말 내가 지금 느끼는 행복은 '진정한 행복'이 아닌 걸까? 내가 뭘 모르고 있는 걸까? 남들처럼 살아야 하는 걸까?' 하는 의심이 들지는 않는다. 한 번도 그래본 적이 없다. 남들이 내 행복을 의심한들, 그것의 유효기간을 점치며 저주한들…… 뭐 어쩌겠나? 실제의 나는, 우리의 삶은, 구태여 내보이거나 자랑하지 않아도 너무나도 충만하고 행복하다. 행복을 느끼는 우리 가족이 이미 이렇게 존재하고 있다. "아니야, 진정한 행복은 따로 있다니까? 네가 몰라서 그래!"라고 아무리 외쳐도 정작 당사자인 우리가 행복을 느끼고 있는 것을 뭐 어쩌겠나. 그리고 그 행복에 한 톨의 의심도 없는 걸 어쩌겠나.

나는 어떤 것도 확신에 차서 말하는 법이 없는 성격인데 내가 내 가족과 함께 있을 때 느끼는 행복에 대해서라면 감히 그렇게 할 수 있다. 우리가 느끼기에 부족함이 없다. 도리어 차고 넘친다. 우리가 좋아하는 행복이 깨지거나 틀어지게 될 위험의 가능성을 최소화해두어 예측 가능하며, 지속적으로 평온하고 안정적이다.

이런 행복도 행복이다.

모두가 같은 방식으로 행복을 느끼란 법은 없으니까.

나는 '그때 참 행복했었지' 하고 내 행복에 과거라는 꼬리표를 붙이지 않는다. '이러면 행복해질 거야' 하고 내 행복에 뒤돌아 등을 보이지도 않는다.

믿을 수 없을 만큼 충만한 행복을 느끼지만 타인에게 내보이지 않는다. 우리 가족이 행복하다는 말을 들은 누군가가 갑자기 적대감을 비치며 화내는 걸 보는 게 속상하기 때문에. 그럼에도 불구하고 처음이자 마지막으로 여기 이렇게 적어본다. 알바 알토의 집 처마 밑에서 똑…… 똑…… 똑…… 떨어지는 빗방울 소리를 들으며 내가 느꼈던 행복에 대해서.

짧은 여행이 끝나고 집으로 돌아가면 내가 선택한 사랑하는 나의 가족이 있다는 사실에 느꼈던 벅찬 온기와 무한한 신뢰에 대해서.

*

알바 알토 하우스와 오피스 투어는 잔뜩 기대했음에도 기대했던 것 이상이었다.

여태껏 살아오면서 내가 추구하는 미감이 소박하게

나마 조금씩 쌓였는데 이곳에서 그 모든 것의 원형을 발견한 느낌이었다. 내가 가지고 싶어 하고 누리고 싶어 했던, 그 모든 것들의 '진짜'가 다 여기에서부터 온 것이구나, 깨달았다.

알토 하우스는 건축가이면서 디자이너인 부부 알바 알토와 아이노 알토가 함께 설계하고 죽을 때까지 생활하면서 동시에 일했던 공간이다. 아이노 알토 사후에는 역시나 건축가이면서 디자이너였던 두 번째 배우자인 엘리사 알토와 쭉 함께였다. 현재의 알토 하우스로 자리 잡기까지 엘리사 알토의 기여도 큰 것으로 알고 있다.

알토 하우스는 '자연스러움'을 최우선의 가치로 추구하는, 합당한 이유가 없이는 아무것도 더하지 말아야 한다고 생각했던 알토가 자신의 예술관을 온전하게 실현한 공간처럼 보였다.

거실, 작업실, 서재, 부부 침실, 자녀방, 게스트룸, 가족실, 테라스, 사우나 등 각각의 공간이 그 정체성을 잃지 않으면서도 서로 자연스럽게 연결되어 있었고 그 사이가 문으로 단절되기보다는 단차를 준다든지 하는 식으로 각 구역의 높이와 구조가 제각각이었다. 그래서 아래층과 위층의 구조가 서로 달랐다. 그러니까 커다란 공간을 먼저 구상하고 안쪽을 나눈 것이 아니라 각각의 목적에 최적화된 공간을 먼저 설계한 다음 마지막에 그걸 한데 합쳐서 설계한 것처럼 보이는 구조였다. 그래서 넓은 공간은 아니지만 결코 좁아 보이지 않았다.

그 적절한 너비의 공간은 모두 알토의 시그니처 가구들로 채워져 있었다. 물푸레나무나 자작나무같이 밝은 색상의 목재를 사용한, 각이 없고 둥근 가구의 손잡이와 모서리들. 자연스러우면서 동시에 경쾌한 색감들. 그리고 그 모든 것들의 표면에 구석구석 닿아 있는 따사로운 햇빛. 알토 하우스와 오피스 투어를 하면서 가장 인상적으로 다가온 것은 바로 이 채광이었다. 1년의 절반 이상이 어두운 핀란드에서, 빛을 얼마나 소중하고 귀하게 대했는지 그래서 얼마나 집안으로 잘 품으려 했는지가 투어를 하는 내내 아주 잘 느껴졌다.

거실의 한쪽 벽이 시원한 통창으로 되어 있었는데 창이 끝나는 무릎 높이의 지점에 화분들이 잔뜩 늘어서 있어 바깥의 정원과 거실이 이어지는 것처럼 보였다. 알토 오피스가 지어지기 이전까지 사무실로 쓰였다던 알토의 작업실은 책상을 감싸듯이 모서리가 ㄱ자의 통유리로 되어 있어서 그곳에 앉아서 일을 하면 숲속에서 일하는 느낌이 날 것만 같았다.

화장실 세면대 위에도, 오피스의 책상 위에도, 천장에 동그랗게 구멍 같은 형태의 창이 나 있어 딱 필요한 곳에 자연광이 적절하게 떨어졌고 벽 모서리를 따라 나 있는 좁고 기다란 창은 자연광이 마치 폭포수가 내려오듯 벽을 따라 타고 내려오는 형태로 보였다. 그 모든 것들이 그간 헬싱키를 여행하면서 조금씩 경험해봤던 거였다. 아카테미넨 서점과 오디 도서관의 천장에 비정형적으로 뚫려 있던 창이라든지 침묵교회와 암석교회의 곡선 천장에 가장가리를 따라 얇게 나 있던 창이라든지. 그것들도 다 여기에서부터 온 거겠지.

건물의 안과 밖, 자연과 건축물이 하나 되고 이어지게 하는 설계의 중심에 채광과 빛을 다루는 알토의 섬세함이 있었다.

이미 너무나 유명한 디자인의 기원을 직접 마주한 것도 특별한 경험이었다.

알토 하우스 2층 가족실 너머 테라스에 나갔을 때였다. 타일 바닥에 붙박이로 고정되어 박혀 있는 화분이 있었다. 화분에는 아무것도 심겨 있지 않았지만 예진이와 나는 그걸 보고 동시에 서로를 바라볼 수밖에 없었다. 군데군데 녹슬고 칠이 벗겨져 있었지만 우리는 바로 알아볼 수 있었다. 특유의 울록볼록한 비정형 디자인으로 유명한 이딸라의 시그니처 '알토 화병'이 바로 여기서부터 유래되었다는 것을. 이거였구나! 유리 화병이 가장 유명하지만 세라믹 재질의 볼이나 접시, 캔들홀더로도 같은 모양의 제품이 여럿 있었다. 지금도 많은 사람들이 욕망하는 그 디자인이 지금 여기, 녹슬어 바닥에 붙어 있는 바로 이 화분으로부터 왔다고 생각하니 시간을 거스르고 있는 듯한 느낌마저 들었다.

'골든볼 조명' '천사의 눈 조명' 등 여러 가지 유명한 조명과 가구들의 오리지널을 이곳에서 원 없이 봤지만 그 유명한 '파이미오 라운지 암체어'에 직접 앉아본 경험 역시 잊을 수 없다. 쿠션이 없고 합판으로만 만들어진 딱딱한 의자인데도 등받이며 손잡이며 각진 부분이 하나도 없이 모든 부분이 곡선이었다. 몸에 닿는 부분마다 맞춤한 각도로 구부러져 있어 등을 대고 기댔을 때 푹신하다는 느낌이 들 정도로 안락하고 편안했다. 이 의자는 알토가 결핵 요양원을 설계하면서 그 안에 비치하기 위해 개발한 것이라는 설명을 듣고 모든 것이 이해가 되었다. 위생을 위해 쿠션을 씌울 수는 없지만 인체가 편안함을 느낄 수 있는 최적의 각도로 설계했고 그를 위해 환자가 누워 있을 때의 자세를 연구한 흔적까지 모두 남아 있었다. 헤드레스트처럼 생긴, 둥굴려진 등받이의 맨 윗부분에 팔을 올려 손을 집어넣으면 폐가 열리게 되어 숨이 잘 쉬어진다고 한다고 해서 따라해 보았다. 아, 영원히 이 의자에 앉아 있고 싶었다. 집에 이런 의자 하나쯤 있다면 얼마나 좋을까? 이건 대체 얼마쯤 할까, 감도 안 온다, 라는 생각을 하고 있었는데 이 의자에 한번 앉아볼 것을 권했던 가이드가 마침 내게 말을 걸어왔다.

"편안하죠?"

내가 대답했다.

"네, 정말 그러네요."

"알토는 모든 각도에서 인간을 위한 건축만을 생각했죠. 일상에서 누구나 쉽게 구해서 편히 자주 사용할 수 있는 가구를 만들고자 했고요."

그러다 살짝 씁쓸한 표정으로 말을 이었다.

"그래서 사실 가구들이 지금 이렇게 비싸진 건 솔직히 알바 알토가 지향하는 바는 아니었을 거예요."

듣고 있던 사람들이 작게 웃음을 터트리면서 고개를 끄덕였다. 나와서 검색해보니 파이미오 체어의 현재

가격은 600만 원 상당이었다. 충격이었다. 당연히 비쌀 줄은 알았지만 이 정도일 줄은 몰랐던 거였다.

하우스와 오피스 투어를 모두 마치고 우리는 1층에 위치한 기념품점에 들렀다. 여기까지 온 김에 600만 원짜리 의자는 아니더라도 그게 뭐든, 가능한 싼 걸로 알토의 머릿속으로부터 나온 무언가를 소유하고 싶었다. 우리는 기념품점에서 아주 적절한 아이템을 찾아내고야 말았다. 우리가 알토 하우스 2층 테라스에서 봤던 화분의 곡선과 똑같은 아르텍사의 나무 냄비받침이었다. 13유로. 이딸라의 알토 화병은 무리여도, 이 정도는 충분히 살 수 있었다. 가격적으로도 만족스러운 데다 가볍고 납작해 짐에 넣어 가져가기에도 아주 좋은 기념품이었다. 최소의 금액으로 알토의 디자인을 집에 둘 수 있는 거의 유일한 기회였다.

냄비받침은 알토 화병의 단면을 약 1센티미터 정도로 얇게 저며낸 듯한 모양새였다. 얇은 두께의 나무 합판 재질이었고 안이 비어 있는 일종의 비정형 링 같은 형태였다. 크기만 다르고 형태가 똑같은 링 두 개가 겹쳐져 있어서 하나로 합쳐서 사용할 수도, 꺼내서 두 개의 냄비를 받칠 수도 있었다.

우리는 그 냄비받침을 사려고 계산대까지 가져갔다가 갑자기 마음을 고쳐먹기로 했다.

"어차피 마지막 날 아르텍 매장 가기로 했으니까 그때 살까?"

"그래, 거기가 더 쌀 수도 있어."

우리는 일단 집어 들었던 냄비받침 세트를 내려두었다. 하지만 미리 결론부터 말하면 이틀 뒤 들른 에스플라나디 거리의 아르텍 플래그십 스토어에는 큰 냄비받침과 작은 냄비받침 두 개가 합쳐진 상품은 없었다. 큰 것과 작은 것이 따로 포장되어 팔았고 각각의 가격을 합치면 세트 제품보다 더 비쌌다.

우리가 "두 개짜리는 없나요? 알토 하우스에서는 팔던데"라고 묻자 점원이 이렇게 대답했다.

"두 개짜리는 없습니다. 각각을 사서 합치면 어차피 똑같아요."

이어진 예진이의 말에 점원과 내가 같이 웃었다.

"합치면 똑같은 건 알아요. 그치만, 가격이 안 똑같잖아요?"

결국 우리는 출국 직전 조금 더 비싼 큰 냄비받침과 작은 냄비받침을 각각 사면서 원래 우리 스타일대로 여행 중 기념품은 눈에 보일 때, 꽂힐 때 사는 게 맞다는 결론을 내리게 되었다.

이틀 있으면 2유로 더 비싸질 우리의 미래는 까맣게 모른 채로 기념품점을 빈손으로 나왔고, 기대했던 알바 알토 투어가 마무리되었다.

분명 알바 알토의 집과 사무실은 자연스럽고 차분하고 고요한 정조였는데, 그럼에도 불구하고 너무 많은 자극을 받은 것 같아 머리는 차분해진 와중에 이상하게 심장이 빠르게 뛰었다. 다시 트램 역으로 걸어가는 길에 나는 어쩐지 마음이 복잡해져 예진이에게 대화를 요청했다.

"있잖아. 내가 오늘 알바 알토의 집이랑 사무실 보면서 무슨 생각이 들었냐면……"

이렇게 말문을 열 때만 해도 내가 정확히 무엇을 말하고 싶어 했는지, 정리가 전혀 되지 않은 상태였다. 하지만 나는 예진이에게 내 머릿속에 부유하고 있는 것들을 최대한 꺼내보려고 노력했고 실제로 내 언어로 표현을 하면서 비로소 느낀 것들을 정리할 수 있었다.

"세상에는 두 종류로 나누자면 무던한 사람이 있고 예민한 사람이 있는 거잖아. 굳이 나누자면 말이야. 음…… 뭐랄까……"

처음에는 횡설수설해도 예진이는 고개를 끄덕이며 들어주거나, 작은 질문을 던져가면서 기다려주었다.

"응, 무슨 말인지 알아."

나는 길게 말을 이어갔다.

"예를 들면 그래, 커튼 말이야. 예를 들어 커튼을 달아야 한다고 생각해보자. 내가 원하는 커튼이 무엇인지 오래 비교하고 생각해서 신중하게 고르게 되잖아. 커튼 같은 건 비록 자주 접혀 있더라도 매일 시야에 보이는 거고, 손쉽게 바꿀 수 있는 아이템이 아니니까."

"그렇지. 야, 나는 손쉽게 바꾸는 거라도 신중하게 제일 마음에 드는 걸 찾아서 사."

"나도 그래. 그러니까, 이건 좋고 이건 싫다는 게 내 마음에 뚜렷하게 있는 거잖아. 그 차이가 눈에 보이는 사람인 거잖아."

"그렇지. 그런 종류의 사람인 거지."

예진이가 동조해주었고, 나는 뿌연 안개 속에서 더듬더듬 길을 찾듯, 내 생각을 정리해나갈 수 있었다.

*

사실 나는 최근 몇 년, 내 성격이 좀 피곤하고 싫다

는 생각에 사로잡혀 있었어.

전혀 그렇지 않은, 감각이 무던한 사람도 있잖아. 커튼의 색이 바뀌어도 전혀 모르는 사람. 아무거나 사도 상관없는 사람. 글을 쓸 때 문장이 이래도 되고 저래도 되고 상관없는 사람. 이런 말을 해도 저런 말을 해도 상관없는 사람. 뭐가 내 맘에 쏙 들고, 덜 들고, 그런 생각 못하고 안 하는 사람. 어느 순간 그런 사람이 부럽고, 더 나아가 그런 사람이 되고 싶어지는 거야. 그렇게 살면 매일 거슬리는 것도 없고 삶이 얼마나 편안할까? 이래도 그만, 저래도 그만. 하하, 호호.

그러다가 오늘 여길 투어하면서 생각을 다시 하게 된 거야. 알바 알토, 아이노 알토, 엘리사 알토. 그 모든 '알토들'은 무지하게 예민한 사람들이었겠구나. 똑같은 곡선이라도 이런 각도는 되지만 이런 각도는 싫고. 컬러도 이 색은 되지만 조금 더 채도가 높은 이 색은 절대 안 되고. 그러면서 기능적으로 이걸 빼서는 또 안 되고……. 그런 것들을 피곤할 정도로 예민하게 굴면서 따지고 몰두하다가 딱 자기가 원하는 것을 찾아내는 일의 총체적 결과물이, 바로 이 집과 사무실이었을 거 아냐.

생각해보면 '자연스러움'이라는 것을 말하기는 얼마

나 자연스럽고 쉬워. 안 그래?

하지만 들여다보면 들여다볼수록 알토가 추구하는 그 '자연스러움'을 위해 얼마나 많은 수고를 들이고, 반복적으로 계산하고, 까탈스럽게 굴었을지가 보여서 여러 생각을 하게 되더라.

아이러니하게도 '자연스러움'은 '자연'이 아니야. '자연'은 그냥 놔두면 되잖아. 거기 이미 존재하니까. 하지만 '자연스러움'은 다른 얘기지. '자연스러운 공간'을 만들기 위해서는 엄청나게 뾰족한 고민이 필요하겠지. 건물 전체가 곡선으로 구부러져 정원을 감싸는 형태의 알토 오피스는 무척 자연스럽고 아름다웠지만, 그런 형태의 건물을 짓기 위해서는 벽돌 하나부터 딱 원하는 각도로 구부러진 형태로 만들어야 하는 거잖아.

그 생각이 '리얼한 소설'도 마찬가지라는 생각으로 이어지더라 '리얼'은 그냥 현실 자체잖아. 그냥 어디에나 존재할 뿐인. 하지만 '리얼함'은 다른 일이잖아. '리얼한 소설' 그리고 '리얼한 문장'을 위해 인물을, 설정을, 대사를, 심지어는 단어 하나의 글자 수나 조사를…… 수많은 요소들을 수도 없이 갈아 끼우고 그만큼 셀 수 없이 많은 시뮬레이션을 돌리고 또 돌려야 하잖아. 스르륵, 거침없이 읽히는 문장을 쓸 때는 그렇게 스르륵, 쓸 수가 없으니까. 맨질맨질한 표면을 만들기 위해서는 거친 원재료에 수없이 사포질을 해야 하듯이.

나 같은 애송이를 알토처럼 위대한 예술가에 비할 건 아니지만, 그래도 오늘 내내 그런 생각이 들었어. 내가 만들어낸 이야기, 독자분들이 재밌게 읽어주신 그 이야기는 나 자신조차 마음에 안 들어 하는 내 성격이 해낸 일이겠지. 그러니 그걸 내세우진 못할망정 최소한 미워하지는 말자. 사람의 성격은 그 성격의 주인이 최대한 더 나은 방식으로 생존하게끔 발달한 거겠지. 마치 자연의 섭리처럼. 그래서 나도 내 성격을 더는 미워하지 않으려고 노력해보려고.

*

투어를 마치고 구도심으로 돌아와 눈여겨봐두었던 수제맥주 브루어리로 향하던 길이었다.

헬싱키 대성당이 있는 원로원 광장을 지나다 한 가게 앞에서 발걸음을 멈출 수밖에 없었다. 그 매장의 간판에는 '코이비꼬'라고 적혀 있었다. 그간 여행하며 몇 번이나 마주쳤던 그 자작나무 접시 뒷면에 적혀 있던 이름이었다. 우리는 홀린 듯 문을 열고 매장 안쪽으로 들어갔다. 알고 보니 코이비꼬는 접시뿐 아니라 커트러리나 조리 기구까지 주방에서 쓸 수 있는 모든 것들을 취급하는 키친웨어 브랜드였다. 숲을 연상시키는 자연스러운 색감과 패턴의 다채로운 상품들이 커다란 매장을 가득 채우고 있었다.

"이 앞을 그렇게 여러 번 지나다녔는데 왜 몰랐을까?"

우리는 또다시 홀린 듯 같은 걸 두 개씩 장바구니에 집어 담았다. 가격이 아주 저렴한 편은 아니었지만 그 단정한 분위기와 단단하고 가볍고 실용적인 만듦새를 생각하면 결코 비싼 것도 아니었다. 모든 아이템이 너무 예뻐서 쓰는 용도, 여분 그리고 영원히 안 쓰고 오로지 관상하는 용도 이렇게 세 개씩 구매하고 싶었다. 이렇게 많이 담아도 되나? 싶을 때마다, 우리는 서로에게 말했다.

"한국엔 이런 거 안 팔잖아."

"그래, 그래."

"면세도 되잖아."

"맞아, 맞아."

"사."

우리는 임무를 완수하듯 코이비꼬 매장에서 쇼핑백

을 양손 두둑이 들고 빠져나와 원래 목적지인 수제맥주 브루어리로 향하다가, 다음날 마지막 일정으로 가기로 한 알라스 시 풀 사우나를 미리 한번 가보기로 했다. 답사까지 할 생각은 없었는데 구글 지도상으로 너무 가까이에 있는 것으로 나오기에 어떻게 생겼는지 한번 보고 가도 되겠다는 생각이 들었던 거였다. 그런데 우리는 한참이나 구글 맵을 들여다보면서 어리둥절할 수밖에 없었다.

"현 위치로부터 9미터 거리로 나오는데? 그럼 지금 여기잖아?"

"설마, 아무리 봐도 없는데? GPS가 잘못 잡힌 거 아닐까?"

그러다 갑자기 예진이가 눈앞에 있던 건물의 바깥쪽으로 나 있는 나무 계단을 성큼성큼 뛰어 야외 데크로 올라갔다. 나도 엉겁결에 뒤따랐다. 그런데 세상에, 계단 몇 칸만 올라갔을 뿐인데 전혀 다른 풍경이 보였다. 수없이 지나다니던 바로 이 구시가지 한복판, 대통령궁과 대법원 건물 앞이 해수풀 수영장과 사우나였다. 지대가 조금 낮아서 일반적으로 걸어다니는 도로의 시야에서 볼 때는 그저 바다만 보일 뿐이었는데 사실은 15년 전에도, 5년 전에도, 이번 여행에서도 수없이 지나다니던 길의 그야말로 발아래에, 코앞에, 엄청난 규모의 야외 수영장과 사우나가 있었다. 우리는 입을 딱 벌리고 어이없어 하면서 웃었다.

"여길 그렇게 많이 지나다녔는데도 전혀 몰랐어."

"저기는 대통령궁이고 여기는 대법원이잖아. 걸어서 3분 거리나 될까? 이런 곳에 야외 수영장이랑 사우나가 있을 거라고 생각하기가 쉽지 않아."

우리는 바다에 띄워지듯 설계되어 있는 야외 수영장과 그 안에서 수영하는 사람들을 멍하니 바라보았다. 그러다 반대로 시선을 돌렸는데 또 하나의 특이한 사실을 발견했다. 이 구도심에는 천천히 돌아가는 대관람차가 있었다. 여느 관광 도시에 있는 대관람차와 다르지 않은 형태였다. 그런데 약 서른 대 정도 되는 곤돌라 캐빈 중 한 대가 유독 눈에 들어왔다. 다른 곤돌라 캐빈들은 모두 하얀색 차체에 푸른색 유리창이 나 있었는데, 한 곤돌라만 목재로 마감되어 있었다. 예진이가 그 짙은 갈색의 곤돌라를 손가락으로 가리켰다.

"저거, 설마……."

나는 곧바로 알아차렸다.

"맞는 것 같아."

그건 바로 사우나였다. 대관람차에 매달려 공중에

떠 있는 사우나를 직접 눈으로 보고 나니, 대통령궁과 대법원 사이에 사우나가 있다는 사실이 갑자기 무척 평범하게 느껴졌다.

*

뜻밖의 여러 샛길로 빠진 끝에 우리는 헬싱키 브뤼게리라는 유명한 수제 맥주 브루어리에 도착할 수 있었다. 안주도 맥주도 시키는 것마다 맛있어서 우리는 메뉴에 있는 걸 다 먹어봐야 하는 게 아니냐며 얼른 마시고 새로운 수제 맥주를 시키길 반복했다. 그런데 먹다 보니 이곳은 수제 맥주 맛집이기도 하지만 엄청난 수제 '버거' 맛집이라는 사실을 깨닫게 되었다. 먹어본 전 세계 어느 햄버거보다 맛있었다. 예진이도 같은 생각이었는지 이렇게 말했다.

"너무 맛있다. 이 햄버거 한국에 수입하면 진짜 잘 팔리겠다. 미국 햄버거보다 맛있어."

"근데, 아까 그 코이비꼬 말이야."

나는 아까부터 품고 있던 나만의 생각을 예진이에게 말하기 시작했다.

"사실 나는 그거야말로 진짜 한국에 들여오면 대박

일 것 같단 생각을 했거든. 너 돈 좀 있니? 우리 같이 사업 하자."

"나 휴직 중이잖아. 돈이 없어."

"나도. 난 부채는 많아."

우리는 애써 경쾌하게 말했다.

"이제부터 돈 모으자, 우리 이거 한국에 들여와서 사업하자."

"진짜 잘될 거 같아. 우리나라 사람들 너무 좋아할 스타일이잖아."

우리는 서로 한마디씩 작은 상상을 더 얹기 시작했고, 말리거나 찬물을 끼얹는 사람이 아무도 없으니 너무나 즐겁게 계속 상상을 보태게 되었다. 주거니 받거니 하다 보니 급기야 상상은 여기까지 나아갔다.

"입소문 나서 백화점에서 팝업 열자고 연락 오면 어떡하지?"

"난리 날 것 같은데? 우리 대박 나는 거 아니야?"

"이거 잘되면 나 회사 그만두고…… 아! 생각만 해도 너무 좋은데?"

"그러면 분기마다 한 번씩 우리 둘이 헬싱키 공동 출장 오는 거야. 여기 본사로."

"크……. 그러면 그때는 비즈니스 타고 오겠지?"

“비즈니스하러 오는 거니까 당연히 비즈니스 타고 와야지.”

“핀에어 VIP 되겠다.”

“근데 우리가 돈 모으는 사이에 다른 사람이 수입해 오면 어떡하지?”

“안 돼. 뺏길 수 없어.”

우리는 검색에 돌입했다. 코이비꼬는 핀란드에서 디자인하고 생산까지 마치는 핀란드 고유의 브랜드였고, 해외에 공식 수출된 사례로는 일본이 유일했다. 예진이가 그 자리에서 코이비꼬 코리아 이메일 계정을 만들기 시작했다. 나는 그 이메일 계정을 기반으로 인스타그램 계정을 만들었다. 코이비꼬 공식 계정과 아이디를 똑같이 맞추고 뒤에 ‘kr’을 붙였다. 일본 계정도 뒤에 ‘jp’가 붙어 있었으니까. 내가 말했다.

“우리가 수입 못하더라도 누군가 수입하려고 하면 이 계정이라도 팔자. 요즘 인스타그램 없이는 마케팅 못하니까.”

“좋아, 좋아. 얼마에 팔지?”

“오백?”

“너무 소박한 거 아니니? 천은 받아야지.”

“그럼 일단 천오백을 불러. 그 다음에 딜이 들어오면

천 정도에 파는 거야."

"그래, 그래. 천 이하로는 안 된다!"

우리는 마치 갑자기 천만 원이라도 생긴 것처럼 신이 나서 맥주를 끊임없이 시켜대며 또 한 번의 밝은 밤을 지새웠다.

*

헬싱키에서의 사실상 마지막 일정인 날이었다. 여태껏 서로 다른 카페에서 브런치를 먹었고, 맛과 분위기 모두 만족스러웠지만 우리는 그중에서도 첫날 갔던 르베인이 제일 좋았다는데 의견의 일치를 보였다. 에그 샌드위치에 다른 토핑을 추가해 먹는 재미도 있었다. 우리는 르베인을 재방문해 배를 잔뜩 채우고 전날 미리 답사 갔던 알라스 시 풀 사우나로 향했다.

이곳의 입장권은 목욕탕 스타일로 사물함의 번호가 달린 고무줄 팔찌를 나누어 주던 로일리와는 달리, 리본 재질로 된 팔찌를 손목에 감아 단단히 고정하는 방식이었다. 입장 팔찌를 채워주니 마치 놀이공원이나 페스티벌에라도 온 것처럼 설렜다. 생각해보니 우리에게 핀란드의 사우나는 그 자체로 즐거움이면서 축제였다. 이곳저곳의 다양한 어트랙션을 기분 따라 골라 타고, 이 무대 저 무대 취향대로 돌아다니며 즐기는 놀이동산 혹은 페스티벌과 다름없었다.

샤워실에서 샤워를 하고 나서자 작은 휴게 공간이 나왔다. 높은 바 테이블 두어 개와 카페처럼 낮은 테이블 서너 개가 놓여 있었다. 전면의 커다란 창문 너머로 나무로 된 선베드가 늘어선 게 보였고 그 뒤로 여객선이 서 있는 시원한 바다의 풍경이 보였다. 여기서 왼쪽 문을 열면 같은 풍경을 바라볼 수 있는 사우나, 오른쪽 문을 열고 계단으로 내려가면 해수풀 수영장이었다. 우리는 수영장을 먼저 구경해보기로 했다.

수영장은 마치 가두리 양식장 같은 모양으로 바다 위에 놓인 형태였다. 나무 데크가 바다를 네모나게 감싸고 있었고 그 속에 다섯 개 레인의 수영장이 설치되어 있었다. 수영장 물은 해수를 사용했다고 하는데 너무 차갑지 않게 살짝 데워져 있어서 사우나를 마치고 수영하기에 아주 좋았다. 시내와 더 가까운 방향으로는 아이들이 놀 수 있는 아주 얕은 수영장이 하나 더 있었고 그 앞에 별채로 된 목조 사우나가 두 군데 더 있었다. 우리는 총 세 개의 사우나와 풀장을 그야말로 놀이공원처럼 왔다갔다하며 즐겼다. 물론 사이사이에 샤워실에 들러 시원한 물로 사우나에서 흘린 땀을 씻어내는 것도 잊지 않았다. 초반에는 사우나에 같이 들어가고 수영장에도 함께 갔지만 횟수가 거듭되면서는 각자의 페이스에 맞게 따로 즐기기도 했다. 그러다가 어느 순간, 혼자 사우나를 하다가 문득, 이런 생각이 들었다.

'왜 이렇게 안 오지? 이쯤이면 올 때가 됐는데…….'

예진이가 돌아오기를 기다리며 사우나 안에 계속 있다가 너무 어지러워져서 휴게실로 나왔다. 예진이의 모습이 보이지 않았다. 샤워실에도 예진이가 없었다. 바깥으로 나가 계단 위에서 해수풀을 내려다보았다. 눈으로 레인을 한 줄 한 줄 차분히 훑었지만 그 어디에서도 형광 노란색 수영복을 발견할 수 없었다. 대체 어딜 간 거지?

계단을 다다다, 내려갔다. 네모난 데크를 한 바퀴 돌며 수영하는 사람들을 한 명씩 들여다봤다. 어디에도 예진이가 없었다. 심장박동이 미묘하게 조금씩 빨라지기 시작했다. 내 마음속에 익숙하면서도 징그러운 무언가가 꿈틀거리며 돌아다니는 것을 느꼈다. 친밀한 불안의 감각이었다.

*

처음 만나는 사람. 이를 테면 처음 간 미용실의 헤어 디자이너나 남편의 직장 상사에게 내 직업을 '소설가'라고 말해야 하는 순간이 오면 나는 다음 질문이 뭘까 긴장한다. 아마도 다음 질문은 이 질문일 확률이 높다.

"소설이요? 그럼 어떤 장르를 쓰세요?"

서점이나 도서관에서 내가 펴낸 책이 분류된 카테고리에 따르면 문학, 순문학, 한국문학으로 불리는데 이건 듣는 사람이 원하는 대답이 아닐 가능성이 크다. 나는 몇 번의 시행착오를 거치다 청자와 화자 모두가 가장 만족할 만한 대답을 찾아냈다.

"리, 리얼리즘이요……?"

볼 때는 이것저것 다 좋아하지만, 쓸 때의 취향은 확실히 리얼한 게 좋다. 허구의 이야기를 쓰지만 마치 실제 어딘가에서 벌어지고 있는 일처럼, 핍진하게 쓰고 싶은 욕구가 크다. 그런 걸 쓰는 일이, 핍진한 이야기를 만들어내는 일이 가장 재미있다.

관련이 있는지는 모르겠지만 그래서 무서운 이야기도 그것이 정말 '있을 법한' 일일 때 공포를 느낀다. 예를 들어 〈엑소시스트〉나 〈곡성〉은 크게 무서워하지 않고 이것저것 상징을 분석하면서 재밌게 볼 수 있는 편이지만, 〈살인의 추억〉이나 〈화차〉 같은 영화를 볼 때면 극한의 공포를 겪는다. 특히 〈화차〉는 유혈이 낭자한 극의 후반부도 물론 무섭지만 사실 영화의 시작, 첫 장면이 볼 때마다 가장 공포스럽다. 사랑하는 약혼자와 부모님께 인사드리러 가는 길, 잠시 고속로도 휴게소 주차장에 차를 세우고 커피를 사서 돌아왔는데 조수석에 앉아 있던 약혼자가 휴대폰마저 그대로 둔 채 연기처럼 사라져 버리는 장면. 평화롭던 일상에 닥치는 갑작스런 행방불명. 그 후 걷잡을 수 없이 내달릴 모든 이야기의 시작인 바로 그 장면.

〈화차〉를 보고 난 이후로 함께 있던 남편이 잠시 주차 티켓을 끊어온다고, 잠시 커피를 사 온다고, 잠시 화장실에 다녀온다고, 자리를 비울 때 가끔씩, 문득, 얄팍한 두려움이 마음속에 슬며시 떠오른다. 어떤 사고로, 사건으로, 재난으로 인해 사랑하는 사람이 갑자기 순식간에 사라져버리는, 충분히 '있을 수도 있는' 일에 관한 작은 상상이 대수롭지 않은 척, 그러나 분명한 흔적을 남기며 내 마음을 스쳐지나간다. 일어날 확률이 크지는 않다는 걸 인지하면서도, 만에 하나, 0.0001퍼센트의 확률로 일어날 수도 있다는 사실을 떠올리면 심장이 미세하게 빠르게 뛰기 시작한다. 보통은 그 속도가 정상 범위를 넘어가기 전에 사랑하는 사람이 다시 내 눈앞에 얼굴을 드러내곤 하지만.

그런데 왜, 이번에는 왜, 예진이가 나타나지 않을까?

심장이 뛰는 속도가 이렇게나 빨라져 버렸는데?

해수풀 레인을 하나하나 숨은그림찾기 하듯 눈으로 다시 샅샅이 뒤졌다. 까만 머리에 거의 형광에 가까운 샛노란 수영복을 찾기란 어렵지 않아 보였지만 아무리 훑어도 없었다. 물 밖의 나무 데크를 걸어다니고 있는 사람 중에도 없었다.

나는 데크를 시계 방향으로, 다시 반시계 방향으로 한 바퀴씩 훑었다. 그 다음 계단을 두 개씩 성큼성큼 밟아 올라 다시 휴게실과 샤워실과 사우나를 훑었다. 발걸음이 자꾸 빨라졌다.

몇 분 뒤.

급기야 나는 수건으로 몸을 감싸고 로비까지 나가 공중 화장실을 칸칸이 벌컥벌컥 열어젖히면서 크게 외쳐대고 있었다.

"예진아! 예진아! 김예진!"

화장실 칸은 하나같이 텅 비어 있었고 내가 힘주어

열어젖힌 문짝들만 반동에 의해 끼익끼익, 소리를 내며 맥없이 움직이고 있었다. 나는 뛰다시피 빠르게 걸어 다시 사우나로 입장했고 유아 풀장을 지나 별채 사우나까지 확인한 다음, 예진이가 없는 것을 확인하고 다시 휴게실로 돌아왔고, 거기서 수건으로 몸을 닦고 있는 예진이를 발견했다.

"야! 어디 갔었어?"

나도 모르게 목소리가 크게 나와버렸다.

"나 계속 수영하고 있었지."

"내가 얼마나 찾았는데."

나는 숨을 몰아쉬고 있었다.

"그래? 내가 그렇게 오래 했나?"

아무렇지도 않은 예진이를 보니 갑자기 너무도 머쓱해졌다.

"이상하다. 나 수영장 진짜 몇 번이나 봤는데. 음…… 잠수할 때 봤나?"

마음속이지만 괜한 호들갑을 떤 게 민망하기도 하고 스스로에게인지 예진이에게인지 성급하고 불길한 상상을 한 걸 들키지 않으려는 듯 다시 아무렇지도 않게 말했다.

"안 추워? 사우나 다시 들어갈까?"

"그래, 그러자."

*

로일리의 바다 뷰 큐브 사우나에 반해 한 번 더 방문하기로 했다가 그래도 새로운 곳을 경험해 보는 게 낫지 않겠느냐며 알라스 시 풀 사우나로 바꿔 오게 된 것이었는데 우리는 이곳의 사우나에 들어오자마자 우리의 선택이 옳았음을 깨달았다.

이곳의 사우나 역시 근사한 바다를 원 없이 볼 수 있기 때문이었다. 3단의 벤치 맞은편으로 아주 커다란 창이 바다를 향해 나 있었다. 이음새 하나 없는 통창이었다. 반짝이는 윤슬이 기분 좋게 떠다니는 푸른 바다가 규모가 큰 사우나의 이쪽 끝부터 저쪽 끝까지 시원한 파노라믹 뷰로 펼쳐져 있었다. 창 바로 아래에는 화덕이 자리하고 있었고 김을 내고 있는 까만 돌무더기를 향해 놓인 수도꼭지도 보였다.

가장자리에 앉아 있던 누군가가 주변을 한 바퀴 둘러보며 암묵적 동의를 구한 뒤, 벽에 붙어 있던 버튼을 꾹 눌렀다. 그러자 수도꼭지에서 물이 안개처럼 고루 분사되어 달아오른 돌무더기 위로 뿌려졌다. 물이 수

증기로 순식간에 기화되는 기분 좋은 소리가 났다. 벽에 나란히 붙어 있던 온도계와 습도계의 바늘이 순식간에 시계 방향으로 핑글, 끝까지 돌았다. 뜨겁고 축축한 공기가 온몸을 안아주듯 감쌌다. 땀과 수증기가 합쳐진 액체가 주륵주륵 흐르는 느낌이 너무 좋았다.

엎드려 열기를 잠시 견뎠고, 위쪽의 뜨거운 공기가 조금 아래로 내려온 뒤에 무릎에 파묻고 있던 고개를 들었다. 눈앞에는 바다가 길게 반짝이고 있었고 그 위로 실야 라인이라고 커다랗게 적힌 여객선이 정박되어 있는 풍경이 보였다. 익숙한 로고였다. 저 배를 타고 15년 전에 단체로 탈린도 가고 스톡홀름도 갔었지. 로일리 사우나에서 바다를 바라볼 때는 그렇지 않았는데 이곳의 사우나에서 바라보는 풍경은 자꾸 15년 전을 떠올리게 했다. 그건 바다 위에 실야 라인이라고 적힌 배가 떠 있었기 때문일 수도 있고, 여행의 마지막 날이기 때문일 수도 있었다.

그때 나는 눈앞의 이 장면을 사진으로 찍어두고 싶다는 생각에 사로잡혔다. 이 순간의 느낌을 잊고 싶지 않았다. 내가 쿠오피오의 호수 사진을 15년 내내 들여다보며 잊지 않을 수 있었던 것처럼.

하지만 이곳은 사우나였고 휴대폰은 사우나 밖에 있

었다. 게다가 이 안에는 수영복을 입은 다른 사람들이 많았기 때문에 함부로 사진을 찍는 건, 비록 사우나 안쪽을 찍는 것이 아니더라도 민폐가 될 수 있다고 생각했다. 비록 사진을 찍지는 못하지만 마치 사진을 찍듯 집중해 풍경을 눈에 담으려 노력했다. 그런데 하나 둘, 사람들이 나가더니 예진이와 나를 제외하고는 사람이 딱 한 명만 남게 되었다.

아, 지금이면 괜찮을 것 같은데, 나가서 휴대폰을 가져올까?

그 생각만이 머릿속에 간절했다.

우리가 멀리서 왔고 오늘이 여행 마지막 날이라 그런데 저 창밖 풍경 사진을 하나만 찍어도 되겠냐고 양해를 구해볼까.

그때 그 마지막 한 사람마저 사우나 밖으로 나갔다.

오, 다 나갔네? 그럼 빨리 가져와서 찍을까?

그러나 한편으로는 또 이런 생각도 들었다.

내가 너무 사진에 집착하는 건 아닐까? 나도, 예진이도, 이 아름다운 순간을 고요히 즐기고 있는데 괜히 휴대폰을 가져온다고 왔다갔다하면 분위기를 다 깨버리는 게 아닐까.

그래, 눈으로 기억하자. 이 순간의 모든 정조가 완벽

하게 아름다워. 그 안에 우리가 있어. 그럼 됐지. 느낌만 기억하자. 집중하고 있는 예진이의 감상을 방해하진 말아야지. 예진이와 허물없이 편한 사이이긴 하지만, 그래도 예진이에게 매 순간마다 사진을 안 찍고는 못 배기는 유난한 친구로 기억되고 싶진 않아.

그러나 몇 분 뒤, 눈앞의 풍경이 너무 미치도록 아름답다는 생각이 들었다. 아니야, 다시 잘 생각해봐. 내가 언제 또 여기 이곳에 올 수 있을까? 언제 또 이렇게 찬란한 발틱해를 바라보며 핀란드 사우나를 즐길 수 있을까? 심지어 오늘은 사실상 여행의 마지막이라고. 사진을 찍어두지 않으면 평생 후회하게 될 것만 같아……. 갈팡질팡하다 드디어 마음을 먹었다.

'휴대폰을 가져올래.'

그런데 그 순간, 갑자기 하늘에 먹구름이 드리워지더니 빗방울이 떨어지기 시작했다.

반짝이는 물결은 감쪽같이 사라졌고 파란 하늘과 바다는 일순 회색이 되었다. 바깥에 비가 내리니 사람들이 하나둘씩 다시 들어오기 시작했다. 그때, 예진이가 탄식했다.

"아! 후회된다……."

"왜?"

"사실 아까부터 눈앞 풍경이 너무 황홀해서 휴대폰 가져와서 찍을까 말까 그 짧은 순간에 백번 고민했거든. 그 예쁜 장면이 금세 사라졌네. 찍을 걸 그랬다."

"정말? 나 속으로 그 생각밖에 안 하고 있었어!"

"진짜야? 나 폰 가져올까 말까 무지 고민하다가, 그냥 사람들도 있으니까 민폐일 것 같아서 참았거든. 아까 저 사람 한 명 남았을 땐 사진 찍어도 되겠냐 말할까 말까 얼마나 고민했는지. 그러다 마지막 한 사람마저 나갔을 때 그냥 가져올까 하다가 그냥 이 순간에 몰입해 있는 네 감상을 깨기도 싫고. 너무 사진에 목숨 거는 사람이 되고 싶지도 않고 그래서 참았는데……."

"진짜야? 미치겠네. 나랑 완전히 똑같은 생각하고 있었어."

우리는 계속 진짜지? 거짓말하는 거 아니지? 어떻게 이럴 수가 있냐. 하면서 허탈하게 웃었다. 예진이가 손가락으로 자기 머리와 내 머리를 번갈아 가리키며 말했다.

"혹시 뉴런이 연결되어 있는 거 아닐까?"

정말 그럴지도 모르겠다고 생각했다. 그리고 늦게나마 뜻이 통했으니 기회를 다시 엿보자고 제안했다.

"기회가 또 올 거야. 그땐 진짜 망설이지 말고 과감

하게 나가서 휴대폰 가져오자."

비가 더 거세게 내리기 시작했고, 수영을 하던 사람들이 우르르 사우나로 들어와서 사우나는 금세 만석이 되었다. 몇 번 더 물 분사 버튼을 누르고, 귀를 감싸고, 땀을 닦고, 샤워를 하고를 반복하다 보니 정말로 그 순간이 다시 찾아왔다. 언제 그랬냐는 듯 비가 그쳤고, 다시 맑게 갠 하늘 위로 구름이 예쁘게 둥실 떴고, 황홀하게 반짝이는 발틱해가 파노라마 뷰로 펼쳐졌다. 날씨가 좋아지니 안에 있던 사람들이 다시 하나둘 수영장으로 나갔다.

드디어, 지금이었다. 널찍한 바다 뷰 사우나 안에 예진이와 나, 둘만 남게 되었다.

우리는 얼른 휴대폰을 가져와 그 거짓말 같은 풍경을 사진으로 찍었다. 사우나 안이 너무 뜨거워 카메라에 금세 김이 서렸기 때문에 우리는 수영복으로 카메라 렌즈를 문지르자마자 촬영 버튼을 눌러야 했다. 호수 사진을 내내 바탕화면으로 해두고 그리워한 것처럼, 이 사우나에서 찍은 바다 사진을 앞으로 몇 번이나 더 보면서 그리워하게 될까?

각자 셔터를 딱 두 번씩 누르고 다시 휴대폰을 놓고 들어왔다. 예약 시간이 얼마 남지 않은 걸 확인하고 우리는 그때까지 다시 집중하기로 했다. 말없이 땀만 주룩주룩 흘리며 창밖의 아름다운 풍광을 조용히 바라보았다. 이 순간만큼은 여기가 도서관이자, 침묵 교회이자, 위대한 예술가의 생가 같았다.

마지막 사우나를 즐기며 머릿속으로 방금 전 예진이와 나눴던 대화를 다시 복기했다.

같은 순간에 서로를 배려하며, 같은 생각을 하고, 같은 후회를 했다는 게 그리고 그걸 같은 순간에 고백했다는 게 정말 아무리 생각해도 신기했다. 이번 여행을 하면서 이런 순간들이 정말 많았다. 이 긴 글에도 쓰지 못한 게 더 많을 정도로. 우리는 어떤 면에서는 너무도 다르지만 어떤 면에서는 예진이 말마따나 '뉴런을 공유'하고 있는 게 아닐까 싶을 정도로 생각의 과정이나 마음을 쓰는 일이, 그것이 향하는 방향이 놀랍도록 비슷했다. 그러다 갑자기 이렇게 한 번 말해볼까? 하는 생각이 들었다.

예진이는 내게 이런 친구라고.

만약에 다른 유니버스에도 내가 존재한다면, 그 세계관에 던져진 나라는 캐릭터는 아마도 이런 모습으로 살고 있지 않을까? 하는 상상, 아니 그랬으면 좋겠다는 소망이 들게 만드는 친구라고.

어쩌면 내가 숫자 감각이 더 좋은 머리로 태어난 세계, 내가 키 크고 튼튼하게 태어난 세계, 내가 유자녀인 세계, 내가 '호랑이는 죽어서 가죽을 남기고'를 좌우명으로 삼고 그걸 하나도 부끄러워하지 않는 세계, 내가 화목한 가정에서 존재 자체로 사랑 받고 자란 세계, 내 삶에서 'Without Literature'한 세계. 만약 그런 평행 우주가 어딘가에 흐르고 있다면, 그곳에선 내가 예진이의 모습을 하고 있었으면 좋겠다고.

*

사우나 안에 걸린 시계를 올려다봤다. 예약한 시간이 거의 끝나가고 있었다. 내가 먼저 사우나를 빠져나와 벽에 걸어두었던 목욕 가방에 손을 집어넣어 그것의 상태를 확인했다. 딱 좋아, 라는 생각이 들었다. 나는 사우나 문을 한 뼘 남짓 열고 손짓하며 말했다.

"나와봐."

예진이가 땀을 닦으며 나왔고 나는 수건에 둘둘 말아 온 그것을 풀어 헤쳤다. 전날 밤 냉동실에 넣어두었던 샌델스 맥주 두 캔이었다. 예진이가 박수를 치며 큰 목소리로 말했다.

"너 진짜 천재 아니야?"

"잘했지? 저번에 로일리에서 맥주 안 시원한 게 너무 아쉽더라고."

아침에 깡깡 얼어 있던 맥주가 살얼음이 살짝 낀 정도로 적당하게 녹아 있었다. 여행 중 언젠가 사두었다가 못 먹었던 감자칩 한 봉지도 함께 챙겨왔다. 몇 시간 내내 땀을 빼고 수영으로 체력을 소진하길 반복한 터라, 수분과 염분 그리고 탄수화물이 몹시 당겼다.

차디찬 맥주를 벌컥벌컥 들이마셨다. 시원하고 톡톡 쏘는 탄산과, 셰이크 같은 부드러운 맥주 얼음이 뜨거워진 몸속으로 흘러들어오는 감각이 더없이 짜릿했다. 머리통이 얼얼해질 정도로 차디찬 냉기가 가시기 전에 감자칩을 입에 쏙 넣었다. 바삭한 식감과 입안에 퍼지는 짭쪼름한 맛이 다음 맥주 한 모금을 찾게 만들었다. 지금 이 순간만큼 온몸의 세포들이 맥주를 쫙 빨아들이는 듯한 느낌을 받아본 적은 없었다. 뜨겁게 달궈진 돌무더기에 물바가지를 촥, 하고 끼얹듯이 사우나로 후끈 달아오른 몸속으로 맥주가 끼얹어지자 마자 순식간에 증발해 날아가버리는 듯한 느낌. 우리가 한국인답게 미간을 찌푸리며 "크으"를 외치는 사이 누군가 휴게실의 문을 열고 들어왔다. 열린 문틈으로 바다 냄새를 머금은 시원하고 맑은 공기가 흘러들어왔다. 축축한 머리카락이 말라가는 감각을 느끼는 게 좋았다.

*

마지막 저녁을 어디서 먹을지 정하지 못해 시내를 돌아다녀보기로 했다.

그런데 시내 풍경이 평소와 조금 다른 느낌이었다. 광장에 펜스가 쳐져 있었고, 펜스를 따라 줄이 늘어서 있었다. 금방금방 입장이 되어 길게 늘어선 줄은 아니었지만, 핀란드에서는 줄 서는 광경을 좀처럼 볼 수 없기에 궁금해졌다. 가까이 다가가 물어보니 수제 맥주 페스티벌이 열린다고 했다. 15유로를 내면 맥주 글라스를 하나 받을 수 있었고 그 유리잔을 들고 다니면서 이곳저곳의 부스에서 다양한 수제 맥주를 마실 수 있었다. 무대에서는 계속 밴드 공연이 이어졌고 푸드트럭에서는 핫도그, 수제 버거, 감자튀김 등 맥주와 곁들여 먹기 좋은 음식들을 팔고 있었다. 물론 무이꾸 튀김도 있었다. 우리는 무이꾸 튀김과 블랙 버거를 하나씩 시켰고 유리잔에 에일 맥주를 계속 받아 마셨다. 헹구

지도 않고 같은 잔에 계속 연달아 술을 받아 마시니 괜히 리필 받는 것 같아 기분이 너무도 좋았다. 카드에서 계속 돈이 빠져 나가고 있다는 사실은 의도적으로 망각한 채…….

우리는 새 부스에서 새 술을 받을 때마다 자리를 조금씩 옮겼다. 마지막으로 앉은 자리는 무대 바로 앞이었다. 클래식한 포크록 음악을 하는 밴드가 공연을 막 마치고, 조금은 더 모던한 느낌의 음악을 하는 중년의 밴드가 올라왔다. 희끗한 수염을 기르고 중절모를 쓴 보컬이 인상적이었다.

우리가 앉은 테이블은 꽤 컸는데 우리 빼고는 모두 중년의 핀란드 여성들이었고 모두 일행 같았다.

"분위기가 참 좋네요."

내가 생각하는 핀란드 사람들의 특징 하나, 스몰 토크를 좋아하지 않는다. 특징 둘, 술을 상당히 좋아한다. 특징 셋, 술이 들어가면 스몰 토크에 관대해진다. 매우. 그럼에도 불구하고 말을 먼저 건 쪽은 나였지만.

"정말 좋지. 너희들은 여행 중인거야? 아님 여기 사는 거야?"

"저희는 여행 중이에요. 선생님들은요?"

"우리는 어릴 때 친구들이야. 50주년 리유니언 모임

을 하고 있단다."

"와! 저희도 리유니언이에요."

나는 지난 여행 동안 수없이 반복한 그 문장을 마지막으로 한 번 더 기쁘게 말했다.

"저희가 15년 전에 쿠오피오에서 교환학생을 했었거든요. 15주년 기념 여행을 왔어요."

"와우, 멋지네. 50주년에도 와주길 바라. 우리처럼."

"저도 그러길 바라요."

무대 위 밴드가 조금 더 빠른 비트의 곡을 연주하기 시작했다. 50주년 리유니언 팀이 환호성을 질렀다. 분위기가 점점 고조되었고 모두가 앉은 채로 상체만 움직여 덩실덩실 춤을 추기 시작했다. 그때였다.

갑자기 우리 테이블 앞으로 한 할머니가 양손에 지팡이를 짚고 슬금슬금 나타나 시야를 가렸다. 할머니는 꽉 달라붙는 얼룩말 무늬 티셔츠에 블랙 스키니진을 입고 있었다. 체크무늬 스크런치로 올려 묶은 긴 생머리에 앞머리는 일자로 뱅을 냈는데 모두 백발이었다. 지팡이를 양손으로 짚고 천천히 걸었기 때문에 거동이 조금 불편해 보였다. 긴 머리의 할머니가 느린 발걸음을 멈췄고 우리 앞에서 등을 보이고 섰다. 가까이서 보니 나이가 상당히 많아 보이고 동시에 굉장히 취한 것처럼 보여서 불안했는데 할머니의 다음 행동에 우리는 깜짝 놀라고 말았다.

할머니가 지팡이를 냅다 바닥에 던지듯 팽개쳐 놓았기 때문이었다. 다음은 더 예측할 수 없는 상황으로 흘러갔다. 할머니가 음악에 맞추어 춤을 추기 시작했다. 발재간이 믿을 수 없을 만큼 날렵했다. 완전히 음악과 한 몸이 되어 날아다니고 있었다.

이 모든 과정을 지켜본 예진이와 내가 눈이 동그래져 서로를 바라봤다.

“아니, 지팡이는 대체 왜 짚으신 거야?”

“자세히 봐봐. 저거 지팡이가 아니었어!”

바닥에 놓인 할머니의 쌍지팡이를 다시 보니 그건 누가 봐도 크로스컨트리 스키용 폴대였다. 아마도 겨울이었다면 나는 단번에 알아보았을 것이다. 쿠오피오에 살 때 크로스컨트리를 타고 눈 쌓인 시내를 지나다니는 사람들을 수도 없이 봤으니까. 그런데 이렇게 맑은 여름의 도시에서 그걸 보게 될 줄은 전혀 몰랐던 거였다.

불과 두 시간 전만 해도 우리는 우리가 수제 맥주 페스티벌에 올지도 몰랐고, 50주년 동창회 테이블 한쪽에 꼽사리를 끼게 될 줄도 몰랐고, 핀란드 중년 록 밴드를 볼 줄도 몰랐고, 크로스컨트리 폴대를 짚고 등장한 백발 할머니의 현란한 스텝을 보게 될 줄도 몰랐다.

예측을 전혀 하지 못했던 이 상황과 눈앞의 장면 그리고 할머니의 발재간 모든 것이 너무 웃기고 너무 재밌었고, 기분이 아주 좋아졌다. 나는 웃기고 재밌는 게 제일 좋다, 그래서 늘 웃기고 재밌는 사람이 되고 싶다, 그런 생각들을 했다. 취기도 올랐겠다, 우리를 신경 쓰는 사람도 없겠다, 나와 예진이도 각자의 술잔을 들고 일어났다. 그리고 그 백발의 할머니 옆에 끼어들어 웃기고 재밌는 춤을 췄다. 막춤이고 우스꽝스러웠지만 나는 알고 있었다. 내가 다른 사람들이 보는 데서 이렇게까지 이상한 춤을 마음껏 출 수 있는 곳은 아마도 이곳뿐일 거라는 사실을. 예진이가 맥주잔을 높이 치켜 올리며 말했다.

"우리 50주년 리유니언도 핀란드에서 하자."

"그래, 그러면 앞으로 딱 35년 남았네?"

"지금 살아온 만큼만 한 번 더 살면 되겠다."

지금 살아온 만큼. 한 번 더, 라는 말.

너무나 아득하게 느껴지기도, 별거 아닌 일처럼 느껴지기도 했다.

"요즘 새치가 너무 많이 나는데, 그땐 저렇게 백발로 오고 싶어."

"넌 백발이어도 귀여울 것 같아."

15년 전의 내겐 소설을 쓰고 싶다는 욕구 자체가 없었다. 하지만 지금의 나는 소설을 쓰는 일을 직업으로 삼고 있다. 그 사실을 떠올리면 15년 뒤의 삶도 이만큼의 폭으로 예측 불가능할 거라는 생각을, 나는 몹시 자주 하곤 한다.

35년 뒤는커녕, 15년만 지나도 소설을 쓰지 않고 있을지도 모른다. 나는 지금은 상상할 수 없는 전혀 다른 방식으로 살고 있을 수도 있다. 소설을 안 쓸 수도 있고, 못 쓸 수도 있고, 전혀 다른 걸 쓰고 있을 수도 있고, 어쩌면 아예 아무것도 쓰지 않고 있을 수도 있다.

15년 전에는 소설을 쓰는 삶이 아예 내 상상의 범위 안에조차 없었던 것처럼. 솔직히 말하면 그 다분한 사실에 아파하거나 두려워하는 나날들도 까맣게 많았다. 그러나 이번 여행의 끝자락에서 나는 그 사실을 간솔하게 받아들이기로 했다. 예진이를 비롯한 사랑하는 내 친구들과 가족들이 그저 내 곁에 있기만을 기도할 뿐이었다.

무대에서 너무나 익숙한 전주가 흘러나왔다.

"Today is gonna be the day, that they're gonna throw it back to you."

오늘이 바로 네가 그들로부터 돌려 받는 날이 될 거야.

중절모를 쓴 핀란드 중년 밴드의 마지막 커버 곡은 오아시스였다.

"I don't believe that anybody feels the way I do about you now."

내가 널 향해 느끼는 이 감정을 이해할 사람은 없을 거야

긴 머리 할머니와, 50주년 동창회 모임과, 예진이와 내가 다 같이 떼창했다.

"I said maybe— I said maybe— You're gonna be the one that saves me.

And after all You're my wonderwall."

어쩌면 아마도 네가 날 구원해줄 바로 그 사람일

지도

그리고 어찌되었든, 넌 나의 원더월이야

*

마지막 날 숙소를 떠나기 직전, 우리는 돌연 청소를 하기 시작했다. 처음부터 그러려고 했던 건 아니었는데, 짐을 다 싸고 나니 바닥에 우리의 머리카락이 꽤 많이 떨어져 있다는 사실을 알아차렸고, 현관 창고에 최신형 청소기가 구비되어 있다는 사실을 첫날부터 알고 있었기 때문이었다. 여행 내내 은근히 신경 쓰였던 바로 그 청소기를 꺼내 바닥을 구석구석 밀었다. 바닥을 밀고 나니 자연스레 젖은 주방 상판을 닦게 되었고, 소파 위 쿠션도 팡팡 두드려 다시 각을 잡아 정리했다. 단 하나도 쓰지 않은 커피 캡슐도 우리가 처음 들어왔을 때처럼 가로세로 일정한 간격을 둔 바둑판 모양으로 정갈하게 세워두었다. 굳이 그럴 필요는 없었지만, 굳이 그러고 싶어졌기 때문이었다. 언제, 누구랑, 무슨 일로든, 헬싱키에 다시 오게 된다면 이곳에 머무르고 싶어졌다. 아니, 머무르게 될 것만 같았다. 이 공간을 '집'이라고 여겼더니 정말 내 집처럼 아끼며 청소하고 싶어졌다.

각 잡아 정리해둔 커피 캡슐 옆에 열쇠 꾸러미를 놓아두고 캐리어의 지퍼까지 마지막으로 단단히 채우고 나서려는데, 예진이가 내 책을 슬며시 꺼내며 말했다.

"마지막으로 여기에 사인 좀 해줘."

갑자기 너무 뜬금없어서 나는 깔깔 웃어버렸다.

"아니, 새삼스럽게 무슨 사인이야?"

"그래도 해. 빨리! 일부러 마지막 날 받으려고 기다렸어."

"심지어 여기 이미 사인이 되어 있는데?"

"상관없어. 그 옆에다가 해."

그 책은 초판 1쇄였고 그 중에서도 책이 만들어지기 전에 면지를 먼저 받아 사인을 한 다음 인쇄소에 보냈던, 세상에 딱 천 권밖에 없는 친필 사인본이었다. 예진이가 얼마나 재빨리 내 첫 책을 구매했는지 대충 알 것 같았다. 나는 머쓱해하면서도 예진이의 성화에 내내 가지고 다니던 그 책에 사인을 했다.

'사랑하는 예진에게'라고 적고 난 뒤, 괜히 소설집의 목차를 한 번 훑은 다음, 한 손으로는 책등을 잡고 다른 쪽 엄지로 책장을 후루루루 넘겨보았다.

거기 내가 좋아하는 이야기들이 있었다.

내가 좋아하는 이야기이긴 하지만, 내 이야기는 아니다. 여기 등장하는 사람들은 내가 아니다. 내 페르소나조차도 아니다. 나와는 철저히 다른 사람들의 이야기다. 그렇지만 동시에 이 이야기 안에 내가 들어 있었다. 나의 이십대가 모두 들어 있었다. 아주 미세하고 은밀하게.

소설을 쓰면서 자주 듣는 질문 하나.

작가님의 소설에는 실제 작가님의 모습이 얼마나 들어가 있나요?

나는 내 소설에 실제의 내가 '딸기우유에 딸기가 들어 있는 만큼' 들어 있다고 생각한다.

그렇다면 딸기우유에는 딸기가 얼마나 들어가 있을까?

우유갑을 돌려 뒷면을 보자. 거기 깨알같이 적힌 성분분석표를 읽어보면 바로 알 수 있다. 딸기우유의 딸기 함유량은 0퍼센트이다. 한마디로 딸기우유에는 딸기가 들어가지 않는다. 하지만 그 음료수의 정체성은 '딸기'이고 실제로 맛도 딸기맛이 난다. 딱 그런 식으로 내가 쓴 소설에 내가 들어가 있다.

여태까지 세 권의 책을 냈다. 소설집 두 권과 장편소설 한 권.

그 소설을 각각 펼칠 때마다, 소설을 구성하고 있는 문장들을 읽어내려갈 때마다, 나는 한 시절의 나를 본다. 소설 속 인물에서 나를 떠올리는 것이 아니라, 그 인물을 고심해 만들고 빚고 쓰던 때의 내 모습을 본다. 거의 나노 단위로 들어가 있는 미세한 착향료 같은 나 자신의 흔적을 발견한다.

작가, 라고 하면 왜인지 일기를 쓰는 사람일 것 같고 모르긴 몰라도 아마 그럴 확률이 높겠지만 사실 나는 일기를 쓰는 유형의 인간은 아니다. 초등학교 때 담임 선생님께 제출해 검사 맡던 일기 말고는 자발적으로 일기를 써본 적이 없다.

물론 일기를 써보려고, 일상을 기록으로 남기려고 시도한 적은 많았다. 매년 연례행사처럼 새 다이어리를 사고 새로운 노트 앱이 나올 때마다 다운받아 일기를 써보려고 했었다. 대체로 열 번을 넘기지 못하고 포기해버리곤 했지만. 책상 서랍을 정리하다 앞 장만 채워져 있는 오래된 다이어리를 펼치거나 수년 전 포스팅을 멈춘 노트앱에 우연히 접속할 때마다 '오늘부터는 기록을 하는 인간이 되어야지!' 하는 다짐에 관한 일기로 시작해 그즈음의 일상 기록이 몇 편 이어지다 중단되는 것을 보고 매번 똑같은 패턴에 어이가 없어 웃은 적도 여러 번이다. 그때의 몇 안 되는 기록들을 뒤늦게 읽게 되면 '이거 지금 읽으니 참 재밌네?' 하는 생각이 들면서 '좀 꾸준히 남길걸'하는 옅은 후회도 따라온다. 이런 재밌는 기록이 매일매일 남아 있었으면 얼마나 좋았을까, 하는 생각이 드는 것이다. 마치 찍어뒀다가 잊고 있던 옛 사진을 발견하는 것처럼, 그 의외성이 무척 재미있다.

인생이 여행이라고 치면, 일기는 마치 여행 중에 찍은 사진들 같다는 생각이 든다. 그때의 그 여행지에서만 찍을 수 있는 그 순간의 내 모습이 오롯이 담겨 있는 사진. 나는 인생이란 여행을 하면서 일기를 쓰지는 못했다. 한 마디로 사진을 남기지는 못했다.

하지만 대신, 소설을 썼다.

나는 예진이가 건넨 소설집의 소설을 훑으면서 '이건 내가 아니다. 고로 내 인생의 여행 사진은 아니다'라고 생각하면서 대신 '이건 여행 기념품, 굿즈 같다'는 생각을 했다.

이번 핀란드 여행에서도 여러 기념품을 샀다. 머리띠, 냉장고 자석, 에코백, 그림엽서, 자작나무 접시. 그

것들은 내 모습을 찍은 사진은 아니다. 내 모습을 담은 물건도 아니다. 내가 사지 않아도 나와는 관련 없이 원래 존재했을 물건들이다. 그렇지만 나는 일상생활에서 그것들을 마주할 때마다 여행의 순간들을 떠올릴 것이다. 이걸 샀던 바로 그 여행지와 그때의 내 모습이 자연스레 떠오를 것이다. 여행을 하다 그 물건을 발견했을 때의 기쁨, 여러 옵션들 중 하나를 고를 때의 설렘, 그렇게 고른 것을 가지고 숙소로 돌아와 짐 한편에 고이 챙겨둘 때의 만족감. 마침내 집에 무사히 도착해서 꺼내보았을 때의 뿌듯함을 떠올리게 될 것이다.

내 인생의 굿즈, 내 인생의 기념품, 소설.

나는 내가 쓴 소설들을 훑어볼 때마다 나의 이십대와 삼십대를 떠올린다. 그냥, 그런 마음이면 되지 않을까? 소설 쓰기가 두려워질 때마다 내가 쓴 것들이 어딘가에 놓여진다는 그 원초적이고 막연한 공포에 주저하게 될 때마다, 이런 생각을 하기로 했다. 이건 내 사진도, 나 자신도 아닌 내 인생의 기념품일 뿐. 잘 쓰려고 하지도 말고 누군가를 만족시키려고 애쓸 필요도 없고 앞으로도 그때그때 내 인생의 기념품을 내가 직접 정성스레 만들고 모아간다는 생각으로 소설을 써나가야지. 여태까지 그래왔듯이. 그 굿즈를 볼 때마다 만족스러운 기분을 느낀다면 그걸로 족하다. 내 마음에 드는 방식으로 '기념'할 수만 있다면 좋겠다.

마지막 식사로 어디를 갈까, 고민하던 중에 우리는 우리가 같은 곳을 생각하고 있다는 사실을 알아차렸다. 이미 두 번이나 갔던 그곳.

"르베인 갈까?"

"사실 나도 르베인 가자고 하려고 했어."

결국은 세 번이나 방문하게 된 르베인에서 우리는 늘 먹던 에그 샌드위치와 따뜻한 커피를 주문했다. 기다리는 동안 전날 찍은 서로의 사진을 보내주려 했는데 사진 전송 속도가 너무 느려서 답답했다.

"와이파이 연결해서 보내보자."

나는 마침 우리 곁을 지나가던 르베인의 서버에게 다가가 물었다.

"혹시 여기 와이파이 비밀번호가 뭔지 알 수 있을까요?"

그가 갑자기 엉뚱한 대답을 했다.

"긴장 푸세요."

"네?"

"그리고 즐기세요."

뭘 즐기라는 거야, 갑자기? 대체 무슨 얘길 하는 거지?

그가 이어 말했다.

"그게 비밀번호예요. relax and enjoy."

"아!"

이유는 모르겠지만 어쩐지 기분이 너무도 좋아져 웃음이 비실비실 새어나왔다.

"이렇게 멋진 비밀번호는 처음이에요."

우리가 이곳에 올 때마다 변함없이 환한 미소로 우리를 맞아주던 익숙한 얼굴의 서버. 그는 핀란드 사람일 수도, 아닐 수도 있다. 인종적으로 보면 나와 더 가까워 보였다. 어쩌면 15년 전의 나처럼 유학생일 수도, 아닐 수도 있다. 온갖 구인 사이트를 뒤지며 아르바이트 자리를 알아보던 15년 전 그때, 내가 아르바이트 자리를 무사히 구했더라면, 만약 그게 가능해진 세계가 어딘가에 흐르고 있다면, 그곳에선 내가 이런 모습이었으면 좋겠다는 생각을 잠시 했다.

나는 받아 적을 필요도 없이 단번에 쉽게 외워지는 비밀번호를 내 휴대폰에 입력했다.

r e l a x a n d e n j o y

그리고 입력 버튼을 눌렀다. 와이파이가 연결되었

다. 마지막 순간인데 이상하게 처음처럼 다시 설렜다.

휴식과 향유.

엄청난 '비밀'을 온전히 내 것으로 만들어버린 기분.

언젠가 몇 번의 눈이 녹고 난 뒤, 어떤 이유로든 핀란드를 다시 방문한다면, 그래서 헬싱키에 그리고 이곳에 다시 오게 된다면, 그때는 와이파이 비밀번호를 묻지 않아도 될 것이다. 내가 이곳에 입장하면 이곳의 와이파이가 내 휴대폰과 자연스레 연결될 것이다. 눈에는 보이지 않지만 이곳과 내가 소리 없이 연결될 것이다. 착, 붙을 것이다.

너무나 닮고 또 다른, 사랑하는 친구와 함께 즐긴 열흘간의 차분한 휴식이 따스하고 청량하게 끝나가고 있었다.

에필로그

✷ × ✷ × ✷ × ✷ × ✷ × ✷ × ✷

처음 원고를 쓰기 시작할 때, 나는 이 책이 '여행'에 관한 이야기가 될 거라고 생각했다. 그러다 원고가 어느 정도 진행되었을 무렵 문득, 이 책이 '친구'에 대한 이야기이구나, 라는 사실을 알아차렸다. 그러자 이 여행을 글로 남기고 싶었던 마음의 막연한 이유가 조금은 또렷해지는 기분이 되었다.

어떤 사람들은 말한다. 살아보니 친구 같은 건 필요 없더라고. 다 쓸데없다고. 남는 건 가족밖에 없다고. 나는 그런 말에 고개를 끄덕이는 사람은 아니다.

*

이 책의 원고를 한창 쓰던 무렵, 나의 또 다른 소중한 친구와의 또 다른 여행길에서 이런 이야기를 나눈 적이 있다.

"새로운 사람을 대할 때, 일단 다 안 좋게 보고 나중에 좋은 점을 하나씩 하나씩 발견해서 이 사람은 괜찮네 하고 마음을 바꾸는 타입도 있는 반면, 기본적으로 다 좋게 본 다음에 안 좋은 걸 겪으면서 하나씩 실망하는 타입도 있잖아. 너는 둘 중 어떤 타입이야?"

친구는 이렇게 물어놓고는, 내가 대답하기도 전에 혼자 자문자답했다.

"이건 물어보나마나긴 하다. 나는 전자고, 너는 분명 후자일 거야. 맞지?"

간파당한 내가 고개를 끄덕이자, 친구가 말했다.

"넌 그럴 것 같았어."

몇 년 전 같았으면 대화가 여기서 끝났을 거였다. 하지만 이제는 부연 설명을 해야만 했다.

"원래 내 성향은 그게 맞긴 한데 요즘은 좀 바뀌었어. 구체적으로 말하면 최근 몇 년 사이에."

친구가 놀라서 되물었다.

"그래? 무슨 일이 있었어?"

무슨 일이 몇 번, 있긴 있었다.

*

별 건 아니지만 이런 일들이다. 내가 데뷔작인 단편소설 「일의 기쁨과 슬픔」을 발표했을 때부터 홀딱 반해 내 팬이 되었고, 그 후로 '발표하는 작품들을 꾸준히 따라 읽어온 독자'라며 인사를 건네온 분과 함께 작업할 기회가 생겨 기분 좋게 일했는데, 나중에 알고 보니 그가 내 데뷔작부터 '꾸준히 따라 읽으며 꾸준히 소셜미디어에 악평을 남기고 욕하던 사람'과 동일인물이라는 사실을 알게 된 적이 있었다. 또 온라인에서 내 소설이 아주 별로인 작품이라며 비난하던 사람이 자신의 책을 내면서 추천사를 써달라며 부탁해온 적도 있었다. 술자리에서 잔뜩 취해 '데뷔하자마자 주목 좀 받았다고 네가 진짜 잘난 줄 알지?'라고 시비를 걸었던 사람이 다음 번 만남에서 나와 만났던 일 자체를 전혀 기억 못하기도 했고, 기억 못한 채로 내게 추천사를 써달라고 한 적도 있었다.

나는 TV 방송에 나오는 작가도 아니고, 수십만 팔로

어를 거느린 셀럽 작가도 아니고, 글쓰기 강의를 하는 작가도 아니다. 신간을 내면 한국문학을 특별히 좋아하고 들여다보는 분들은 감사히도 알아주시지만 모르는 사람은 계속 모른다. 한마디로 '아는 사람만 아는 작가' 정도인데 고작 이 정도의 작디작은 유명세로도 이런 일들을 겪었다.

이전에는 우연히 마주친 사람이나 일을 하며 새로이 알게 된 사람이 "소설 잘 읽었어요"라거나 "팬이에요"라는 말을 건네오면 나는 엄청나게 높은 데시벨의 음성으로 "진짜요?"를 외치며 그야말로 뛸 듯이 기뻐하곤 했다. 실제로 그런 말을 들을 때 서 있는 상황이면 발바닥에 힘을 주어 번쩍 뛴 다음 발을 동동 굴렀고, 앉아 있는 상황이면 의자에 스프링이라도 달린 듯 엉덩이로 점프하고 박수를 짝짝 소리 나게 치곤 했다.

하지만 문제의 그 사건들을 겪고 난 후부터는 그런 말들—"소설 좋았어요" "예전부터 팬이에요"—을 들으면 성냥을 세게 긋듯이 기쁨의 불꽃이 튀어 오르려다가도 나도 모르게 과거의 경험들이 팔을 걷고 일어나 재빨리 찬물을 끼얹는다. 남는 건 대가리가 까맣게 탄, 작고 하찮은, 젖은 성냥개비 하나뿐이다. 그 한 개비의 성냥개비는 내게 반사적으로 조언한다. '흥분하지 마' '그냥 하는 말일 수 있어'. 다만 '그때 그 사람들처럼 널 아니꼬워해서 찔려서 더 칭찬하는 걸 거야'까지는 가지 않도록 노력하고, 다행히 거기까지는 가지 않을 수 있게 되었다. 그러나 이런 걸 노력씩이나 해야 되는구나, 하는 생각에 쓸쓸해지는 건 어쩔 수가 없다.

*

핀란드 여행을 떠나기 직전의 어느 밤, 각종 온라인 서점에 세 번째 책 『연수』 예약 판매 페이지가 열리는 날이었다.

나는 해당 페이지가 열리는 시간을 출판사로부터 미리 들어 알고 있었고, 열리자마자 재빨리 접속했다. 아무런 별점도 한줄평도 없이 이제 막 열린 따끈따끈한 책 정보 페이지를 천천히 스크롤하며 출판사에서 정성들여 작성해준 책소개 글을 감사하는 마음으로 읽고 있었다. 어떤 한줄평이 처음으로 달릴까 은근히 설레고 동시에 살짝 불안해하며. 불안했던 이유는, 출간 초기에 달리는 별점과 한줄평이 그 후 접속하는 독자들에게 큰 영향을 미친다는 사실을 깨닫게 되어서였다. 이전에 낸 두 권의 책을 두고 '출간 직후 혹평인 한줄평을 보고 사려다 말았는데, 그때 선입견을 가지고 읽지 않았던 일이 후회된다. 뒤늦게 읽었는데 내게는 너무 좋았다'라고 말하는 분들의 리뷰를 적지 않게 보았던 거였다.

그런데 불과 1분이나 지났을까? 내가 책소개 글을 미처 다 읽지도 못했을 무렵, 별점이 0.0에서 1.0점으로 바뀌어 있는 것을 발견했다. 누군가 별점 1점과 한줄평을 남긴 거였다. 그대로 옮길 수는 없지만 기억나는 대로 써보자면 대략 이런 내용이었다.

'기대하고 읽었는데 그저 그런 하급 소설이라 대실망. 얘는 이제 「일의 기쁨과 슬픔」 같은 작품은 못 쓰는 듯.'

황당했다. 책이 아직 나오지도 않았는데……. 출간 전이었고, 출간되자마자 바로 배송 받고 싶은 독자들을 위한 예약 판매 페이지가 열렸을 뿐이었다. 대체 뭘 읽고 뭘 실망했다는 건지 알 수 없었다. 얼굴을 모르는 익명의 누군가가 나와 내 소설을 이토록 극심히 미워하고 있다는 사실이 문득 막막하게 느껴졌다.

『연수』를 3년 반 동안 썼다. 내가 가장 아끼고 좋아하는 소설을 썼다고 자부했고, 그를 위해 때로는 조사 하나를 바꾸는 데 하루를 다 쓰고, 적절한 단어 하나를 찾는 데 며칠 밤을 보낸 적도 있었다. 하지만 쓸데없이 부지런한 어떤 악의 때문에 이제 이 사이트에서 『연수』를 사려는 모든 독자들은 이 한줄평을 첫 번째로 보게 될 것이었다. 그리고 내가 여러 리뷰에서 봤던 것처럼 모처럼 읽어보려던 책 리스트에서 『연수』를 제외하게 될 것이다. 스트레스, 라는 단어가 머릿속에 절로 새겨졌다.

모두가 내가 쓴 책에 대한 칭찬만 해주길 바라지 않는다. 그래서도 안 되고 그럴 수도 없다고 생각한다. 그렇지만…… 책이 아직 인쇄소에 들어가지도 않았잖아…….

이미 깊은 밤이었고, 내가 할 수 있는 일은 없지만 다음날 편집자에게 이걸 알리기는 해야겠다는 생각을 하면서 잠을 청했다. 얕게 잠들긴 했지만 얼마 더 자지 못하고 잠에서 깨어버렸고, 그러면 안 되는 걸 알면서도 나는 그 온라인 서점에 다시 접속해 『연수』를 검색했다. 그리고 스크롤을 쭉 내리다가…… 나도 모르게 손가락을 멈췄다.

아직도 그 순간이 잊히지 않는다. 까만 밤. 네모나게 빛나는 화면 속 궁색한 별 한 개와 한줄평. 그리고 뜻밖에 줄줄이 이어진 댓글들.

‘이건 뭐죠? 책이 아직 인쇄되지도 않았는데 악평을 남기셨네요?’

‘예약 판매 중인데 어떻게 책을 읽으셨다는 건가요? 타임머신이라도 타셨나요?’

비몽사몽, 다소 일떨떨한 마음으로 줄줄이 이어진 댓글들을 읽다가 무언가 번뜩 머리를 스쳤다.

몇 개의 알파벳과 숫자 조합에 어릴 적 역사가 담긴, 너무나 익숙하면서도 동시에 유치한 아이디와 닉네임. 그리고 그걸 가리고 읽어도 음성지원이라도 되는 듯 목소리와 억양까지 귀에 생생한 말투.

바로 내 친구들이었다.

그걸 깨달은 순간, 무언가 대단히 무거운 것이 아주 깊은 마음속으로 풍덩, 빠지는 것만 같은 느낌이 들었다. 동심원 모양의 잔잔한 파문이 밤새 마음을 저릿하게 만들었다.

아침이 밝았고, 나는 편집자에게 연락하지 않았다. 얼굴을 알 수 없는 그 사람은 다른 밤이 오기 전에 자신의 한줄평을 스스로 지웠다. 그 사람에게도 혹시 친구가 있을까? 잘 모르겠다. 어쨌든 내게는 내가 아주 잘 아는 얼굴의 내 오랜 친구들이 있다. 하나같이 무지하게 착하고 귀엽다. 내가 뭘 줄 수 있어서가 아니라 그냥 내가 나여서 나를 아끼고 좋아해주는 내 친구들. 내가 그들을 그렇게 좋아하듯 서로 같은 방향, 같은 마음으로. 내 뒷배, 내 비빌 언덕, 내 마음의 포근한 소파. 내게는 예진이와, 예진이를 비롯한 내 소중한 친구들이 있다. 이 지면을 빌려 친구들에게 사랑한다는 말을 꼭 전하고 싶다.

*

네 번째 책이지만 에세이를 출간하는 건 처음이다. 처음에는 내가 겪었던 여행을 그대로 옮겨보자는 마음으로 시작했다. 그러나 쓰다 보니 당연하게도, 글쓰기라는 작업은 어떤 식으로든 가공이 필요하다는 진리를 새삼스럽게 깨달았다. 나는 이 원고를 '에세이' 폴더가 아닌 '소설' 폴더에 넣고 작업했다. 그러자 막혀있던 많은 것들이 풀렸다. 내가 잘 아는 장소를 배경으로, 내가 잘 아는 캐릭터들을 세워 내가 잘 아는 '이야기를 만든다'는 생각으로 써내려갔다.

에피소드들은 대부분 실제로 여행 중 겪었던 일들이지만 많은 부분 편집되고 각색되었다. 따라서 예진이와 미꼬를 비롯한 모든 인물들의 이름도 가명이다. 자작나무 키친웨어 브랜드 '코이비꼬' 역시 가상의 브랜드이다. 나와 예진이가 눈독들였던 그 브랜드는 품목도 브랜드명도 실제로는 다르다. 구태여 바꾼 이유는, 내가 정말로 그걸 수입해서 팔고 싶은 마음이 있기 때문이다. 나는 걱정이 많은 나입이고, 내가 바라는 바와는 달리 더는 글 쓰는 일을 직업으로 삼을 수 없게 되는 날이 언젠가 올 수도 있을 거라고 늘 생각한다. 그런 날이 와서 또 다음 직업을 가져야 한다면 진심으로 그걸 수입해보고 싶다. 내 아이템 뺏길 수 없지! 라는 생각으로 품목과 브랜드명을 바꾸었다.

*

핀란드 여행으로부터 돌아오자마자 마포중앙도서관 마중홀에서 『연수』의 첫 번째 북토크를 가졌다. 업계 사람들끼리는 우스갯소리로 '출판계의 체조경기장'이라고 부르는 규모 있는 행사장이었다. 출간 직후인 데다 300석의 자리는 출판계에서는 엄청난 대형 행사라 모객을 걱정했는데, 다행히 독자분들이 자리를 가득 채워주셔서 행사를 하는 내내 무대 위에서 한없이 벅차올랐다. 그날 북토크의 마지막 질문으로, 사회를 맡은 김하나 작가님이 내게 이렇게 질문했던 일이 기억난다.

“작가님은 10년 뒤에 자신이 어떤 모습일 거라고 생각하시나요?”

15년을 돌아보는 여행을 다녀온 직후였기 때문에 나는 이에 대해 그 어느 때보다 잘 대답할 준비가 되어 있었다.

“15년 전의 저는 제가 소설가가 될 줄도 몰랐고, 제게 소설을 쓰고 싶다는 욕구 자체가 없었거든요. 그런데 지금 이렇게 소설을 쓰면서, 심지어 직업으로 삼으며 살고 있잖아요? 그런 걸 생각하면 또 반대로, 10년 후의 저는…….”

그 다음에 내가 준비한 말은 이거였다. 내가 언제나 품고 다니는 그 생각.

‘10년 후의 저는 소설을 쓰지 않고 있을 수도 있을 것 같아요. 핀란드 키친웨어 브랜드를 들여와서 팔고 있을 수도 있어요.’

그 말을 하려는 순간, 그때의 적막이 아직도 생각난다.

내 바로 옆에 앉아 마이크를 들고 있는 사회자, 그리고 마중홀을 꽉 채운 독자들의 시선이 일제히 내 입을 향하고 있었다. 실제인지 아닌지는 알 길이 없지만, 나는 그 수많은 눈빛들이 내게 암묵적으로 이렇게 말하는 것처럼 느꼈다.

'설마, 설마. '그 말'을 하려는 건 아니겠지?'

'니, 지금 이 자리에서 '그 말'만은 해서는 안 되는 거야.'

나도 모르게 말문이 턱, 막혔다. 말 그대로 턱밑까지 올라왔던 그 말이 쏙 들어가고, 조금은 다른 말이 입 밖으로 흘러나왔다.

"그러니까 제 말은, 10년 뒤에도 부디 계속 쓰고 있는 사람이었으면 좋겠어요."

그때 마중홀의 그 눈빛들을 절대 잊지 못할 것이다. 그 눈동자들은 육백 개의 거울 같았다. 계속 쓰고 싶은 마음. 사실 그게 원래의 내 마음이니까.

고혜원, 남연정, 이희숙 편집자님,
김민철, 김하나 작가님, 정멜멜 사진가님,
김마리 디자이너님께 감사드립니다.

제 글을 읽어주시는 모든 독자분들께 감사드립니다.

우리가 반짝이는 계절

1판 1쇄 발행 2025년 02월 19일
1판 2쇄 발행 2025년 02월 28일

지은이 장류진
발행인 박현진
본부장 김태형

책임편집 고혜원
기획팀 이지향 김진호 박지수 이민해 한미리
책임마케팅 김수현
마케팅 이인석 송지민 이유림
디자인 퍼머넌트 잉크
사진 정멜멜
제작 세걸음

펴낸 곳 (주)밀리의 서재
출판등록 2017년 1월 5일(제2017-000008호)
주소 서울특별시 마포구 양화로45, 16층(서교동 메세나폴리스 세아타워)
메일 contents@millie.town
홈페이지 http://www.millie.co.kr
ISBN 979-11-6908-430-7 (03810)